Romina Angeli

WER ZWEIMAL STIRBT, IST TROTZDEM TOT

Ein Allgäu-Krimi

W0290995

HarperCollins

1. Auflage 2022
Originalausgabe

Umschlaggestaltung von Zero Werbeagentur, München
Umschlagabbildung von ector pack, Kurt Achatz, Riabushkin Nicolai,
Jovanovic Dejan, Elenamiv, Volodymyr Sanych / Shutterstock
Gesetzt aus der Minion Pro
von Pinkuin Satz und Datentechnik, Berlin
Druck und Bindung von CPI books GmbH, Leck
Printed in Germany
ISBN 978-3-7499-0358-0
www.harpercollins.de

Klimaneutral
Druckprodukt
ClimatePartner.com/15109-2009-1001

MIX
Papier
FSC FSC® C083411

Für Zoe

1

INDIANEREHRENMORD

»Auaaaaa, jetzt pass halt auf!«, schrei ich und weiß gar nicht, wo ich an meinen schmerzenden Körper zuerst hinlangen soll, als der Wolfi erneut ein Schlagloch überfährt und ich dabei hart mit dem Kopf gegen die Deckenverkleidung seiner Uraltschüssel knalle.

»Sorry, Mama. Ab jetzt pass ich auf!«, kommt es nur knapp von dem dilettantischen Fahrer, den ich meinen Sohn nennen muss.

Wir kommen gerade vom Arzt. Nicht von unserem Dorfdoktor, dem Brandl aus Burglbach, nein, denn der weilt derweil, wie ich am Aushang seiner Praxistüre entnommen habe, ganze drei Wochen in der Karibik und lässt sich die Sonne auf seinen Allerwertesten scheinen. Wir waren im nahe gelegenen Kempten bei irgendeinem unhöflichen Quacksalber, den ich namentlich hier nicht nennen möchte. Dieser unsympathische Möchtegern-Mediziner hat mir innerhalb seiner gefühlt nur zwanzig Sekunden dauernden Untersuchung eine astreine Gehirnerschütterung diagnostiziert. »Drei Tage strikte Bettruhe und zwei Wochen keine körperliche Anstrengung und nächstes Mal lassen Sie Ihren Sohn das Windspiel im Garten aufhängen. Eine Frau in Ihrem Alter sollte keine Leitern mehr hochkraxeln!«, hat er genuschelt, während er uns mit seiner hektischen Art aus dem Behandlungszimmer geschoben hat. Spinnt der? Ich bin gerade mal Anfang sechzig und fit wie ein Turnschuh. Wäre es mir nicht so elend, würde ich diesem überheblichen Futzi mal anständig die Meinung geigen.

Auf dem Weg zurück nach Burglbach ist mir immer noch speiübel, obwohl ich mich schon, sehr zum Leidwesen vom Wolfi, auf der Hinfahrt zur Arztpraxis in die Seitenverkleidung seines BMWs übergeben musste.

»Jetzt fahr ich dich erst einmal heim, und dann ruhst du dich erst a mal richtig aus, Mama«, meint der Wolfi rücksichtsvoll und steuert seine Schüssel am Ortsschild von Burglbach vorbei, als plötzlich sein Diensthandy bimmelt.

»Ah, der Freirer is es. Dann sag ich ihm gleich, dass ich mir heute für den Rest des Tages freinehme, Mama«, flötet mein Sohnemann. Mit einem lässigen »Servus, Freirer. Du, ich komm heute nicht mehr. Meine Mama hatte einen S08!«, geht der Wolfi ans Telefon.

Wovon redet mein Sohn, frage ich mich und höre, wie er kurz darauf scharf die Luft einzieht. »Was meinst? Wir haben eine 107!«, brüllt der Wolfi aufgeregt in den Hörer. »Wo? Im Burglwald sagst du. Freilich, ich komm sofort. Gib mir zehn Minuten. Servus«, ruft er und hängt ohne ein weiteres Wort ein.

»Was ist los?«, frage ich, doch der Wolfi scheint mich gar nicht wahrzunehmen. »Sind wir hier jetzt in einer Quizshow oder was? Warum zum Teufel bin ich ein S08, und was ist bitte schön eine 107?«, rufe ich leicht benebelt vom Rücksitz hervor, doch auch diese Frage bleibt unbeantwortet, als mein Sohn unerwartet eine Vollbremsung reinhaut. Da ich nicht vorschriftsmäßig angeschnallt bin – was im Übrigen mittlerweile liegend gar nicht möglich ist –, reißt es mich auf dem Rücksitz erst ruckartig nach hinten, und als das Auto zum Stehen kommt, wieder nach vorn, und ich rolle mit voller Wucht in den Fußraum, wo ich liegen beziehungsweise stecken bleibe.

»Auaaaahhh, zefix, Wolfgang!«, quietsche ich und greife nach meinem wummernden Schädel.

»Mama, oweia. Jetzt hab ich dich ganz vergessen. Ich muss dringend zu einer 107 – ähm, ich mein zu einer Leiche.« »Leiche? Was, welche Leiche?«, frage ich aufgeregt und glaube, mich verhört zu haben.

»Am besten, ich liefer dich schnell bei der Friedl ab, das liegt doch quasi auf dem Weg«, sagt er mehr zu sich selbst und drückt aufs Gas. »Sobald ich fertig bin, hol ich dich da wieder ab, ja?«

Ein Toter im Wald, habe ich das richtig verstanden, frage ich mich und meine Benommenheit von eben ist Schnee von gestern. »Die Fiedl is niet da«, rufe ich aus meiner Grube heraus. »Die is bit Moragan nog in Dussendoof, äh Dusseldoof, nei Düsseldorf«, meine ich und stelle fest, dass meine Zunge beim Sprechen komische Verrenkungen macht. Was ist denn bloß los mit mir? Die Worte purzeln wie Buchstabensalat aus mir heraus. »Du nimmt mig mit! Ik kann nigt alleine bleiben, hat de Dokotor gesahgt«, schnalze ich hervor.

Der Wolfi dreht sich herum und haut erneut eine Vollbremsung rein, als er mich in meinem Elend liegen sieht. Wie der Blitz ist er aus dem Auto raus und reißt die hintere Tür auf. Durch den Ruck sack ich gleich noch ein bisschen tiefer in den Fußraum. Der Sauesel zieht und zerrt an mir, es ratscht, und meine bis dato nur mit Kotze besudelte Bluse ist endgültig dahin. Nur fürs Protokoll, in meiner Mega-ends-fashionvictim-de-luxe-Bluse klafft nun ein mindestens zwanzig Zentimeter langer Riss. Ich schnaube wie ein wild gewordenes Happy Hippo und muss mich richtig anstrengen, nicht gleich zu explodieren. »Dad Ding wird du asessen«, schimpfe ich, schließlich war die Bluse ein absolutes Einzelstück, wie meine Lieblingsverkäuferin, die nette Eva, mir anvertraut hatte. Untröstlich gebe ich mich meinem Leid hin. Natürlich geht es hier nicht nur um den Verlust meiner wunderbaren Bluse, nein, auch mein Schädel wurde heute bereits zum zweiten Mal stark in Mitleidenschaft gezogen. Er hämmert und dröhnt so arg, dass mir fast die Rübe platzt. Als der Wolfi mich endlich losbekommt, hievt er mich zurück auf die Rückbank. Diesmal schnallt er mich höchstpersönlich an und tätschelt mir die Stirn. »Hör zu, Mama! Ich nehme dich jetzt mit, weil ich nicht weiß, wo ich dich sonst hinbringen soll. Egal was passiert, du bleibst im Streifenwagen sitzen und wartest, bis ich zurück bin, gell?!«, sagt er und fixiert mich mit einem eindringlichen Blick.

»Okay! Mag ik. Indianerehrenmord, ähm -wort«, gebe ich zurück, hebe erschöpft meine Linke und kreuze heimlich die Finger meiner Rechten hinter meinem Rücken, so wie wir als Kinder es immer gemacht haben, um ein Ehrenwort zu umgehen.

Mit einem besorgten Blick tätschelt er mir die Wange, schwingt sich zurück hinters Lenkrad und setzt seine Fahrt fort. Keiner von uns sagt etwas, selbst das blecherne Radio, das noch aus der Steinzeit stammt, hat ausgekrächzt. Drei Kilometer hinter Burglbach biegen wir auf einen geschotterten Waldweg. Ein Beamter in neongelber Warnweste winkt uns hektisch die Richtung, und der alte BMW heult auf, als wir über den unbefestigten Weg und durch die Tannenallee holpern. Ich heule auch gleich, denke ich mir und halte meinen lädierten Schädel fest zwischen beide Hände gestützt. Mir ist erneut speiübel, und ich versuche vehement, dem Drang nach Erleichterung nicht nachzugeben. Die Rüttelkiste kämpft sich weiter über Stock und Stein, bis wir nach einer gefühlten Ewigkeit am Rand einer Lichtung endlich zum Stehen kommen. Abrupt würgt der Wolfi den Motor ab, und der BMW setzt zu einem letzten Zuckler an. Neugierig schaue ich aus dem Fenster, sehe zu meiner Überraschung aber nur verschwommene Umrisse. Ist die Scheibe so dreckig oder was, frage ich mich und wische mit dem Ärmel am Glas herum. Als ich bemerke, dass die schlechte Sicht von meinen Augen herrührt, versuche ich, meinen Blick scharf zu stellen, was mir aber nur ansatzweise gelingt.

»Du bleibst im Wagen, Mama! Wenn was ist, hup einfach. Okay?«, weist der Wolfi mich an und steigt aus seiner Karre. Als die Autotür zuknallt, spähe ich aus dem Wagen. Mehrere Personen in Uniform stehen mit dem Rücken zu mir in einem

Halbkreis und begutachten irgendwas, das ich, verflucht noch mal, nicht sehen kann. Ich lehne mich erschöpft zurück und schließe meine brennenden Augen. Wer ist der 107? Also der oder die Tote, von dem der Wolfi am Telefon gesprochen hat, und warum stehen die ganzen Beamten wie Falschgeld herum und sehen so aus, als wüssten sie nicht, was zu tun ist, frage ich mich und versuche verzweifelt, meine Sinne zu bündeln, um den Schwindel in meinem Hirn endlich loszuwerden.

Als ich erneut aus dem Fenster schiele, sehe ich, wie sich die Gruppe teilt, als der Wolfi dazustößt. Einen kurzen Blick kann ich auf das erhaschen, worauf wohl alle Herumstehenden blicken. Okay, also ich habe etwas gesehen. Was es aber war, konnte ich dummerweise nicht erkennen, zu verschwommen war dieses komische Gebilde in einiger Entfernung. Die Gruppe schließt sich erneut, und jeder weitere Blick bleibt mir verwehrt. So ein Mist aber auch. Da hat man schon mal eine Leiche vor der Linse, und ich bin dermaßen lädiert, dass ich nur unscharfe Umrisse erkennen kann, ärgere ich mich. Apropos Linse, schießt es mir ins Hirn, vielleicht spielen mir meine Augen im Moment einen Streich, aber auf den Kopf gefallen bin ich noch lange nicht. Okay, das stimmt jetzt nicht ganz, denn vor gut zwei Stunden bin ich im wahrsten Sinne des Wortes auf den Schädel geflogen, aber meiner Kreativität tut das jedenfalls keinen Abbruch. Ich kruschtle in meiner Handtasche nach meinem Smartphone. Eins, zwei, drei – nach einem kurzen Moment und einem gekonnten Entsperrmanöver habe ich das Handy gezückt und halte mit der Kamera auf die Rücken der herumstehenden Männer in

Uniform. Sobald sie beiseitegehen, drücke ich ab, so jedenfalls lautet mein Plan. Nur leider bewegt sich kein einziger dieser rumstehenden Schnarchzapfen auch nur einen einzigen Millimeter. Ich warte und warte, gespannt wie ein Flitzebogen mit der Linse im Anschlag, darauf, dass sich endlich die Gruppe teilt, so wie bei Moses das Meer, doch es passiert minutenlang rein gar nichts. Langsam fangen auch schon die Scheiben der alten Knatterkiste an zu beschlagen, oder ist das ein weiterer Schleier, der sich über mein Sehvermögen legt? Kein Wunder, dass sich der deutsche Steuerzahler über die immensen Kosten des Polizeiapparats ärgert. Die stehen herum und tun rein gar nix, maule ich vor mich hin. Plötzlich habe ich eine Idee, wie ich der Wand aus Polizeibeamten auf die Sprünge helfe.

Immer noch leicht desorientiert greife ich nach vorn und meinem Ziel, der Hupe, entgegen. Leider verfehle ich das Lenkrad um ein paar Zentimeter und ratsche am nostalgischen Kassettenradio meines Sohnes entlang. Das Ding springt sofort an, und Helene Fischer jault in ohrenbetäubender Lautstärke ihr Atemlos durch die Lautsprecher von anno 1970. Hastig versuche ich, die Schlagertante abzuwürgen. Aber da ich nur unscharfe Umrisse erkenne, drehe und drücke ich an jedem nur greifbaren Knopf. Unerwartet rattert jetzt auch noch der Scheibenwischer an und ruckelt lautstark über die furztrockene Windschutzscheibe. So ein Mist, verdammter, schimpfe ich und bekomme endlich das speckige Lederlenkrad zu fassen. Die Queen of Schlager hat endlich ausgetrötet, doch die Kassette läuft einfach weiter. Highway to Hell dröhnt es jetzt metallisch krachend aus den Lautsprechern.

Mir schwirrt die Rübe, denn der Bass lässt das ganze Auto vibrieren und die Scheiben klirren. Endlich. Fast blind ertaste ich die Hupe mitten auf dem Lenkrad des alten BMWs und drücke beherzt zu. Die Hupe hallt lautstark und mit einem langen Echo durch den Wald. Erschöpft lasse ich mich auf den Rücksitz plumpsen und zücke meine Handykamera. Wie erwartet teilt sich die unscharfe Menschenmasse vor mir, und ich halte mit dem Handy drauf. Serienbild, klick, klick, klick! Fünfzehn Bilder in der Sekunde, hat mir der Verkaufsberater im Laden stolz erklärt. Bingo, da hat sich die Neuanschaffung mit der pinken Glitzerhülle doch gelohnt. Schnell packe ich mein Handy zurück in die Tasche, als ich sehe, wie ein unscharfer Umriss energisch auf das Auto zugestürmt kommt. Die Autotür wird aufgerissen und der »Highway to Hell« ist plötzlich ganz nah.

»Was ist los, Mama?«, brüllt der Wolfi und schaltet das dröhnende Radio ab.

Himmelherrgott, jetzt muss ich mir aber schleunigst eine Eins-a-Ausrede einfallen lassen. Oscarverdächtig verdrehe ich die Augen, taste orientierungslos nach dem Arm meines Sohnes, lasse meine Augenlider wild von oben nach unten flattern und täusche einen astreinen Schwächeanfall vor.

»Um Himmels willen! Mama! Mama, was ist los?«, schluchzt der Wolfi entsetzt und schaut verzweifelt umher.

Jetzt beginne ich auch noch mit dem ganzen Körper zu zucken. Na gut, für meinen Geschmack schon ein bisschen viel des Guten, aber man muss ja schließlich auch etwas bieten, oder etwa nicht? Der Wolfi scheint mir mein theatralisches

Theaterstück jedenfalls abzukaufen, denn er schreit erneut hysterisch nach Hilfe. Ehrlich gesagt wird mir von diesem ganzen Gezappel und Gestöhne, das ich hier gerade veranstalte, noch flauer in der Magengegend. Aber da muss ich jetzt durch.

»Wasser! Luft!«, japse ich abwechselnd und siehe da, zwei weitere Polizeibeamte eilen herbei und ziehen mich behutsam aus dem Wagen. Zugleich taucht ein weiterer Mann in seinem weißen Strampelanzug auf und geleitet mich zu dem Wagen der Spurensicherung. Auf der Ladefläche des weißen Sprinters darf ich Platz nehmen. Bevor ich mich umsehen kann, um einen weiteren Blick auf den 107 zu erhaschen, wird mir auch schon ein Plastikbecher, der mich irgendwie an die Urinabgabe beim Arzt erinnert, vom Freirer Harald, dem Kollegen und Partner meines Sohnes, unter die Nase gehalten.

»So Walli, jetzt trinkst erst a mal was und beruhigst dich wieder.«

»Was ist denn nur los, Mama? Soll ich einen Krankenwagen rufen?«, fragt der Wolfi besorgt und quetscht sich neben mich auf die Ladefläche. Ganz behutsam streichelt er mir über den Rücken, und mich überkommt fast, aber wirklich nur fast, der Hauch eines schlechten Gewissens, ihm hier so einen Bären aufzubinden.

Ich räuspere mich mehrmals und flüstere mit gebrochener Stimme, dass es mir bereits besser geht. Als ich von meinem Becher aufsehe, blicke ich in vier besorgte Augenpaare und ergreife die Gunst der Stunde. »Wer ist denn der Tote?«, will ich mit Unschuldsmiene und so beiläufig wie möglich klingend wissen.

Der Freirer Harald legt verdutzt seine Stirn in Falten und bricht anschließend in schallendes Gelächter aus. Die beiden anderen Beamten mustern mich verwundert und schauen zum Wolfi herüber.

»Mamaaa, das kann doch jetzt nicht dein Ernst sein?«, brüllt mein Sohnemann empört und funkelt mich böse an. Mist verdammter, wie konnte er mich nur so schnell durchschauen, denke ich mir und schaue dem Wolfi nach, der kopfschüttelnd und fluchend die Ladefläche des Spusiwagens verlässt.

»Walli, du bist echt eine Marke«, grinst der Freirer und schüttelt dabei kichernd den Kopf. »Wen's hier derwischt hat, darf ich dir natürlich nicht sagen. Dienstgeheimnis, weißt doch, und das gilt natürlich gerade auch vor Hobby-Mrs-Marples wie dir. Aber wenn ich dir einen Tipp geben darf, spätestens morgen früh wirst es eh aus der Zeitung erfahren. Da schau!«, sagt er und zeigt mit dem Finger Richtung Waldrand. »Da hinten am Absperrband seh ich schon die Sensationsschreiberlinge von der Zeitung stehen!«

Als ich aufschaue und seiner Hand nachblicke, sehe ich zum Glück schon deutlich schärfer. Drei mit Fotoapparat bewaffnete Personen, die sich ungeduldig an der Polizeiabsperrung drängeln, glotzen zu uns herüber, und ich erkenne ad hoc, dass die eine Rothaarige viel zu viel Haarspray benutzt. Vielleicht sollte ich ihr eine Typberatung anbieten, überlege ich kurz, besinne mich dann aber wieder aufs Wesentliche. »Der Wolfi ist sauer, gell?«, sage ich bedrückt, greife nach dem Freirer Harald seiner Hand und tätschele diese ganz sanft.

»Legst für mich ein gutes Wort ein, Harald?«, frage ich und schenke dem Kollegen meines Sohnes den treudoofsten Blick, den mein Repertoire zu bieten hat.

»Eh klar Walli, für dich mach ich doch fast alles!«, gluckst er, zwinkert mir verschwörerisch zu und hebt die Hand zum Gruß, bevor er wieder verschwindet.

Als ich irgendwie geläutert und etwas wackelig auf den Beinen zum Dienstwagen zurücktrotte, kommt der Wolfi erneut auf mich zu. »Soll ich mir ein Taxi rufen?«, frage ich, bevor er etwas sagen kann.

»Nein! Ich bin hier erst einmal fertig. Die Spurensicherung kümmert sich um den Rest. Ich bringe dich jetzt heim und fahr dann später noch mal aufs Präsidium.«

Bevor der Wolfi sein Schlachtschiff wendet, komm ich doch noch auf meine Kosten. Zwei Männer im weißen Strampelanzug hieven eine grün gekleidete Person auf eine Transportbahre. Sehe ich schlecht, oder steckt der Leiche da wirklich ein riesiger Pfahl im Leib? Ich reibe mir kurz die Äuglein, um einen klareren Blick zu erhaschen, da wird aber schon ein großer Sack über den Toten gestülpt, und ich bin mir nicht sicher, ob meine Sehnerven mir gerade einen weiteren Streich gespielt haben. Erschöpft bin ich. Fix und fertig, um genau zu sein. Wenigstens bin ich der deutschen Sprache wieder versprecherfrei mächtig, freue ich mich und lehne mich entspannt zurück. Diesmal wirkt das Geholpere durch den Wald irgendwie ermüdend, und ich nicke, ohne es zu merken, einfach weg.

2

GEFENCHELTES WASSER

»Adalbert!«

»Walli, meine Schönheit!«

»Adalbert, da bist du ja endlich wieder. Ich hab dich schon so vermisst«, gluckse ich, und als wäre er nur für fünf Minuten weg gewesen, schließe ich meinen Mann in die Arme. Der Wind bläst und lässt meine Wallawalla-Mähne wehen, als würde ein Schwarm Schmetterlinge um mich herumwirbeln, und das bunte Sommerkleid fällt leicht an mir herunter. Der Adalbert packt meine Hand, und wir rennen los. Gemeinsam über den Sandstrand der Côte d'Azur und der Abendsonne entgegen. Die Wellen spülen feine Kiesel ans Ufer, und wir patschen mit unseren nackten Füßen durch die aufkommende Gischt. Das Wasser spritzt uns bis zu den Waden, und wir lachen und japsen, was das Zeug hält. Glücklich sind wir beide. Gerade erst ein paar Monate verheiratet. Mein kugelrunder Bauch, in dem der kleine Wolfi heranwächst, wird immer größer. Trotz meiner Walfischausmaße fühle ich mich pudelwohl und genieße die Zeit mit meinem Mann. Der Sonnenuntergang am Horizont lässt mich blinzeln, und die letzten warmen Sonnenstrahlen des Tages kitzeln mein Gesicht. Ach, wie schön es hier ist, denke ich zufrieden und vergrabe meine Füße in dem aufgeheizten Sand. »Das Leben könnte nicht schöner sein«, rufe ich, und der Adalbert wirbelt mich fröhlich herum.

Als er plötzlich anfängt »Mammaa« zu schreien, worüber ich mich mehr als wundere, stürzt alles in sich zusammen, und während der Adalbert sich in Nebel auflöst, wache ich auf.

»Mamaaa!«, höre ich erneut eine eindringliche Stimme rufen. »Mensch, Mama! Wach auf!«

Verwirrt öffne ich meine Glotzer und erkenne meinen Sohnemann. »Wo ist denn der Papa?«, will ich verdattert wissen.

»Mei, Mama!«, sagt der Wolfi mitleidig und streichelt mir behutsam den Arm. »Der Papa ist doch schon lange tot!«

Der Adalbert ist tot? Mein Ehemann ist tot! Richtig, das stimmt. Die Realität holt mich schlagartig, ohne Vorwarnung ein und lässt mich schwermütig werden. Ich vermisse ihn, meinen lieben Ehemann. Gott hab ihn selig da oben beim Herrn, denke ich mir und bin ganz traurig.

»Wir sind da, Mama!«, sagt der Wolfi leise und parkt den Wagen direkt vor der Tür unserer Villa Kunterbunt. Wie einige schon wissen, leben wir in sehr zentraler Lage von Burglbach. Also, um genau zu sein, mitten auf dem Dorfplatz.

Wie das kam? Na ja, also unser, wohlgemerkt, Ex-Bürgermeister von Burglbach, der Dopfer Willi, wollte sich damals ein Denkmal bauen. Etwas Einmaliges, noch nie Dagewesenes sollte es für den größenwahnsinnigen Häuptling sein. Großstadtflair sollte in das beschauliche Burglbach einziehen und die Attraktion im ganzen Landkreis werden. Dazu war der Dopfer Willi bereit, einmal so richtig auf die Kacke zu hauen. Klotzen statt kleckern war seine Devise, und so hat er die, in Anführungszeichen »dörfische Kreditkarte« von Burglbach im wahrsten Sinne des Wortes einmal so richtig glühen lassen. »Der Steuertopf ist voll! Die Kommune bekommt Zuschläge vom Land Bayern! Das Geld muss ausgegeben werden!«, hat er bei der Bürgerversammlung im hiesigen Gasthof trotz des vehementen Protestes der Burglbacher Gemeinde stolz propagiert und kurzerhand unter Missachtung jeglichen Widerstands den Adalbert, meinen Ehemann und seinen alten Freund aus Schultagen, beauftragt, ein neues Dorfgemeindezentrum mit allem Schnickschnack zu bauen. In Burglbach wohlgemerkt, einer kleinen Gemeinde im Allgäu, also sprichwörtlich am Rand vom Nirgendwo. Die dreitausendvierzig Burglbacher Seelen brauchten unbedingt einen hypermodernen, umweltfreundlichen und energieeffizienten Prunkbau. Ein architektonisches Meisterwerk. Quasi biologisch abbaubar, wenn man so will. Ja, genau so hat er unser heutiges Heim und das von der Burglbacher Dorfgemeinde so verschmähte Bauwerk angepriesen. Für meinen Adalbert, einen Meister der Architektur, der Großprojekte auf der ganzen Welt plante und für seine architektonischen Glanzstücke gefeiert wurde, war plötzlich nur noch Spott und Hohn übrig. Das hat ihm letztendlich das Herz gebrochen, davon bin ich überzeugt. Kurz nach Fertigstellung des neuen Dorfgemeindezentrums gab es eine riesige Einweihungsfeier, die mit Buhrufen, faulen Eiern und einer Protestwelle der Burglbacher Bagage endete. Danach erlitt der Adalbert einen Hirnschlag und verstarb urplötzlich. Gut, sind wir mal ehrlich, dieser bunt schimmernde Protzbau hätte tatsächlich besser in einen Bollywoodstreifen gepasst, aber der Dopfer Willi wollte schließlich auch etwas Außergewöhnliches. Etwas Exorbitantes, und das hatte er augenscheinlich auch bekommen und eine Amtsenthebung gleich dazu. Böse Zungen behaupten ja, er wurde buchstäblich zum Teufel gejagt.

Nun gut, die Geschichte ist hier längst nicht zu Ende. Die Burglbacher Dorftrottel haben sich dann zusammengetan und zu Demonstrationen aufgerufen. Mei, da war was los hier im Dorf. Sogar ein Kamerateam aus Südamerika war am Start, um live von der Burglbacher-anti-Dorfgemeindezentrum-Demo zu berichten. Schlussendlich und nach einigem Hin und Her wurde das Rathaus in den alten leer stehenden Landgasthof am Rand von Burglbach verlegt und der bunte Prachtbau inmitten des Dorfplatzes zum Verkauf angeboten, um Geld in die gähnend leeren Kassen von Burglbach zu spülen. Natürlich habe ich dann nicht lange gefackelt, Haus und Hof in München verkauft und bin, nach über vierzig Jahren, in das elendige Dorf, in dem ich einst geboren wurde, zurückgekehrt. Niemals hätte ich es ertragen können, wenn irgendjemand das finale Meisterwerk meines verstorbenen Gatten gekauft, umgebaut oder eventuell sogar noch abgerissen hätte. Dank der großzügigen Hinterlassenschaften meines Mannes muss ich mir ums Finanzielle wenigstens keine Sorgen machen. Der Adalbert hatte schon lange vor seinem Tod in Aktien und Immobilien investiert, die mir nun meinen privilegierten Ruhestand sichern. Und einen positiven Nebeneffekt hatte der Umzug nach Burglbach auch, muss ich gestehen. Ich spare monatlich nun einen ganzen Batzen Geld, weil es schlichtweg nicht mal die Möglichkeit gibt, seine Kohle hier am Rand vom Nirgendwo überhaupt los zu werden. Außer Jaquelines Friseursalon, dem Apostlwirt und dem Bäcker Biggl gibt's hier halt auch so gut wie nix, wo ich meine Kreditkarte überhaupt zum Glühen bringen könnte. In meinem geliebten München mit seinen unzähligen exklusiven Boutiquen bin ich nur noch selten, und Kempten ist eben auch nicht gerade das, was man mit meinem Sinn für Mode als ein Shoppingmekka bezeichnen würde. Ab und zu, wenn der Postbote schon ein paar Tage nicht mehr vorbeigeschaut hat, kommt es dann schon mal vor, dass ich schwach werde. Alle Bemühungen, daran vorbeizuzappen, scheitern meistens kläglich, und so gebe ich mich dem Teleshopping dann doch hin. Der Wille war stark, aber das Fleisch zu schwach. Eine nanotechnik-versiegelte Panzerschutzhülle für mein Telefon oder ein mit Blattgold verzierter Klopömpel, wer kann denn so etwas nicht gebrauchen? Nichtsdestotrotz bleibt am Monatsende viel mehr übrig, als ich überhaupt ausgeben kann, und so habe ich meinen Vermögensverwalter schon vor einer Weile angewiesen, den monatlichen Spendenbetrag noch mal kräftig anzuheben, um noch mehr karitative Organisationen rund ums Allgäu zu unterstützen. Dem Adalbert und mein Motto war schon immer: Tu anderen etwas Gutes, dann kommt auch Gutes zu dir zurück, und daran glaube ich bis heute.

Da war ich nun, also in Burglbach, und dass der Wolfi nur ein paar Monate vorher in die Polizeiinspektion nach Kempten versetzt wurde, kam mir daher dann auch sehr gelegen. Für mich allein wäre der vierstöckige, rundum verglaste Bau einfach zu groß gewesen. Seitdem führen wir eine MSG, also eine Mutter-Sohn-Gemeinschaft, und dabei kann es, wenn es nach mir geht, auch gerne bleiben. Eine etwaige Schwiegertochter kommt mir jedenfalls sicher nicht ins Haus.

Der Wolfi schließt kurzerhand die Türe auf, geleitet mich ins Wohnzimmer und bugsiert mich gekonnt aufs Kanapee. Ich bin wirklich erschöpft, der Sturz von der Leiter im Garten heute Morgen hat mir ganz schön zugesetzt. Er richtet noch schnell die Kissen und so lehne ich mich entspannt nach hinten. Mein Schädel brummt und das flaue Gefühl in meinem Magen lässt auch nicht nach. Eigentlich ja klar, nach dem Intervallgekotze im Dienstwagen meines Sohnes bin ich ja völlig leer. Die Wüste Gobi quasi in meinem Wanst.

Der Wolfi hantiert in der Küche herum, und ich höre den Wasserkocher sprudeln. Nach zwei Minuten steht sie vor mir, die wunderschöne Tasse mit den kunstvoll geschwungenen Engelsflügelhenkeln, die ich erst vor Kurzem beim Teleshopping zu einem Schleuderpreis, man darf es kaum verraten, ergattert habe. Vorsichtig reicht mir mein Sohnemann die dampfende Tasse, aus der mein laktoseFreirer Cappuccino mit Milchschaumberg doch gleich doppelt so gut schmeckt. Behutsam setze ich das feine Porzellan an meinen Mund und koste. »Bähhh! Pfui Teufel! Willst du mich vergiften?« Der pure Ekel reißt mich förmlich von der Couch. »Was ist denn das für eine Plörre?«, schimpfe ich den Wolfi wie ein dreijähriges Kind, das heimlich aus dem Sandkasten genascht hat.

»Das ist Tee! Für deinen Magen, Mama«, meint er empört und stemmt beleidigt die Hände in die Hüften.

»An meinen Magen lasse ich nur laktosefreien Cappuccino, Brezen vom Biggl und Kuhfladenschoki«, gebe ich schlagfertig zurück und setze das widerliche Gebräu in dem so wundervoll verzierten Porzellanbecher zurück auf den Untersetzer. »Fenchel«, lese ich angeekelt auf dem Etikett, das am Rand der Tasse schmoddrig-nass herunterbaumelt. »Ekelhaft! Wo hast du denn den bloß her?«, frage ich den Wolfi, der hektisch an seinem Handy rumtippt. In meinem Haushalt gibt es doch gar keinen Tee.

»Mama, ich muss jetzt zurück auf die Wache. Zu der Leiche gibt es noch einen Haufen offene Fragen«, sagt er hastig und ist schon halb aus der Türe draußen. »Gute Besserung, Mama! Rufst fei an, wenn was ist. Schon dich a bissle. Bis später«, höre ich ihn noch eilig rufen, dann fällt die Tür ins Schloss und ein Stechen fährt durch meinen Schädel.

Ja Sakradi, wie konnte ich das denn nur vergessen? Ich falle förmlich aus allen Wolken. Nach meinem kleinen Knock-out auf der Heimfahrt in Wolfis Karre habe ich doch tatsächlich den Toten vergessen, den ich ja genau genommen leider gar nicht gesehen habe. Die Selbstzweifel über meine kleinen grauen Zellen schiebe ich sogleich weit weg, als mir einfällt, dass ich mit meiner Smartphonecam heimlich ein paar Fotos geschossen habe. »Strike!«, entfährt es mir laut, als ich eilig nach meinem Handy grapsche, das der Wolfi für den Notfall neben das Bisiwasser auf den Tisch platziert hat. Gespannt wie ein Flitzebogen gebe ich meinen Pincode auf dem Display ein und »Tadaa!« … Mist, ich muss mich vertippt haben. Let's try again. Ich atme tief ein und gebe meinen idiotensicheren Pin noch einmal ein. 0000. Die Zahlen schwirren aber auf dem Display hin und her – wie soll man da zielsicher treffen, frage ich mich, und der zweite Versuch schlägt ebenfalls fehl. Ich schließe ein Auge, visiere den Bildschirm an und versuche es erneut, die Kombination fehlerfrei einzutippen. Drücke Enter und …? – Himmel Herrgott, Herrschaftszeiten. Schon wieder falsch. Das kann doch wohl nicht wahr sein. Ein letzter Versuch bleibt mir noch, bevor mein Handy gesperrt wird und sich nur noch durch den PUK-Code entschlüsseln lässt. Nachdem ich nicht allzu ordentlich mit dem Abheften und Sortieren wichtiger Unterlagen bin, wäre das ein weiteres Desaster. Ich lehne mich zurück, halte das Telefon fest an meine Brust gedrückt, schließe die Augen und schicke ein Stoßgebet gen Himmel. Wenn nix mehr geht, hilft mir der Adalbert. Mehr als einmal habe ich beim Beten zum lieben Herrgott schon aufs falsche Pferd gesetzt, denn der Allmächtige hatte meine Bitten schon des Öfteren ignoriert, was ziemlich unerhört ist. Ich atme noch einmal tief durch und erinnere mich an dem Chapa Naca sein »Drei Wege zur völligen Entspannung«-Mantra. Ich zische die Luft in drei kurz nacheinander folgenden Stößen laut aus. Ziehe daraufhin die Luft wie eine wiehernde Ziege wieder scharf ein – was sich meiner Meinung nach ziemlich befremdlich anhört, aber was solls –, halte dem Druck in meinen Atemwegen für ein paar Sekunden stand und lasse dann meinen Unterkiefer locker auf die Brust fallen und presse die Luft intervallartig mit einem gurgelndem Ton heraus. Das Ganze wiederhole ich drei Mal. Anscheinend habe ich es mit der Entspannungstechnik etwas übertrieben, denn plötzlich wird alles dunkel, und mir geht buchstäblich das Licht aus.

Als ich nach einer Weile wieder zu mir komme, durchfährt mich ein stechender Kopfschmerz. Zusammengesunken kauere ich auf dem Kanapee und halte immer noch krampfhaft mein Telefon fest. Es dauert ein paar Sekunden, bis ich wieder im Hier und Jetzt angekommen bin, und ich starte den letzten mir verbleibenden Versuch. Jetzt muss es klappen. Ich lasse mir Zeit und tippe bedächtig den Pin, Zahl für Zahl, unter höchster Konzentration ein. Das Symbolschloss auf meinem Display öffnet sich wie von Zauberhand, und ich recke meine imaginäre Siegerfaust stolz wie Bolle in die Luft. »Du hast es doch noch drauf, Walli!«, lobe ich mich selbst und tippe gleich den Bilderordner an. Auf dem ersten und zweiten Foto sehe ich nur die unscharfen, siffigen Armaturen vom Wolfi seiner schäbigen 70er-Jahre-Kiste. Aber auf dem dritten Bild! Was ich da sehe, verschlägt mir buchstäblich die Sprache. Schlagartig stellen sich mir sämtliche Nackenhaare auf, und ein kalter, ekliger Schauer läuft mir den Buckel hinab. Da hängt auf einem dicken Holzpfahl der aufgespießte Körper eines toten Mannes. »Wie ein Balkan-Schaschlik«, flüstere ich schockiert vor mich hin und kann meinen Blick von diesem bizarren Anblick gar nicht mehr lösen. Fassungslos starre ich auf den dicken, blutigen Holzpfahl, der dem Toten schonungslos aus dem Bauch ragt. Obwohl ich überhaupt nix mit dem bigotten Gehabe meiner Mitdörfler anfangen kann, bedenke ich den Toten auf dem Bild reflexartig mit einem Kreuzzeichen. Aber Moment mal, wer ist denn der Tote, der da regungslos auf einem überdimensionalen Zahnstocher hängt, frage ich mich und zoome das Bild mit einem gekonnten Zweifingermanöver näher heran. Mist, der Blick auf den Schädel der Leiche wird mir von einem davorstehenden Beamten verwehrt. »Ja Himmelherrgott!«, schimpfe ich, als ich genauer hinsehe und nur die Heckansicht meines Sohnes erkenne. »Kruzifix!« Anstatt dem Haupt des Toten sehe ich lediglich den spärlich behaarten Schädel meines Sohnes. Ich scrolle das gezoomte Bild etwas nach links und schaue mir den Rest des Bildes ganz genau an. Zwei weitere Männer stehen am Bildrand und betrachten den Leichnam, der ausgestreckt und rücklings auf dem »Marterpfahl« hängt. Mir fällt auf, dass der Tote dunkelgrüne Kleidung trägt. Die khakifarbene Hose sowie die etwas dunklere Jacke in Tannengrün könnten auf einen Jäger oder Förster hinweisen. Etwas, das aussieht wie ein Fernglas, baumelt dem toten Körper seitlich vom Brustkorb, und im Hintergrund ist eine Holzleiter zu erkennen, die auf einen Hochstand führt. Unter Beachtung dieser Aspekte fallen mir eigentlich nur zwei Mannsbilder im Dorf ein, die diese Art geschmackloser Kleidung überhaupt tragen würden. Der Lerpscher Georg und der Bodo Wimmerl. Der eine Jäger, der andere Förster im hiesigen Burglbacher Waldterritorium am Rande vom Nirgendwo. Weiter komme ich nicht mit meinen Schlussfolgerungen, denn die Türglocke schellt in einem durch und reißt mich aus meinen Gedanken.

3

WENN DER FEIND GLEICH DREIMAL KLINGELT

»Jaja, ich komm doch schon!«, rufe ich genervt und trotte etwas wackelig der Haustür entgegen. Als ich die Klinke berühre, durchzuckt es mich, und da ahne ich bereits, dass mich dahinter nichts Gutes erwarten wird. Der Wolfi hat einen Schlüssel, die Friedl ist noch bis morgen zu Besuch bei ihrer Tochter in Düsseldorf, und meine neuen roten, onlinegeshoppten Wildlederstiefel sollen zu meinem Bedauern erst am Wochenende geliefert werden. Als ich öffne, steht, wie ich es bereits geahnt habe, das Grauen auf zwei Beinen oder auch Cilli Hanebichler genannt vor mir und tritt ungeduldig von einem Bein aufs andere. »Ssssilly«, betone ich den dämlichen Namen meiner noch dämlicheren Nachbarin scharf und akzentuiere ihn extra mit einem weichen »S.« So, dass aus dem sonst mit »Z« ausgesprochenen Cilli das englische Wort Silly, was sehr passend »dämlich« bedeutet, entsteht. Da ist doch der Name Programm, denke ich böse und bin mir sicher, die Eltern ahnten bereits damals schon, was der liebe Gott ihnen da geschenkt hatte. Jeder, wie er es verdient, denke ich mir gehässig und bereue meinen Gedanken gleich wieder, denn meinen eigenen Namen Walburga kann ich auf den Tod nicht ausstehen. »Was kann ich für dich tun?«, frage ich das etwa einhundertachtundvierzig Zentimeter große Gräuel vor mir.

»Der Wolfi hat mich geschickt«, sagt sie sogleich und schiebt sich, bevor ich sie aufhalten kann, ungeniert an mir vorbei. Verdattert versuche ich sie gerade noch am Ärmel zu erwischen, aber zu spät.

»Sehr speziell hast du's ja hier, Walli. Wow, ein Springbrunnen, mitten im Wohnzimmer, da schau an. Ich dachte ja, das wäre nur ein blödes Gerücht, aber …«, staunt sie, als sie sich ohne Hemmungen den Weg vom Eingangsbereich ins Wohnzimmer bahnt und sich neugierig umsieht. »Etwas zu groß für meinen Geschmack, aber gut … Wenn man sich's leisten kann …«

»Silly, was willst du?«, unterbreche ich sie harsch und latsche ihr unweigerlich auf dem Absatz hinterher.

»Wie schon gesagt, der Wolfi hat mich gebeten, nach dir zu sehen. Schließlich ist mit einer Gehirnerschütterung nicht zu spaßen. Also wie du da vom Baum abgesegelt bist. Ich hab ja schon gedacht, Heiland! – jetzt isch se hi! Aber wie sagt man so schön, Unkraut vergeht nicht«, schwadroniert sie spitz und lässt sich ungefragt auf dem Adalbert seinen alten Lieblingssessel fallen.

»Halt!«, brülle ich fassungslos und sogleich fährt es mir stechend in den Kopf. »Steh sofort auf. Weg da! Bist du verrückt?«, rufe ich panisch und ziehe sie von dem klobigen

Lederstuhl. Seit dem Adalbert seinem Tod hat nie wieder jemand in dem cognacfarbenen Ohrensessel gesessen, den mein Mann über alles liebte. »Kann ich ja net wissen, dass das Ding hier nur zur Deko steht«, entschuldigt sie sich mürrisch und schaut mich verärgert an.

»Das ist keine Deko, das ist ein Andenken an meinen Adalbert«, schimpfe ich aufgeregt. »Und außerdem komme ich sehr gut alleine klar. Also wenn du jetzt bitte verschwindest«, sage ich, und ein weiterer Schwindelanfall durchfährt meinen Körper.

»Nix, ich bleib hier, das hab ich dem Wolfgang versprochen, bis er zurück ist! Strikte Ruhe, kein Teleshopping und kein Handy hat er ausdrücklich gesagt«, erklärt sie unnachgiebig und hockt sich einfach eins weiter. Diesmal auf den Zweisitzer mir gegenüber.

Genervt und erschöpft lass ich mich auf mein Kanapee sinken und gebe mich vorab geschlagen. Nicht aber, ohne den Wolfi in meinen Gedanken dafür zu verfluchen, mir dieses kratzbürstige Frauenzimmer auf den Hals gehetzt zu haben. Hätte er mir doch einfach die Friedl vorbeigeschickt, denke ich sauer, doch da fällt mir wieder ein, dass meine Freundin seit einer Weile im Preußenland hockt. Nicht ganz freiwillig ist sie da hingefahren, würde ich meinen, aber eine Mutter muss eben tun, was sie tun muss, und so hat die Friedl sich kurzerhand vor ein paar Tagen aufgemacht, um der flennenden Babette bei ihrem Liebeskummer beizustehen.

Hätte mich jemand gefragt, hätte ich der Braut bereits am Tag der Eheschließung sagen können, dass der kleine schleimige Panjabi Bakaah nicht die beste Wahl ist. Habe ich doch kurz nach dem Höhepunkt des dreitägigen Spektakels namens Hochzeit gesehen, wie der kleine elendige Lüstling seine Finger nicht von einer der hübschen Bollywoodtänzerinnen hinter der Bühne hat lassen können. Ich habe es ja versucht, wirklich. Aber als ich die Babette von der Untreue ihres frisch Vermählten unterrichten wollte, wurde ich kurz vorm Brautaltar von einem massiv pummeligen Onkel des Bräutigams zur Seite gerissen. »Du dalft nickt steckel deine deutsche Schäfelhundnase in flemdel Angelegelheit«, hat er mich in bestem Indisch-Deutsch unter Druck gesetzt. Stocksauer habe ich meinen Arm aus seinen Fängen befreit, kehrtgemacht und war fest entschlossen, der Braut zu einem späteren Zeitpunkt von meinen Beobachtungen backstage zu erzählen. Aber dieser gegelte Pitbull mit goldener Beißschiene hatte mich den ganzen Abend nicht mehr aus den Augen gelassen. Der Friedl konnte ich ebenfalls nicht berichten, dass ihr neuer Schwiegersohn, dieser widerliche Halodri im güldenen Glitzeranzug, noch vor fünf Minuten einer anderen Frau seine Zunge vom Schlund bis runter zum Bauchnabel geschoben hat, denn sie saß umringt von unzähligen Mitgliedern aus dem Panjabi seiner Sippe, wild mit Hand und Fuß gestikulierend auf dem Fußboden einer umdekorierten Düsseldorfer Dreifachturnhalle und hat den Interessierten die Allgäuer Mundart nänähergebracht. So nahm also alles seinen Lauf. Oh Gott, mir wird gleich wieder schlecht, wenn ich nur daran denke, wie der kleine Lüstling im Mundwerk seiner Gegenspielerin mit seinem schlotzigen Lappen herumgestochert hat, als hätte er etwas verloren, während die bunt geschmückte Babette samt rotem Punkt auf der Stirn nichtsahnend auf dem kitschigen Podest am Brauttisch auf ihren Arsch, äähm ihren neu angetrauten Ehemann gewartet hat. Sechshundertachtunddreißig Gäste, mich ausgenommen, hatten ausgelassen die Liebe der Babette und ihres Taugenichts Panjabi gefeiert. Ich für meinen Teil hätte ihm am liebsten eine geballert, und zwar mitten auf seine breite speckige Nase. Irgendwann später habe ich dann die Friedl auf der Tanzfläche entdeckt, wie sie schwankend, im leuchtend gelben Sari, ihre Runden zur indischen Musik gedreht hat. Schwungvoll hat sie nach meinem Arm gegriffen und mich mitgezogen, als sie mich unter den ganzen kleinen feierwütigen Indern erkannt hat.

»Walli? Hallo? Jemand zu Hause? Soll ich dir einen Tee kochen?«, unterbricht die Silly meinen Gedankenzirkus und fuchtelt mit der Hand vor meinem Gesicht herum.

»Was ist los?«, will ich abwesend wissen, und da fragt sie mich erneut, ob sie mir ein Bisiwasser kochen soll.

»Auf gar keinen Fall. Ich hasse Tee!«, kommt es von mir retour, und ich sehe, wie sich ihre Lippen zu einem schmalen Streifen verziehen. »Dann eben net! Wer nicht will, der hat scho«, mault sie leise vor sich hin. Ich bin stinksauer auf den Wolfi. Was soll der Mist? Der Feind im eigenen Haus, wie entwürdigend! Ich bin doch nicht senil und kann sehr gut auf mich selbst aufpassen. Keine Sekunde lass ich die Silly aus den

Augen, und so sitzen wir uns minutenlang schweigend gegenüber.

»Soll des Kunst sein?«, will sie nach einer Weile spöttisch wissen und zeigt auf das riesige Gemälde in Öl, das in prächtigen Farben stolz über dem Kamin prangt. Hat dieses Weibsbild noch alle Latten am Zaun, frage ich mich ernsthaft und bin erschüttert, wie man ein Original von Frederik Friedrichson infrage stellen kann. War dies doch ein großzügiges Hochzeitsgeschenk von Abji Al'Sharad, einem steinreichen Ölscheich aus den fernen Emiraten, für den der Adalbert einst einen wunderschönen Palast geplant hatte. Ich glaube, mein empörtes Gesicht spricht Bände, denn Silly-Girl fragt nicht weiter. Das Schandmaul ist zu meinem Glück erst einmal ruhig und stellt keine weiteren »silly« Fragen. Ich fühle mich elend, und mein Kopf glüht, aber mit dem Schakal im Nacken lässt es sich unmöglich entspannen. Fieberhaft überlege ich, wie ich meine ungeliebte Nachbarin endlich loswerden kann. Verstohlen beobachte ich, wie sie lustlos in einem meiner Modemagazine blättert, das sie auf dem Couchtisch entdeckt hat. Als mein Blick auf den Tisch wandert und ich mein Telefon entdecke, fällt mir schlagartig wieder der Tote am Spieß ein, und ich werde ganz nervös. So ein Mist, wie konnte ich das nur vergessen? Was ist nur los mit mir? Ich muss doch unbedingt herausfinden, um wen es sich bei dem Leichnam handelt. Vorsichtig grapsche ich nach meinem Smartphone, schließlich will ich die Aufmerksamkeit meiner Aufpasserin auf gar keinen Fall erregen, die sich gelangweilt Seite für Seite durch *Die moderne Frau* blättert. Quasi in Zeitlupe schiebe ich vorsichtig meine Hand immer näher und näher an das Objekt meiner Begierde, aber es reicht ums Verrecken nicht. Kurz vor dem Ziel endet mein Mittelfinger, und ich bekomme das dumme Ding einfach nicht zu greifen. Es hilft nix. Ohne meinen Feind, der sich arglistig hinter der Zeitschrift tarnt, auch nur eine einzige Sekunde aus dem Auge zu lassen, schiebe ich meinen Körper etwas nach vorn, und als ich endlich meinen Quasselknochen zu fassen bekomme, reißt die Silly die Zeitung zur Seite, und ich fahre vor Schreck zusammen. »Walli, du hast striktes Handyverbot. Das hat der Wolfi ausdrücklich gesagt«, ermahnt sie mich wie ein Kleinkind, das sich klammheimlich und unerlaubt etwas aus dem Bonbonglas gemopst hat.

In mir brodelt es, und ich schäume fast vor Wut. »Ich bin eine erwachsene Frau und kann …«, schimpfe ich empört, doch so schnell kann ich gar nicht schauen, da springt die dumme Silly auf, schnappt mir mein Telefon vor der Nase weg und legt es auf die Anrichte der offenen Küche. »Kein Handy. Basta!«, donnert sie wie eine Gefängnisaufseherin und setzt sich zurück auf die Couch. Mir bleibt fast die Spucke weg, denn für gewöhnlich habe ich sonst immer das letzte Wort. Lass mir mal den Wolfi nur heimkommen, der kriegt gehörig den Arsch versohlt, denke ich böse, und da ist es mir auch wurscht, das mein Sohn schon über vierzig ist. Resigniert, aber nicht weniger stinksauer sinke ich noch tiefer auf mein Kanapee und schließe widerstandslos die Augen.

Nach dem Hickhack mit der fiesen Aufseherin muss ich mir nix dir nix eingeschlafen sein, denn der Adalbert taucht vor meinem inneren Auge auf und kommt lächelnd und unverschämt gut aussehend auf mich zu. Er trägt schwarz-weiße Gamaschen, eine dunkle enge Hose und ein tailliertes Hemd und sieht damit Patrick Swayze aus *Dirty Dancing* zum Verwechseln ähnlich. Er greift nach meiner Hand und gibt mir einen zarten Kuss auf den Handrücken. »Hey Baby!«, kann ich von seinen Lippen ablesen. Was für ein Gentleman, denke ich mir, und in diesem Moment dreht er mich mit Schwung einmal um die eigene Achse. Erst jetzt bemerke ich, dass wir uns im Havanna befinden. Einem abgefahrenen kubanischen Club mitten in Berlin, den wir damals ab und zu besucht und in dem wir nächtelang durchgetanzt haben. Zwei heiße Tänzerinnen in knappen Kostümen, die ihre Körper lasziv im Rhythmus über die Tanzfläche schwingen, tauchen neben mir auf. Völlig am Takt der Musik vorbei schiebt mich mein Göttergatte wackelnd übers Parkett. Als ich beschwingt an mir herunterschaue, funkelt mir ein mit Pailletten besetztes Oberteil entgegen und lässt mich in dem bunten Licht wie eine Discokugel glitzern. Meinem Johnny Castle flimmern unzählige kleine Lichtblitze übers Gesicht, und mein rosafarbener Plisseerock wirbelt wild und flatternd im Takt um meine Fesseln. Der Adalbert hat einfach Geschmack. Was für ein Wahnsinnsoutfit hat er mir da ausgesucht, denke ich erfreut, doch als mein Blick noch weiter herunterwandert, zucke ich plötzlich schockiert zusammen. Mein Schuhwerk! Jesses, was ist denn mit meinen Füßen passiert? Ungläubig starre ich auf die klobigen schwarzen Bauarbeiterstiefel, die an meinen Untersätzen hängen. Ich sehe ja aus wie ein Trampeltier, stelle ich empört fest.

»Ist nur zu deiner Sicherheit, Baby. Die Stahlkappen sind sogar TÜV-geprüft. Eins-a-Qualität«, flüstert er mir euphorisch in mein Ohr, bevor er mich erneut wie einen eiernden Kreisel über die Tanzfläche wirbelt. Der Adalbert hat vorgesorgt, denke ich mir entzückt, und in Anbetracht der Tatsache, dass meine Zehen nach unserem Tanzabend höchstwahrscheinlich blau und lila daherkämen, ist so ein kleiner Fashion-Fauxpas wohl mehr als erlaubt. Wie zwei orientierungslose Hühner drehen wir eine Runde nach der anderen übers Parkett und haben einen Mordsspaß dabei. Ich jodle vor Glückseligkeit, als der Adalbert mich schwungvoll durch seine gespreizten Beine hindurch über den Boden zieht und mich mit Schwung auf der anderen Seite wieder nach oben wuchtet. Dass er mir während unserer Tanzdarbietung dabei gefühlte neunundneunzigmal auf die Zehen trampelt, ist dank der Sicherheitstreter an meinen Füßen völlig nebensächlich. Wie ich dieses Gefühl doch vermisse, ihn bei mir zu haben, denke ich mir traurig, als wir verschwitzt und atemlos eng umschlungen auf der leeren Tanzfläche stehen. Er flüstert mir etwas ins Ohr, doch ich kann ihn nicht verstehen. Die Musik ist einfach zu laut. Verzweifelt presse ich meinen Löffel ganz nah an seinen Mund heran, doch auch, als er es erneut wiederholt, kann ich meinen lieben Adalbert nicht verstehen. Ich ziehe meinen Mann von der Tanzfläche, und wir laufen Richtung Ausgang. Draußen ist es bestimmt leiser, und ich kann hören, was er mir sagen will, aber als wir aus der Tür treten, verschwindet der Adalbert und löst sich förmlich in Luft auf. Hilflos und traurig bleibe ich zurück und schaue dem Wind nach, der die Äste der alten Linden vor dem Tanzlokal ins Wanken bringt.

Als ich erwache, halte ich noch für einige Momente meine Augen geschlossen. Ein bisschen dem Traum mit dem Adalbert nachhängen. Vielleicht kommt er ja noch mal zurück, denke ich hoffnungsvoll, aber auch nach einer Weile taucht mein lieber Ehemann nicht mehr auf. Was für ein toller Abend, schmachte ich glücklich und gleichzeitig auch ein bisschen traurig meiner Illusion hinterher. Plötzlich fällt mir wieder die böse Oberlehrerin Silly ein, die mir vor meinem Nickerchen mit stoischer und unnachgiebiger Miene auf der Couch gegenübergesessen hat. Blitzschnell öffnen sich meine Augen, um dem Feind ins Angesicht zu blicken, doch sie ist weg. Der Platz, an dem sie vorher noch wie angewurzelt gesessen hat und gelangweilt in meiner Zeitschrift geblättert hat, ist gähnend leer. Verdattert sehe ich mich um. Als ich mich hastig aufsetze, fährt sofort ein bohrender Schmerz durch meinen Schädel, und mir wird speiübel. Auf dem Tisch liegt ein Zettel: *Bin dahoim, beim Pennen brauchst mich ja net!* – steht da, und ich kann mein Glück über meine derzeitige Einsamkeit kaum fassen. Die Trutschel hat das Weite gesucht, freue ich mich, und ein Strahlen huscht mir übers Gesicht.

Wo ist eigentlich mein Telefon? Hastig sehe ich mich um. Da erinnere ich mich, dass die dumme Cilli es vorhin auf die Anrichte in der Küche gelegt hat. Noch immer etwas wackelig auf den Beinen stehe ich auf und watschle unsicher zur Küche hinüber. Es ist weg. Mein geliebtes Kommunikationswunder ist verschwunden. Sie hatte es doch eindeutig dorthin gelegt, erinnere ich mich genau und schaue mich suchend um. Hat dieses dreiste Stück etwa mein Smartphone mitgehen lassen, frage ich mich empört, und mein Blutdruck schießt bereits jetzt durch die Decke. Eilig öffne ich mehrere Schubladen gleichzeitig, aber außer einem Dosenöffner, Krimskrams hier und ein bisschen Firlefanz da ist mein Telefon weiterhin spurlos verschwunden. Ich bin kurz davor durchzudrehen, denn mein Telefon ist mein absolutes Heiligtum. Fest entschlossen greife ich nach den Hausschlüsseln auf der Ablage, und einer Razzia bei der Cilli Hanebichler gleich gegenüber steht nix mehr im Weg. Als ich vor mich hin goschelnd kurz davor bin, die Haustüre hinter mir zu schließen, höre ich ein leises Brummen, das aus dem Wohnzimmer herübertönt. Ist meine Widersacherin etwa noch hier im Haus, denke ich argwöhnisch und spähe vorsichtig durch den Flur, doch das vibrierende Geräusch kommt mir irgendwie bekannt vor, und so folge ich dem brummenden Ton zurück ins Wohnzimmer. Das Brummen wird immer lauter, und das Klirren des Glastischs führt mich auf die richtige Spur. Die flotte Best Agerin auf dem Cover der *Bild der Frau* zuckt lustig auf der Tischplatte hin und her, und als ich das Magazin beiseiteschiebe, entdecke ich darunter mein surrendes Telefon. »Friedl!«, jauchze ich erfreut, als ich sehe, wie das Bild meiner besten Freundin auf dem Display aufleuchtet.

»Walli, bisch du drane?«, will sie ungeduldig wissen, kurz nachdem ich auf das grüne Annahmesymbol gedrückt habe.

»Hallo, Friedl. Ja, ich bin dran.«

»Hasch du's scho g'hört, im Burglwald gibt's an nuir Toten«, sagt sie besorgt, und plötzlich fällt mir wieder der Leichnam am Spieß von heute Morgen ein. Ach du meine Güte, den Toten am Schaschlik habe ich ja total vergessen, schießt es mir auf einmal in meine Rübe, bevor ein weiterer stechender Schmerz sich durch meine Gehirnzellen frisst.

»Bisch no drane?«, tönt es erneut aus dem Hörer.

»Ja. Ähm … Ja, ich weiß. Heute Morgen war ich mit dem Wolfi im Auto unterwegs, als er zum Fundort einer Leiche gerufen wurde. Ich habe aber keine Ahnung, wer der Tote ist. Der Wolfi hat nix rausgelassen. Da müssen wir wohl abwarten, was morgen in der Zeitung steht«, sage ich leicht überfordert und frage mich, wie die Friedl, die im über vierhundert Kilometer entfernten Düsseldorf hockt, um ihrer vom Liebeskummer gebeutelten Tochter Babette das Händchen zu halten, bereits weiß, dass es eine neue Leiche am Rand vom Nirgendwo gibt.

»Den Lerpscher Schorsch hot's derwischt. War wohl Mord!«, sagt sie ganz frei heraus, und mir bleibt fast die Spucke weg.

»Was …? Woher …? Also wieso …?«, stammle ich ungläubig.

»D'Vögl hands von d'Dächer pfiffer! Mei, um den Depp isch es jetzt au nit grad schad. Der war doch eh a rieser Grattler«, tönt es ohne Punkt und Komma weiter durch die Leitung und unterbricht mein fassungsloses Schweigen. Zum Teufel, wie kann es sein, dass die Friedl ohne jegliche Social-Media-Kontakte schneller und besser informiert ist als ich? Ich, die ja höchstpersönlich am Fundort der Leiche war. Anscheinend agiert der Burglbacher Buschfunk schneller als der Twitteraccount des ehemaligen amerikanischen Präsidenten Donald Trump.

»Woher weißt du, dass es den Lerpscher erwischt hat und dass es sich womöglich um einen Mord handelt?«, will ich eilig wissen und versuche den Ärger in meiner Stimme über die meinerseits fehlenden Informationsquellen zu verbergen.

»Die alt' Zinngruberin hot mi a'grufer. Die Ursl aus'm Strickkurs hots ihrer verzählt, und die hot's wiederum von d'Ingeborg högschtpersönlich erfahren«, erzählt sie munter weiter, und während des Gesprächs mit meiner Freundin erfahre ich sogar noch mehr. Als ich mich am Schluss noch nach der Babette erkundige, erfahre ich, dass die Ehe der beiden vorerst einmal auf Eis liegt. Die Babette ist fest entschlossen, den Panjabi wegen seiner unzähligen Seitensprünge sitzen zu lassen und mit Sack und Pack inklusive ihren zwei Bälgern zurück ins Allgäu zu kommen. Schon morgen möchte die Friedl heimkommen und alles auf dem Hof für die Rückkehr ihrer Tochter samt Anhang vorbereiten. Als ich auflege, bin ich ganz verwirrt. Nicht nur über die Heimkehr der Babette und dass sie es endlich geschafft hat, diesen windigen Lustmolch Panjabi zu verlassen, sondern auch darüber, dass ich erfahren habe, dass die Ingeborg, also die Ehefrau vom Georg

Lerpscher, wohl höchstpersönlich nach Kempten in die Gerichtsmedizin zur Identifizierung des Leichnams ihres Ehegatten kommen musste. Warum hat der Wolfi ihn denn nicht selbst identifiziert, er war doch ebenfalls am Fundort, und der kennt den Lerpscher Schorsch seit Jahrzehnten, wundere ich mich. Mindestens seit der Wolfi damals als Fünftklässler im Burglbacher Sommercamp dabei war und der Schorsch als Crewmitglied die Rolle des Aufpassers übernommen hatte. Soweit ich mich erinner, war der Schorsch damals gerade mal Anfang zwanzig und hat den Pubertieren am Lagerfeuer des dreitägigen Spektakels spannende Geschichten rund um die Jagd erzählt.

Vielleicht waren die Überreste vom Schorsch ja so entstellt, dass der Wolfi ihn nicht hat erkennen können, überlege ich und stelle mir einen bis zur Unkenntlichkeit zermatschten toten Körper vor, der an einem Holzpfahl baumelt und vor sich hin gammelt. Es war fast zu erwarten, dass mich nach diesem Kopfkinoszenario ein Ekelschauer überkommt und dass mich das leise, aber sichere Gefühl beschleicht, dass ich mich gleich übergeben muss. Was ich dann auch leider direkt im Anschluss tue. Wenigstens habe ich es noch rechtzeitig auf die Toilette geschafft, was mir, wie ich zugeben muss, in meinen rund sechzig Lebensjahren nicht immer tadellos gelungen ist. Nach dem kleinen Intermezzo schlurfe ich zurück zur Couch. Die Kriminalpolizei muss sich ja ziemlich sicher sein, dass es sich beim Schorsch um ein Tötungsdelikt handelt, denn die Spusi war wohl stundenlang damit beschäftigt, etwaige Spuren am Fundort der Leiche aufzunehmen, wie mir die Friedl ebenfalls erzählt hat. Der Wolfi sollte eigentlich auch längst daheim sein, um mir Bericht zu erstatten, schließlich ist er derjenige, der hier Licht ins Dunkel bringen und mich endlich darüber aufklären kann, was hier Sache ist, denke ich, als die Kuckucksuhr erneut zur vollen Stunde schlägt.

Früher, da war der Schorsch noch ziemlich beliebt hier im Dorf, aber irgendwann hat's dem alle Sicherungen aus dem Schädel gehauen, und er hat's sich mit vielen hier im Dorf mächtig verschissen. Warum und wieso weiß ich nicht so genau, aber das lässt sich in einem tratschfreundlichen Dorf wie Burglbach leicht herausfinden. Die Friedl hat schließlich vorhin am Apparat auch schon so was angedeutet. »Um den isches it grad schad«, hat sie gemeint. Eigentlich ganz untypische Worte für meine sonst so friedfertige Freundin. Da muss auf jeden Fall mehr dahinterstecken. Leider konnte ich sie vorhin am Telefon nicht mehr danach fragen, wie sie das eigentlich mit dem »Nicht schade drum« gemeint hat, denn der Knirps von der Babette hat angefangen zu quengeln, um seine Oma schnellstmöglich von der Strippe zu bekommen. Ich sage nur Aufmerksamkeitsdefizitsyndrom. So konnte ich nur noch die hysterische Stimme der Friedl vernehmen. »Alok-Henry! Geh da runter. Sofort! Nein, nicht springen. Du brichst dir beide Bei… neiiin!« Dann war nach einem kurz folgenden Geraschel die Leitung genauso tot wie der Lerpscher Schorsch am Spieß und ich um keinen einzigen Hinweis klüger, was ein mögliches Motiv für den Jägerspieß anbelangt. Der Wolfi ist immer noch im Dienst, die Friedl mit dem vermutlich schwer verletzten Alok-Henry beschäftigt und ich zu allem Überfluss mit meinem immer wiederkehrenden Schwindel gebeutelt. Das Leben ist manchmal schon ungerecht, möchte ich hier nur einmal kurz anmerken. Diese unbarmherzige Vernachlässigung meiner Person ist doch menschenunwürdig. Ich will hier niemanden an den Pranger stellen, aber es liegt doch auf der Hand, dass ich mich von meinem einzigen Sohn Wolfi, dem ich all meine Liebe geschenkt habe, sowie meiner besten Freundin Friedl schamlos vernachlässigt fühle. Verärgert wurschtle ich das Federkissen auf dem Kanapee zurecht und begebe mich erneut in die Horizontale. Alok-Henry, was für ein Name, denke ich mir amüsiert. Als die Babette damals nach der Geburt ihren kleinen Sprössling mit besagtem Namen vorgestellt hatte, musste ich mir gleich einen grinsen. »Alok heißt Siegesschrei«, hat der Vater mit stolz geschwellter Brust verkündet und seinem Nachwuchs über die strubbelige schwarze Haarpracht gestrichen. Also ich finde ja, dass sich Alok eher anhört, als würde ein Amerikaner versuchen, na ja ihr wisst schon, was ich meine, auszusprechen, aber nun gut. Jedem das Seine. Die zwei Jahre später geborene Tochter der beiden hat es jedenfalls nicht besser getroffen. Babuna-Rosa heißt das kleine Mini-Me der Babette, und die Friedl hatte schon die Hände über dem Kopf zusammengeschlagen, als sie von dem neuen Namensfiasko ihrer jüngsten Nachkommin erfahren hatte. Babuna bedeutet Kamille, hat sie mich aufgeklärt. »Also quasi, rosa Kamille! Mei Enkele hoißt wie a Frühjahrs-Blumenbeutelmix aus'm Gartencenter«, hat die Friedl entsetzt festgestellt und ungläubig den Kopf hin und her geschüttelt.

»Ja, das stimmt. Aber immer noch besser als Alok-Henry«, hab ich daraufhin gemeint. »Ich will mich da ja wirklich nicht einmischen, aber Alok erinnert stark an eine vulgäre Definition einer menschlichen Körperöffnung!«, hatte ich vorsichtig angemerkt, und da war dann der Ofen für die Friedl endgültig aus. Tagelang hat die nicht mehr ganz so stolze Oma im Wechsel geheult und gegoschelt, geheult und gegoschelt, als gäbe es kein Morgen mehr. Vehement hat die Friedl dann nur noch von Rosa und Henry gesprochen, was aber der Babette übel aufgestoßen ist und zu weiteren Streitereien geführt hat. Ich glaube, die Friedl hat dann irgendwann zähneknirschend klein beigegeben. Was wäre ihr auch anderes übrig geblieben?

4

WENN DIE MUSI SPIELT …

Als der Wolfi endlich nach Hause kommt, bin ich dummerweise bereits eingeschlafen, und so bin ich am nächsten Morgen noch genauso schlau wie am Tag zuvor. Außer, dass es sich bei der Leiche um den wohl nicht sonderlich beliebten Lerpscher Georg handelt, der wohl nicht freiwillig das Zeitliche gesegnet hat, was ich ausgerechnet von der Friedl im weit entfernten Preußenland erfahren musste, weiß ich auf den Punkt gebracht schlichtweg rein gar nix. Fünf nach halb sechs ist es. Etwas früh vielleicht, um den Wolfi über den derzeitigen Stand der Ermittlungen auszuquetschen, aber heißt es nicht so schön, der frühe Vogel … und so weiter? Also begebe ich mich in die Wolfshöhle, in der mein Sohn haust und fleißig Wälder rodet. Ungeduldig ziehe ich am Ärmel seines babyblauen Pyjamas.

»Wolfi, wach auf. Ich hätte da dringend ein paar Fragen, die mir glühend heiß unter den Nägeln brennen«, flüstere ich und versuche so behutsam wie möglich meinen Sohn aus dem Land der Träume zu reißen. Schließlich will ich ihn ja nicht gleich schon in der Früh auf die Palme bringen. Mittlerweile ist es fast schon Viertel vor sechs, und dieses Monstrum von einem Mann liegt immer noch eingewickelt im dicken Daunenbett schlummernd und schnarchend vor mir und zeigt keinerlei Anzeichen, dass sich an diesem Zustand in den nächsten Stunden auch nur irgendetwas ändern wird. Irgendwann gebe ich mich geschlagen und ziehe unzufrieden von dannen. Wie komme ich denn nun schnellstmöglich an weitere Informationen, überlege ich angestrengt und krame nach einer passenden Idee in meinem Hirnkastl.

Eine Adresse für brandheiße News aus Burglbach ist auf jeden Fall meine Busenfeindin, die Berta Breitarsch, äh Breitmeier. Sorry, kurzer freudscher Verquatscher. Die und ihr debiles Äffchen, alias Ehemann, alias Rüdiger, wissen so gut wie alles, was hier im Kaff so vor sich geht. Dummerweise sind wir nicht grad die besten Freundinnen, die schwammige Berta und ich, und deshalb kann ich sie auch nicht einfach anrufen und ausquetschen. Um in den Genuss ihres allumfassenden Dorfwissens zu kommen, muss ich mir also etwas einfallen lassen. Was auf jeden Fall klar ist: Am Rand vom Nirgendwo gibt es endlich einen neuen Fall. Und aus der anfänglich harmlos klingenden 107, also einer aufgefundenen leblosen Person, wurde nun ein waschechter 110er, wie es wohl so schön im Polizeijargon bei Mord heißt, wenn man der Friedl Glauben schenkt und Google mir beim Durchforsten eines Online-Polizeiabkürzungslexikons keinen Bären aufgebunden hat.

Bei einem ausgiebigen Frühstück, bestehend aus einem laktosefreien Cappuccino mit Milchschaumberg und einer angebrochenen Dose Ravioli vom Vortag, habe ich mir meinen heutigen Ermittlungsplan und die entsprechenden zu klärenden offenen Fragen zurechtgelegt. Erstens, warum geht die Kripo von einem Mord aus? Der Schorsch hing durchbohrt auf einem dicken fetten Holzpfahl. Da wäre es doch möglich, dass der Jäger aus Versehen beim Hochklettern auf den Hochstand das Gleichgewicht auf der Leiter verloren hat und unglücklich auf den Holzspieß gefallen ist? Wenn die Polizei aber direkt von Mord ausgeht, liegt es eindeutig auf der Hand, dass die werten Beamten einen klaren Hinweis darauf haben müssen, dass eine Fremdeinwirkung an dessen Ableben vorliegt.

Ich erinnere mich noch gut an den letzten Fall in Burglbach. Der Fischlinger Ludwig lag tot in seiner eigenen Apotheke, und da war für die herbeigerufene Polizei überhaupt nicht klar, dass es sich bei der aufgefundenen Leiche um einen heimtückischen Mord gehandelt hat. Diesmal scheint die Sachlage aber eindeutig eine andere zu sein, und warum das so ist, gilt es jetzt für mich herauszufinden.

Der Genosse im Obergeschoss ist mittlerweile doch aufgestanden, wie ich an dem lautstarken Gepolter über mir feststellen kann. Sierra Madre dringt es aus dem Badezimmer, und ich kann im Hintergrund das Duschwasser prasseln hören. Ich nutze die Gunst der Stunde und trete, ohne anzuklopfen, ein. Eine Dampfwolke schlägt mir entgegen, weil das gesamte Badezimmer in eine Art künstlich erzeugten Nebel gehüllt ist.

Blindlings kämpfe ich gegen das Geschwader an, während der Wolfi inbrünstig sein Sierra Madre gegen die Duschwand schmettert. Als ich das dröhnende Kassettenradio endlich gefunden habe und den Stecker ziehe, geht den Schürzenjägern endlich die Luft aus, doch der Wolfi scheint es noch nicht kapiert zu haben und trällert einfach weiter. Kann mir mal einer erklären, wie man dem Wolfi seinen Musikgeschmack definieren kann. Von den Schürzenjägern über den singenden Bademeister David Hasselhoff bis hin zur Hard-Rock-Band AC/DC ist einfach alles dabei. Ich erschrecke mich fast zu Tode, als mit einem Mal der mit weißen und blauen Wölkchen besetzte Duschvorhang zur Seite gerissen wird. »Mama! Raus, aber sofort!«, brüllt mein splitterfasernackter Sohn entrüstet, als er mich entdeckt und hektisch mit der einen Hand Richtung Ausgang wedelt und mit der anderen mehr oder weniger erfolgreich beschämt seine Kronjuwelen bedeckt. So schnell lasse ich mich jedoch nicht vertreiben.

»Tu doch nicht so g'schamig«, maule ich und drehe mich demonstrativ weg und blicke auf den beschlagenen Badezimmerspiegel, an dem sich die feinen Wasserperlen bereits in einem Rinnsal den Weg hinab bahnen und auf der Waschbeckenarmatur einen Stausee verursachen. »Also bitte, als ob ich dich noch nie nackert gesehen hätte. Was glaubst du eigentlich, wer dir bis zu deinem neunten Lebensjahr den Hintern geputzt hat?«, schimpfe ich.

»Hast du schon mal was von Privatsphäre gehört, Mama? Das ist doch nicht zu glauben. Raus!«, schnauzt er, ändert seine Verhüllungstaktik und hält nun krampfhaft einen Teil des halb durchsichtigen Duschvorhangs vor sein Gemächt, was ich mittels dem weichenden Dunstgeschwader durch den Spiegel erkennen kann. Gut, dann soll mein g'schamiger Sohn eben seinen Willen bekommen, und ich verlasse das Badezimmer und bleibe vor der Tür stehen.

»Ich weiß, es hat unseren Burglbacher Waldranger erwischt«, rufe ich durch den geöffneten Türspalt ins Badezimmer hinein, aber ich bekomme keine Antwort. »Ihr ermittelt wegen Mordes, richtig? Habt ihr schon einen Verdächtigen?« Immer noch Stille. »Wie ich gehört habe, musste die Ingeborg in die Gerichtsmedizin kommen, um ihn zu identifizieren. Warum hast du das denn nicht selbst gemacht, schließlich kennst du den Schorsch schon fast dein ganzes Leben lang und weißt doch, wie der aussieht?« Wieder keine Antwort. »Wolfi, falls es dir nicht klar sein sollte, bei einem Dialog sprechen beide Parteien abwechselnd. Sonst hieße das ganze hier Mo-no-log. Also langsam wird's wirklich lächerlich, ich weiß ganz genau, dass du mich hörst! Wolfgang …? Und wie kommst du eigentlich dazu, mir die Cilli Hanebichler auf den Hals zu hetzen? Dieses Luder! Du weißt ganz genau, dass ich dieses Frauenzimmer ums Verrecken nicht ausstehen kann«, rufe ich ungeduldig durch den schmalen Schlitz ins Badezimmer, als mein Sohn die Türe aufreißt und ich erschrocken zusammenfahre.

»Mama, hör jetzt endlich auf zu bohren. Von mir erfährst du nix, also lass mir mei Ruh und zieh endlich Leine!«

»Aber Wolfi, ich bin doch deine Mama!«, versuche ich ihm gut zuzureden und schaue pikiert auf das Helene-Fischer-Fanhandtuch, das seinen Lendenbereich ziert.

»Nein, nein und nochmals nein«, mault er und donnert die Türe zu. »Und die Cilli war Mittel zum Zweck, oder wäre dir die Breitmeierin lieber gewesen«, schreit er noch durch die geschlossene Badezimmertüre, bevor kurz darauf wieder der Kassettenrecorder angeschmissen wird und ich vor Wut fast platze. Da zieht man Jahrzehnte lang liebevoll und mit Hingabe seine Brut groß, und was bekommt man zurück? Eisernes Schweigen und eine kontrollsüchtige Aufpasserin.

5

WER PECH HAT, MUSS AUCH MAL GLÜCK HABEN

Keine zwanzig Minuten später stehe ich frisch gepudert und in meiner Lieblings-Zebraleggins beim Bäcker Biggl. Neben einem zweiten Frühstück, das aus einer köstlichen krossen Butterbrezel und einem ganz passablen Cappuccino besteht, schnappe ich mir die neueste Ausgabe vom Allgäuer. Wild blättere ich auf dem kleinen Bistrotisch durch die fast quadratmetergroßen Seiten der hiesigen Tageszeitung. »Toter Jäger im Burglwald«, so steht es reißerisch auf der Titelseite und verweist auf den dazugehörigen Artikel auf Seite drei. Ich überfliege den Text, aus dem ich aber nix erfahre, das ich nicht bis jetzt schon weiß. Die genaue Todesursache soll heute im Laufe des Tages in der Gerichtsmedizin bei einer Obduktion festgestellt werden. Zeugen, die zur Aufklärung des Falles beitragen können, sollen sich bitte bei der Kemptener Polizeidienststelle melden. Ich bin schon kurz vorm Verzweifeln, als mir mein Glück doch noch hold ist und die Breitmeierin mit ehelichem Anhang im Laden erscheint. Sofort halte ich mir die Tageszeitung vors Gesicht, um nicht gleich erkannt zu werden. Vom langen Stehen wird mir allerdings schon wieder etwas schummrig, und meine riesige Beule am Hinterkopf pulsiert im Takt wie ein Schweizer Uhrwerk. Ich muss unbedingt noch etwas durchhalten, denke ich mir und klammere mich verbissen an der Tischkante fest. Denn wenn jemand hier im Dorf über brandheiße Informationen verfügt, dann mit Sicherheit meine beste Busenfeindin Berta Breitmeier.

»Morgen, Bertl. Zwei Kirschplundern und zwei Haferl-Kaffee«, brüllt sie wie ein Oberfeldwebel unserem Bäckermeister über die Theke entgegen und gesellt sich einen Tisch weiter. »Hasch du's scho g'hört. Der Lerpscher Schorsch, dieser notgeile Lumpen, isch im Burglwald derschossa und oben drauf au no von am Holzpfahl erstocher worder«, zwitschert sie sensationsgeil durch die Backstube.

»Erschossen?«, rufe ich überrascht und reiße die Zeitung nach unten.

»Die Schimmlerin, da schau her!«, entfährt es ihr verblüfft, und ihre Lippen verziehen sich zu einem schmalen hässlichen Streifen.

»So, die Breitmeiers. Guten Morgen«, begrüße ich die beiden vielleicht etwas zu überschwänglich. »Der Lerpscher Schorsch ist erschossen und dann erstochen worden? Bist du dir da sicher, woher weißt du denn das so genau? Und warum notgeil, häh?«, frage ich neugierig.

»Beziehungen!«, antwortet sie süffisant, als sich hastig ihr Anhängsel zu Wort meldet.

»Die Inge. Die Lerpscher Ingeborg höchstpersönlich hat's uns verzählt! Und es ist doch allseits bekannt, dass der

Schorsch a Spanner war …«, platzt es sichtlich stolz aus dem Rüdiger heraus. Doch sein Redefluss wird durch einen gezielten Schlag in seinen Nacken jäh gestoppt. »Auahhh! Was soll denn das«, raunzt er seine handgreifliche Gattin an.

»Du bisch sofort ruhig, Rüdiger. Soll die Schimmlerin doch ihren hauseigenen Oberwachtmeister ›Dämlich‹ fragen, wenn sie was wissen will«, trällert das Biest arrogant und dreht mir sogleich ihren hässlichen Stiernacken zu.

»Also. Also …«, rufe ich empört. »Mein Sohn ist ganz und gar nicht dämlich«, flunkere ich. »Das steht dir überhaupt nicht zu, so was zu behaupten. Du hast wohl nicht mehr alle Latten am Zaun! Dir werd ich's schon noch …«, schimpfe ich wütend und fuchtle ihr mit meinem Zeigefinger entgegen.

»Meine Damen, also bitte! Nicht hier im Laden bitte schön. Ihr vergrault mir noch die ganze Kundschaft mit eurem Gezeter«, jammert der hilflose Bäcker hinter seiner Auslage hervor und schaut unglücklich zu der kleinen Gruppe Handwerker, die neugierig am hinteren Tisch von ihrer Brotzeit aufschauen.

»Die da drüben hat doch angefangen!«, rufe ich empört und richte meinen Finger erneut auf die elendige Krawallnudel, die sich gerade noch das letzte Stück ihres Plunders in ihre speckigen Backen stopft. Ich knülle die Tageszeitung zu einem großen Knäuel zusammen und verlasse beleidigt, aber erhobenen Hauptes die Bäckerei. Dieses bitterböse Weibsbild, denke ich mir aufgebracht, bevor mir abermals ganz plötzlich schwindelig und speiübel wird.

Auf einer Bank vor der örtlichen Sparkasse nehme ich müde Platz und versuche nach der ganzen Aufregung erst einmal zur Ruhe zu kommen. Nach einer Weile taucht ganz unerwartet der Freirer Harald auf und gesellt sich neben mich. »Hey Walli, guten Morgen. Alles gut bei dir? Du bist a bissle weiß ums Näsle.«

»Mir ist ganz schön schummrig«, gebe ich zu und lehne mich erschöpft an seine Schulter.

»Walli, du hast eine waschechte Gehirnerschütterung. Damit ist auch überhaupt nicht zu spaßen. Du solltest dich wirklich ein paar Tage schonen. Der Wolfi sollte doch eigentlich ein Auge auf dich haben. Wo ist der überhaupt?«

»Ach, was weiß ich. Wahrscheinlich immer noch in der Dusche.«

»Ich sollte ihn doch abholen, weil seine Kiste mal wieder streikt. Wir müssen zur Gerichtsmedizin. Der Tote aus dem Burglwald wird gerade obduziert.«

Das war mein Stichwort. Wie auf Kommando erwache ich aus meiner Lethargie, und der Schwindel in meiner Birne hat sich förmlich in Luft aufgelöst. Zur Gerichtsmedizin? Jetzt? Ich muss mit! Kann nicht alleine bleiben. »Hilfe!«, hauche ich gespielt hervor und verdrehe kunstvoll meine Augen.

»Um Himmels willen, Walli!«, ruft der Freirer besorgt und stützt ganz gentlemanlike meinen scheinbar erschlafften Körper, und mit einem beherzten Griff unter meine Achseln zieht er mich behutsam von der Bank und bugsiert mich hastig in seinen Streifenwagen, der nur ein paar wenige Meter weiter steht. Die dreißig Meter bis zu meinem Zuhause mitten auf dem Dorfplatz legt er dann wohl zu Fuß zurück, denn nach wenigen Minuten kommt er mit dem Wolfi im Schlepptau zum Wagen zurück. »Da liegt sie. Schau her. Deine arme Mama. Die kannst du doch unmöglich in diesem Zustand alleinix lassen. Wir nehmen sie jetzt mit, da soll der Trutschlik mal drüberschauen. Der ist doch schließlich Arzt«, sagt der Freirer Harald bestimmt und quetscht sich bereits hinters Lenkrad.

»Aber der Trutschlik ist doch Pathologe, und meine Mutter lebt doch noch«, meint der Wolfi hilflos und begutachtet mich bekümmert mit doch einem Hauch Argwohn im Blick, wie ich sehe, als ich einen kurzen Moment zu ihm herüberblinzle. Während des gesamten weiteren Gesprächs der beiden halte ich vehement meine Augen geschlossen und versuche mich inständig zusammenzureißen. Der Schwindel ist längst über alle sieben Berge, aber eine derartige Chance, mit in die Gerichtsmedizin zum Knochen-Jochen zu kommen, während der Lerpscher Schorsch seziert wird, kann ich mir einfach nicht entgehen lassen. »Na gut, dann nehmen wir die Mama eben mit«, erwidert der Wolfi geschlagen und nimmt auf dem Beifahrersitz neben dem Freirer Platz.

6

DIE HACKFLEISCHERFAHRUNG

Nach einer ausgiebigen Begrüßung der drei Mannsbilder und einem kurzen Wortwechsel bezüglich meiner Anwesenheit werde ich im Autopsieraum neben dem mit einem hellen Leinentuch abgedeckten Leichnam vom Lerpscher Schorsch auf einen baugleichen Seziertisch gelegt. Ein vom Trutschlik herbeigeholtes Kissen aus dem Pausenraum soll mir den Aufenthalt auf der Leichenfleddererablage vermutlich etwas angenehmer gestalten. Das eiskalte sterile und sauharte Metallbett unter mir schüchtert mich zugegeben etwas ein. Es ist ganz schön zapfig hier beim Leichenfledderer, denke ich mir und schaue verstohlen zu den drei Herren hinüber, die geschlossen um dem Lerpscher Schorsch herumstehen, als der Trutschlik mit einem Mal das Tuch lüftet und den unbekleideten Körper bis zur Brust freilegt. Entsetzt ziehe ich das Leichentuch, das mir als Decke dient, erschrocken übers Gesicht. »Dem Schorsch …, dem fehlt ja … die komplette Visage«, entfährt es mir schockiert, und als ich das Tuch über mir wieder vorsichtig zur Seite schiebe, sehe ich in drei vorwurfsvolle Augenpaare. »'tschuldigung! Weitermachen! Ich bin gar nicht da …«, stammle ich etwas überfordert und blinzle ab da nur noch mit einem Auge hinüber, um den schrecklichen Anblick besser ertragen zu können.

»Meine Herren«, beginnt der Trutschlik nun mit seinem Vortrag, und der Wolfi wendet seinen kritischen Blick von mir ab und konzentriert sich auf das, was von dem toten Jäger vor ihm noch übrig ist. »Vor uns liegt, wie eindeutig von der Ehefrau identifiziert, Herr Georg Friedrich Lerpscher, geboren am 19. Oktober 1968. Todesursache, ein gezielter Schuss aus nächster Nähe. Direkt ins Faciem, also mitten in seine Visage auf Deutsch gesagt. Des Weiteren …«, erzählt er, räuspert sich und zieht das Tuch noch ein ganzes Stück weiter herunter. Als ein etwa zwanzig Zentimeter großes Loch in der Mitte seines Leibes zum Vorschein kommt, stülpt sich mir fast der Magen um. So live und in Farbe ist der Anblick des gesichtslosen und durchlöcherten Toten kaum zu ertragen. Auch die riesige V-Narbe, die sich vom Schlüsselbein Richtung Brustbein zieht und wulstig vernäht wurde, wie soll ich es ausdrücken, ist mehr als ekelhaft. »… sehen wir hier ein etwa siebzehneinhalb Zentimeter großes Loch im Abdominal-Bereich, das natürlich mit dem Sturz auf den Holzpfahl einhergeht. Wäre nicht schon der Schuss tödlich verlaufen, das hier, meine Herren, hätte ihm mit Sicherheit den Rest gegeben.«

»Das heißt, wäre der Lerpscher nicht an der Schussverletzung verstorben, hätte ihn der Sturz auf den Holzpfahl auf jeden Fall getötet?«, will der Freirer ganz strebermäßig wissen.

»Harald, du bist ja ein ganz wiefes Bürschle. Da hast du vollkommen recht. Allein der Sturz auf den Holzpfahl wäre mit ziemlicher Sicherheit tödlich verlaufen«, meint der Trutschlik sarkastisch und fährt, ohne dieses weiter zu kommentieren, einfach fort. »Von wo aus der Lerpscher vom Hochstand gefallen ist, lässt sich mittels einer einfachen Formel errechnen. Der sogenannte Sturzfaktor also, Masse mal Beschleunigung et cetera pp zeigt, dass er wohl bereits oben auf der letzten Sprosse gestanden haben muss, als der Schuss ihn traf und er exakt und mit voller Wucht fünf Meter siebenundreißig hinab auf den Pfahl gestürzt ist. Das Holz habe ich übrigens schon für euch dort drüben vorbereitet«, sagt er und zeigt auf das Ablageregal gegenüber, auf dem ein in durchsichtiger Folie verpackter blutiger Holzprügel sein Dasein fristet. »Eine Faser- und Splitterprobenabnahme wurde bereits vorgenommen. Etwaige Fremd-DNA sowie eine Anhaftungsprobe am Gewand des Toten hat die Melli vom Labor bereits in Bearbeitung. Die Ergebnisse stehen derzeit aber noch aus. Der standardmäßige toxikologische Bluttest auf Alkohol- und oder Drogenmissbrauch wurde bereits ebenfalls durchgeführt. Beides negativ, Jungs. Außer einer Fettleber und einer alten Fraktur am linken Oberarm habe ich nichts weiter gefunden. Der Kerl war eigentlich sonst bumperl g'sund, wie man so schön sagt«, erzählt er und redet in einem fort. »Ach, und bevor ich's vergesse, an beiden Innenhandflächen befinden sich längliche Verbrennungsspuren und jeweils am Handrücken konnte ich auch eine nicht ganz geringe Menge an Schmauchspuren feststellen. Es sieht ganz danach aus, dass unser Toter nach dem

Kolben der Waffe gegriffen hat, als der Schuss fiel. Ein Selbstmord wäre damit ausgeschlossen. Weil Verbrennungen an beiden Handinnenflächen, ihr wisst schon …«

Mir schwirrt die Birne angesichts einer derartigen Flut an Informationen, und ich bin geistig erst einmal raus. Erst als der Wolfi nach dem Kaliber fragt, klinkt sich mein Verstand wieder ein, und ich kann dem Monolog des Gerichtsmediziners weiter folgen. Mit einer Pinzette hält der Knochen-Jochen nun eine blutverschmierte und deformierte Kugel in die Höhe, dreht und wendet sie zu allen Seiten und betrachtet das tödliche Geschoss voller Faszination. »Habe ich hinter dem Sinistro Oculo gefunden.«

»Bitte wo?«, will der Schlauberger Harald erneut wissen und beugt sich über die Leiche.

»Obacht, der ist noch ein wenig blutig«, mahnt der Trutschlik und hält zum Schutz seine Hand über den Leichnam. »Hier schau«, sagt er und hält das tödliche Geschoss dem neugierigen Polizeibeamten näher hin. »Genau hinterm linken Auge habe ich die Kugel gefunden. Beziehungsweise hinter dem, was von seinem Augapfel noch übrig ist«, entschuldigt er sich und zeigt auf eine undefinierbare Masse, die mich stark an ein Pfund frisches Hack aus der Metzgerei erinnert. »Etwas deformiert, das gute Ding, aber die in der Ballistik werden schon rauskriegen, um welches Geschoss es sich genau handelt. Mit ersten Ergebnissen zur Tatwaffe könnte es aber noch etwas dauern. Seit im Labor die Seuche ausgebrochen ist, liegt die halbe Belegschaft flach«, rechtfertigt sich der Chef der Kemptener Gerichtsmedizin und lässt das blutige

Fundstück zurück in die metallene Nierenschale plumpsen. »Passt schon. Wir nehmen eh an, dass der Lerpscher mit seiner eigenen Waffe erschossen wurde, da diese am Tatort nicht aufgefunden werden konnte«, sagt der Wolfi, und vor lauter Freude über die immense Informationsflut entfährt mir fast ein Jubelschrei, den ich im letzten Moment zwecks Pietätsgründen gerade noch abfangen und hinunterschlucken kann. Die Friedl und diese Sumpfkuh, Berta Breitmeier, werden schon noch sehen, wer hier am meisten weiß.

»Kannst du uns schon etwas über den Todeszeitpunkt sagen?«, fragt der Wolfi und hält seinen Notizblock gezückt. Der Pathologe setzt seine Brille auf, schaut angestrengt auf die Tafel hinter sich, wo er in wirren Zahlen und Buchstabenkombinationen seine Obduktionsergebnisse festgehalten hat, und nickt.

»Ich kann den Todeszeitpunkt jedenfalls anhand der Untersuchungsergebnisse, wie den Totenflecken und der eingetretenen Leichenstarre, eingrenzen. Schätzen würde ich, dass er zwischen neun und elf Uhr am gestrigen Vormittag ermordet worden ist«, meint er schließlich, und der Wolfi nickt bedächtig und kritzelt eifrig die Ergebnisse auf den kleinen Block in seinen Händen. Erst nachdem die drei Herren sich noch ausgiebig über das letzte Spiel zwischen dem FC Augsburg und Schalke 04 – der Jochen kommt gebürtig aus Gelsenkirchen und bejubelt eindeutig die falsche Mannschaft – ausgetauscht haben, brechen wir endlich auf. Ich bin heilfroh, noch einmal lebend von der eiskalten Pritsche gekommen zu sein, der Lerpscher hatte da eindeutig weniger Glück.

Nachdem wir zurück im Streifenwagen sitzen und ich den beiden Beamten überzeugend vermittelt habe, dass es mir bereits um Welten besser gehe, weil ich auf gar keinen Fall dem Freirer sein Angebot annehmen will, mich bei seiner Mutter derweil zwischenzuparken, solange der Wolfi noch auf der Wache zu tun hat, willigen sie schließlich ein, mich doch nach Hause zu bringen. Bei den anschließenden Vernehmungen von der Witwe und von dem Peter, dem Sohnemann vom Lerpscher, auf der Wache in Kempten darf ich nämlich zu meinem Leidwesen unter gar keinen Umständen dabei sein, meint der Wolfi und bleibt, auch nach meinem dritten »Ach Wolfi, komm schon, bitte« einfach hart.

»Entweder gehst du zur Hilde, so wie's der Harald dir angeboten hat, oder es geht für dich nach Hause, Mama.«

»Passt schon, dann eben nach Hause«, schmolle ich beleidigt.

»Du rufst aber die Friedl an, dass sie kommt und nach dir sieht, gell!«

»Jaja, mach ich«, flunkere ich und kreuze versteckt die beiden Finger hinter meinem Rücken.

»Bist du dir wirklich sicher, dass du nicht doch zu meiner Mama willst? Die freut sich doch immer so auf Besuch. Da könntet ihr ein nettes Schwätzle halten!«, versucht der Freirer es noch einmal.

»Nein danke«, lehne ich höflich sein Angebot ab und denke mit Grauen an den letzten Besuch bei der Hilde, dieser elendigen Heulboje, die scheinbar nur ein Thema in ihrem Leben hat und deshalb in ihrem Leid regelmäßig ersäuft. Natürlich war es Kacke, dass dem Harald sein Vater sich vor über zwanzig Jahren mit einer jüngeren Brasilianerin aus dem Staub gemacht hat, trotzdem muss man doch nicht seine Umwelt auch Jahrzehnte später noch damit belästigen und jedes noch so peinliche Detail dieser Ehe wieder und wieder durchkauen. Also nervlich und in diesem Zustand würde ich dieses Gesülze heute nicht unbeschadet durchstehen, da bin ich mir sicher. Aber das kann ich dem Freirer, der wirklich ein netter Kerl ist, natürlich nicht auf die Nase binden. »Danke für dein Angebot. Das ist auch wirklich lieb von dir, aber ich möchte mich einfach nur ein bisschen ausruhen und aufs Ohr hauen«, winke ich ab und sehe bereits das Ortsschild von Burglbach aus dem Autofenster an mir vorbeiziehen.

7

EIN SELFIE MIT FOLGEN

Sobald der Streifenwagen auf dem Dorfplatz kehrtgemacht hat und Richtung Kempten düst, schleiche ich mich aus dem Haus. Dass ich mich aufs Ohr hauen will, war natürlich nur eine Ausrede. Der Lerpscher war angeblich ein Spanner, hat der Breitmeier gemeint, bevor er von seiner liebenden Gattin mit einem gezielten Nackenschlag mundtot gemacht wurde. Dieser Aussage muss schnellstmöglich nachgegangen werden, vielleicht ist das ja der Grund für den bestialischen Mord am Schorsch, der seit Jahrzehnten der Jäger hier im Burglbacher Forst war. Spannen gehörte dann doch grundsätzlich zu seinem Berufsbild, oder was hatte der Rüdiger gemeint? Als Jäger sitzt man stundenlang auf einem Hochsitz und beobachtet das vorbeiziehende Wild oder etwa nicht? Was sollte der Schorsch denn sonst bespannt haben? Ich nehme mal an, dass im Burglwald nicht gerade der Bär steppt, sondern das Rumgesitze im Sommer wie im Winter eher stinklangweilig und megaöde sein muss.

Wer könnte also den Jäger so grausam ermordet haben und

vor allem warum, frage ich mich. Irgendwie könnte man den Mord an ihm auch fast als Doppelmord bezeichnen, schließlich ist der Schorsch ja quasi gleich zweimal gestorben. Erst durch den Schuss aus seiner vermutlich eigenen Büchse und dann ein weiteres Mal blutrünstig durchbohrt von einem Zaunpfahl, den er wahrscheinlich auch noch irgendwann einmal selbst am Fuße seines Hochstands als Abgrenzungspfosten angebracht hat. Allein die Vorstellung, im Angesicht des Todes dem Täter in die Augen zu blicken, bevor der einem dann kurz darauf buchstäblich die Rübe wegbläst. Bei dem Gedanken läuft mir ein eiskalter Schauer über den Rücken, während ich in den Bus einsteige, der mich nach Haasen bringt.

Haasen ist ein noch kaffigeres Kaff als unser Kaff, das aber wiederum zu unserem elendigen Kaff namens Burglbach gehört. War das verständlich? Also eine Ansammlung von ein paar Häusern mitten in der Einöde, die zwar zur Gemeinde Burglbach gehören, aber nicht direkt an Burglbach angrenzen. Neben einem zugehörigen Waldstück, wo die Leiche vom Schorsch gefunden wurde, gibt es außerdem eine Autobahnanschlussstelle, einen Campingplatz und einen kleinen See, dessen Wasserqualität im Sommer regelmäßig kippt, weil einfach viel zu viele Sonnenanbeter mit viel zu viel Sonnencreme mariniert stundenlang im Wasser plantschen. An der einzigen Bushaltestelle in Haasen steige ich aus. Der Luigi, unser Busfahrer, winkt mir noch zu, als ich eilig den Bus verlasse, während er sich weiter auf Italienisch mit seiner Frau am Handy streitet. Die drei verbliebenen Fahrgäste, die er

Richtung Kempten kutschiert, müssen spätestens auf halber Strecke unter einem astreinen Tinnitus leiden, denke ich und winke dem blauen Bus hinterher. Ich bin auf dem Weg zum Tatort. Schließlich konnte ich gestern Vormittag wegen meiner Sehstörungen nicht viel von dem Toten am Fuße des Hochsitzes erkennen. Die ganze Szene noch mal begutachten und jedes Detail in mir aufnehmen, lautet die Devise. Eventuell kann ich mich so in den Mörder hineinversetzen und sogar einen Hinweis auf den Täter finden. Ich trotte den Waldweg entlang.

Einige Meter vor dem eigentlichen Schauplatz wurde zwischen den umliegenden Bäumen ein Absperrband der Polizei angebracht. »Betreten verboten« steht auf dem DIN A4 großen Schild, das an dem polizeilichen Band baumelt. Wird man eigentlich für Missachtung einer Polizeiabsperrung rechtlich belangt, frage ich mich. Den Wolfi kann ich dazu jetzt schlecht befragen, denn der würde schon fuchsteufelswild werden, wenn er überhaupt erfährt, dass ich mich hier in der Nähe des Tatorts herumtreibe. Ich vermute, schon allein bei der Frage am Telefon würde er eins und eins zusammenzählen, denn so saudämlich ist er jetzt doch wohl auch wieder nicht. Ein bisschen dämlich vielleicht, aber nicht grundsätzlich bescheuert.

Ich folge dem rot-weiß gestreiften Band und hoffe, doch noch irgendwo einen Blick auf den Hochstand, der dem Schorsch zum Verhängnis wurde, zu erhaschen. Aber nix. Es scheint, dass das Absperrband kilometerweit vom Tatort angebracht wurde. Verfluchte Axt. Kann man das Strafmaß für

Missachtung einer Polizeiabsperrung eigentlich googeln, frage ich mich und ziehe mein Telefon aus der Tasche, schließlich will ich nicht riskieren, dass ich wegen Missachtung eines schnöden Absperrbandes eine Anzeige kassiere, zumal ich eine Angehörige des leitenden Beamten bin.

Null Empfang. Nicht mal ein einziger winziger Balken erscheint auf meinem Display. Ich lasse das Handy zurück in meine Tasche gleiten und überlege angestrengt und komme zu einem glasklaren Entschluss. Plan B ist unabwendbar. Ich hab ja versucht, mich an die Regeln zu halten, aber schließlich kann ich nix dafür, wenn die hiesigen Ordnungshüter alles so paranoid und völlig übertrieben kilometerweit abriegeln. Wie soll man denn einen Mörder fassen, wenn man sich nicht mal den Tatort näher ansehen kann. Es reicht. Ich geh da jetzt rein. Eilig schlüpfe ich unter der Absperrung hindurch und laufe den kleinen Waldpfad entlang, den wir gestern unter größtem Geholper in Wolfis BMW zurückgelegt haben. Es riecht nach Laub und frisch geschnittenem Holz. Die Natur im Allgäu ist schon wirklich einmalig und ein wunderbarer Ort zum Entspannen, wäre hier nicht erst kürzlich ein grausamer Mord geschehen. Nach guten fünf Minuten Fußmarsch ist es so weit. An einer Lichtung am Wegesrand tut sich versteckt unter einer großen Buche der Hochstand auf, der dem Schorsch zum Verhängnis wurde. Auch wenn meine Erinnerungen an gestern nur unscharfe Umrisse zulassen, erkenne ich die Kulisse sofort. Die bunten Fähnchen der Spurensicherung markieren noch immer, wo der Tote gehangen hat. Die Sprossen zum Hochstand bin ich in Nullkommanix emporgestiegen und betrachte nun rundum, was der Schorsch kurz vor seinem Tod genießen durfte. Grün, viel Grün. Grün in seinen verschiedensten Nuancen und Facetten, aber halt sonst nix, außer Grün. Der Blick reicht weit über die Lichtung, die sich vor dem Hochstand erstreckt. Auf der Hinterseite des Plateaus ist der Ausblick durch den dicht bewachsenen Wald nicht sehr weit. Höchstens ein paar Meter, dann endet der Blick im Dickicht. Die Erkenntnis, dass unserem Burglbacher Ranger keine vierundzwanzig Stunden vorher hier oben der Garaus gemacht wurde, lässt mich frösteln. Auge in Auge mit dem Gewehrlauf, der ihm kurz darauf die Visage weggeblasen hat. Beim Gedanken an dem Schorsch sein entstelltes Gesicht muss ich unweigerlich würgen und ein übel riechender Ravioli-Brezengemischkopper bahnt sich seinen Weg in die Freiheit, dessen bittere Note mir auch noch gleich einen weiteren Schauer über den Buckel treibt.

Wie könnte das ganze Szenario hier abgelaufen sein, überlege ich. Der Raum ist winzig. Ich schätze, mehr als drei Quadratmeter oder vielleicht sogar noch ein bisschen weniger dürfte der halb offene Aussichtspunkt nicht haben. Außer einer selbst zusammengeschusterten Sitzbank ist hier auch nix. Der Mörder hätte sich unmöglich hier oben vor dem Schorsch verstecken können, daher liegt die Vermutung nahe, dass er seinen späteren Mörder eventuell gekannt haben muss. Auch dass die Polizei annimmt, dass der Schorsch mit seinem eigenen Gewehr hingerichtet wurde, gibt Grund zur Annahme, dass der Täter eventuell gar nicht geplant hatte, sein Opfer zu töten. Es könnte ja eine Tat im Affekt gewesen sein, überlege ich und denke zurück an den Kriminalworkshop, den ich vor einiger Zeit bei meinem Freund, dem Besler Heinrich, in Augsburg absolviert habe.

Der Heinrich ist ein renommierter Rechtsmediziner aus Augsburg, der mittlerweile eigentlich pensioniert ist. So ganz kann er seiner Berufung als Pathologe aber nicht abschwören, und so gibt er hin und wieder kriminal-forensische Seminare oder steht als Koryphäe auf diesem Gebiet einigen Kriminaldienststellen in der ganzen Bundesrepublik bei ungeklärten Mordfällen beratend zur Seite. Während des dreitägigen Workshops hat der Heinrich ab und an von Fällen aus seiner Karriere erzählt. Ich erinnere mich, da war ein über achtzigjähriges Ehepaar, das bereits seit weit über sechzig Jahren verheiratet war. Irgendwann hat der uralte Ehemann seine ebenfalls steinalte Ehefrau verdächtigt, sich heimlich mit dem ebenfalls betagten Nachbarn zu treffen und ihr ein Techtelmechtel unterstellt. Es kam zu einem riesigen Streit, der plötzlich damit endete, dass der alte Greis seine dreiundachtzigjährige Angetraute im Affekt die Treppe heruntergeschubst hatte, sodass diese wenig später im Krankenhaus verstarb. Worauf ich eigentlich hinauswill: Der Mann hatte nicht geplant, seine Frau umzubringen. Das ist dann leider einfach so passiert. Der Mann wurde im Anschluss nicht wegen Mordes, sondern zu einer Bewährungsstrafe angesichts Körperverletzung mit Todesfolge verurteilt. So, und wenn der Schorsch nun wirklich mit seiner eigenen Waffe erschossen wurde, hatte der mutmaßliche Mörder vielleicht gar nicht vorgehabt, unseren Jäger zu exekutieren. Gut, ein gezielter Schuss in des

Lerpschers Visage ist schon etwas anderes als ein Schubser die Kellertreppe hinab, aber diese Möglichkeit ist bei der Suche nach dem Täter nicht außer Acht zu lassen. Als ich mich erneut aus der Kanzel beuge, um noch einmal die Aussicht zu bewundern, vernehme ich plötzlich ein näher kommendes Stimmengewirr. Ach du heilige Scheiße, Mutter Gottes! Ich muss hier schleunigst weg, denke ich mir, und als ich mich hastig zum Abstieg bewege, meldet sich dieser saudumme und jetzt richtig überflüssige Schwindel zurück. Vor meinem Auge verschiebt sich der Bretterbau zu einer einzigen braunen Wand. Ich schüttle wie wild meinen Kopf hin und her, um den ungelegenen Gast los zu werden, doch der hat andere Pläne und nimmt stattdessen noch zu. Mittlerweile taucht nun auch noch von allen Seiten ein braun-gelbes Blumenmuster auf, das mich stark an die Siebziger-Jahre-Wandtapete meiner ersten Bude erinnert, und die braune Flut, die mich heimsucht, überkommt mich wie eine Monsterwelle. Wie ein hilfloses Äffchen klammere ich mich an den hölzernen Handlauf der Leiter und presse fest meine Augen zusammen. In meinem Delirium kann ich nicht einmal mehr die Stimmen wahrnehmen, die ich zuvor eindeutig vernommen habe. Mist, was mache ich denn jetzt. Den Abstieg noch rechtzeitig zu schaffen, wird ein Ding der Unmöglichkeit. Hier abzusegeln wie der Schorsch und mir im harmlosesten Fall eine weitere Beule am Hinterkopf zu holen, ist ebenfalls keine Option. Mit letzter Kraft schiebe ich mich zurück in den Aussichtsturm und rolle mich unter die Holzbank, die rund um die Innenseite des winzigen Raumes verläuft. Da liege ich nun. Auf dem

Rücken unter einer Holzbank, und alles dreht sich, als hätte ich mal wieder einen über den Durst getrunken.

»Da hat's den Schorsch derwischt!«, höre ich eine Stimme unmittelbar vor dem Fuße des Hochsitzes trällern. »Magst net hier a'Foto machen? So schau, wie ich an der Leiter lehn?« Als ich die Stimme erkenne, trifft mich nach der vorherigen Monsterwelle jetzt auch noch fast der Schlag. Dieses Miststück! Was macht diese lästige Sumpfkuh denn hier? Eine Sightseeing-Tour mit Erinnerungsbild, oder was soll das hier bitte schön werden, wenn's fertig ist, denke ich wütend und spitzle durch eine schmale Öffnung zwischen zwei Brettern hindurch, als endlich das Schwindelgefühl etwas nachlässt.

»Wart mal, Rüdiger. Ich versuch, da hochzuklettern. Ein Bild von da oben, da würden die Weibsen vom Strickkurs sicher Augen machen!«

»Berta, nein. Lass das! Das hier ist ein Tatort, und ich will keinen Ärger bekommen. Nur weil du es so wolltest, habe ich die Absperrung umgangen. Aber das hier, das geht eindeutig zu weit«, winselt ihr Göttergatte vergeblich.

»Nix da. Des ist doch die Chance auf ein einmaliges Bild. Was glaubst du, wie viele Likes und neue Follower so ein Post auf Instagram bringt«, erwidert das sensationsgeile Luder und steigt auf die erste Sprosse der Leiter. Bei der zweiten Latte meldet sich bereits das leidende Holz unter ihr und biegt sich gefährlich durch.

»Berta! Schatz, geh da runter. Das Ding knackt schon!«, ruft der Rüdiger besorgt.

»Willst du damit etwa sagen, dass ich zu fett bin oder was?«, schreit die dicke Matrone und just in diesem Moment bricht das Holz entzwei und Big-Berta plumpst unbeholfen neben ihren Rüdiger, der keinerlei Anstalten macht, seine Ehegattin auch nur ansatzweise aufzufangen. Was für ein kluger Mann, denke ich mir schadenfroh und lache in mich hinein. Die Berta hätte ihn unumstritten platt gewalzt, wäre er eingeschritten. Wer hätte gedacht, dass der Rüdiger über einen dermaßenen Selbsterhaltungstrieb verfügt.

»Auahhh. Herrgott, du dämlicher Nichtsnutz. Hilf mir gefälligst hoch!«, herrscht die mürrische Walküre ihren Taugenichts an.

»'tschuldigung. Das ging zu schnell, Schatz.«

»Zu nix zu gebrauchen. Sag mir mal einer, warum ich dich überhaupt geheiratet habe«, schimpft das liegende Fass in einem fort.

»Lass uns jetzt nicht streiten und lieber hier verschwinden, bevor wir noch erwischt werden!«, meint der Rüdiger schwer atmend, während er seinem dicken Problem auf die Beine hilft. Die beiden ziehen endlich Leine. Auch als sie schon außer Sichtweite sind, höre ich die Gefallene immer noch goscheln.

Puh, das ist ja gerade noch mal gut gegangen. Um ein Haar wäre ich aufgeflogen, denke ich mir erleichtert, und sobald die Luft rein ist, sollte ich schleunigst von hier oben verschwinden. Gerade als ich mich unter der Sitzbank herausrollen will, fällt mein Blick auf etwas, das zwischen Bretterwand und Sitzbank des Jägerplateaus klemmt. Im ersten Moment kann ich gar nicht richtig erkennen, was das unscheinbare Ding sein könnte, aber es kitzelt meinen Instinkt, und ich muss es haben. Es ist dunkelgrün und erinnert irgendwie an eine Kaugummiverpackung. Etwas kleiner und flacher vielleicht. Da es nicht gerade hell hier unten ist, ist es ein Wunder, dass ich dieses »Ding« überhaupt bemerkt habe. Meine Nasenspitze beginnt plötzlich wie wild zu jucken. Mit roher Gewalt rüttle ich an dem Gebälk und versuche die Bank ein Stück weit zu verschieben, aber das rundum laufende Sitzbrett ist mit der Innenwand des Verschlags fest verankert und bewegt sich keinen Millimeter weit. Mit meinen Fingern knibble ich ungeduldig an dem klitzekleinen Fitzel herum, der aus der Ritze herausragt, und ich muss höllisch aufpassen, dass ich das grüne Etwas nicht noch weiter in die Öffnung hineinschiebe. Meine Finger sind einfach nicht schmal genug, und ich bekomme das Teil ums Verrecken nicht zu fassen. Auf dem Rücken liegend kruschtle ich hektisch in meiner Handtasche nach einem passenden Utensil. Da fallen mir, dem lieben Gott sei's Dank, meine klirrenden Hausschlüssel in die Hände. Bingo. Vorsichtig schiebe ich den Haustürschlüssel zwischen Holzwand und Sitzplatte hinein und mit einem Ruck hebel ich das verkantete »Ding« heraus. Ein USB-Stick plumpst mir entgegen, und ich halte das winzige Teil überrascht in den Händen.

Warum klemmt hier ein USB-Stick zwischen den Bohlen, frage ich mich verwirrt und drehe das Teil mehrfach und begutachte es von allen Seiten. Und warum hat die Spurensicherung dieses Ding gestern während ihrer Suche nicht entdeckt, wundere ich mich und komme zu einem eindeutigen

Schluss. Keiner von der Spurensicherung musste sich schließlich vor der dicken Berta verstecken und auf allen vieren unter die Sitzbank kriechen. Auf meiner Sympathieskala steigt die Breitmeierin gleich ein paar Punkte nach oben. Aber nur eine Handvoll, nicht dass hier jemand auf die Idee kommt, das mit der Berta und mir könnte irgendwann noch zu einer Freundschaft ausarten. Da muss ich euch leider enttäuschen. Eher gibt der Pfarrer Hockl zu, dass ich ihn schon einmal beim Kiffen hinter der Sakristei erwischt habe. Was, seien wir mal ehrlich, dieser niemals, aber auch wirklich niemals zugeben würde. Ich rapple mich auf, lasse den USB-Stick in die Innentasche meines Mantels gleiten und kann es kaum erwarten, was darauf zu finden sein wird. Nix wie weg hier, und zwar im Schweinsgalopp.

8

EIN PUBERTIER KOMMT SELTEN ALLEIN

Als ich zu Hause ankomme, bin ich erst einmal fix und fertig. Nicht nur wegen dem langen Fußmarsch zurück nach Burglbach, die Busverbindungen hier am Rand vom Nirgendwo sind einfach unterirdisch, sondern weil ich ausgerechnet beim Abstieg vom Hochsitz an der gesplitterten Sprosse, die ja bekanntlich kurz zuvor von der Breitmeierin durchbrochen wurde, mit meiner Lieblingsleggins hängen geblieben bin. Jeder, der mich kennt, weiß um den immensen Verschleiß meiner geliebten »Haute Couture.« Greta Thunberg würde mich zu Recht ausschimpfen, denn ökologisch und nachhaltig ist meine Tolpatschigkeit leider überhaupt nicht. Sei's drum, jetzt muss ich mich erst einmal um den Speicherstick und dessen Inhalt kümmern. Als ich ihn endlich zu Hause an meinem Laptop anbringe und gespannt wie ein Flitzebogen auf den Desktop schiele, passiert gar nix. Ich hatte ja gehofft, dass es einmal einfach werden würde und sich wie von Zauberhand ein Bild mit dem Mörder vom Lerpscher darauf öffnet und der Fall wäre gelöst. Aber das Leben ist eben kein Wunschkonzert, und so ziehe ich das dumme Teil heraus und stecke es erneut in den dafür vorgesehenen Slot. Immer noch nix. Nada. Als ich kurz davor bin, in die Luft zu gehen, klingelt plötzlich mein Quasselknochen. »Wer stört?«, frage ich mürrisch, ohne vorher aufs Display zu schauen.

»Also, was soll denn des jetzat? I ka au glei wieda aufleger«, raunzt mir die Friedl nicht gerade freundlich entgegen.

»Ach Friedl, du bist's. Sorry. Bin grad im Stress.«

»Stress? Wesweger?«, will meine Freundin neugierig wissen, und ich erzähle ihr die ganze Geschichte. Angefangen von meinem gestrigen Leiterabsturz im Garten und meiner daraus resultierenden Gehirnerschütterung.

»Das blöde Windspiel vom Chapa Naca war schuld«, nörgle ich, und sie pflichtet mir bei. Dass der Wolfi mir, dreist wie er ist, die dumme Cilli Hanebichler daraufhin als Aufpasserin auf den Hals gehetzt hat, kann sie auch gar nicht verstehen.

»Die falsche Nudel. Die hab i ja au g'fresser«, meint sie nur, und meine Zustimmung hat sie. Bei meiner ausführlichen Schilderung vom toten Lerpscher aus der Gerichtsmedizin und dessen entstelltem Hackfleischgesicht muss ich mit meinem Bericht aber erst einmal pausieren. Die Friedl muss schnell zum Abort. »Urplötzlich schlecht« sei es ihr, ruft sie noch in den Hörer und ist ab da an für geschlagene sieben Minuten »out of order«, ich habe auf die Uhr geschaut. »Walli, bisch no drane?«, nuschelt sie schließlich, als sie endlich ans Telefon zurückkehrt, und reißt mich aus meinen Gedanken über den vermeintlich defekten Speicherstick. Der Aufmarsch der Breitmeiers im Wald und zu guter Letzt der Fund des USB-Sticks lässt die Friedl stutzen. »Du musch des Teil unbedingt dem Wolfi geber! Des isch vielleicht a Spur zum Mörder vom Schorsch«, belehrt sie mich ganz neunmalklug. Als ob ich das nicht wüsste!

»Ich geb das Ding ja an die Polizei weiter«, beruhige ich meine aufgeregte Freundin. »Aber erst will ich mal schauen, was da drauf ist. Warum versteckt jemand einen USB-Stick in einer Bretterritze auf einem Hochstand, wenn da nur ein paar Bilder vom letzten Familientreffen drauf wären?«

»Des weiß i doch itter! Was i aber woiß, du solltesch di da raushalter und dein Sohn sei Arbeit macher lasser«, goschelt sie unentwegt weiter, und ich stelle auf Durchzug, solange sie mich weiterhin bekehren will.

»Wer immer das Ding versteckt hat, hat sich richtig Mühe gegeben, dass es niemand anderes in die Hände bekommt«, stelle ich fest, als sie endlich innehält. Ebenso wie ich kann sich auch die Friedl keinen Reim darauf machen, was auf dem Stick versteckt sein könnte. »Der Wolfi bringt mich um, wenn der erfährt, dass ich unerlaubterweise am Tatort war«, sage ich gestresst und zieh das Teil enttäuscht aus dem Laptop. »Außerdem hosch du ja au no a wichtigs Beweisstück vom Tatort geklaut«, lässt sie mich erneut oberlehrerhaft wissen, und mein schlechtes Gewissen meldet sich dann doch noch.

»Ist ja gut, ich gebe das Ding ja zurück. Früher oder später jedenfalls ...«, nuschle ich die letzten Worte unverständlich durch den Hörer. »Aber erst muss ich mir eine gute Ausrede einfallen lassen, was ich auf dem Jägerstand unter der Sitzbank zu suchen hatte. Der Wolfi reißt mich sonst in Stücke«, versuche ich das Mitleid meiner Freundin zu erhaschen, was mir aber nur minder bis mäßig gelingt. »Stell dir mal vor, wir zwei lösen den Fall«, zwitschere ich euphorisch durch die Leitung und versuche es nun auf eine andere Tour, doch die Friedl winkt ab.

»Woisch du nimme, wie knapp des domols beim Fischlinger Ludwig und derer Mörderfangerei um di war? Um eu Hoar wärsch du in d'Luft g'jagt worder. Na Walli, lass dis sei. Dafür isch doch d'Wolfi zuständig«, jammert sie, und ich gebe es auf. Die Friedl hält nichts davon, meine verdeckte Ermittlungskumpanin zu werden. Allein dass ich sie bereits zu einer Komplizin gemacht habe, indem ich ihr von dem Speicherstick erzählt habe, macht sie zu einem einzigen nervösen Nervenbündel.

Ich würde ja gerne das Thema wechseln, aber eine wichtige Frage plagt mich noch. Warum sie gestern am Telefon gemeint hatte, dass es um Lerpscher nicht gerade schade ist. Als wir auflegen, bin ich mehr als verblüfft. Damals vor vielen Jahren hatten die Friedl und ihr verstorbener Mann, der Fritz, gerade den alten Moosbachhof am Rand von Burglbach geerbt, in dem die Friedl heute noch lebt. Nachdem die beiden noch gut zwei Dutzend neue Rinder angeschafft hatten, musste auch eine zusätzliche Weide her, die sie von der Gemeinde gepachtet hatten. Die Kuhwiese lag inmitten einer großen Lichtung im Burglwald, genau da, wo der Lerpscher Schorsch ein paar Jahre zuvor das Jägeramt der Gemeinde übernommen hatte. Ein Riesenfass soll der Schorsch aufgemacht haben, nachdem er erfahren hatte, dass der damals frisch ins Amt gewählte Bürgermeister die Wiese zur Viehwirtschaft freigegeben und an das Ehepaar Moosbach zur Bewirtung verpachtet hatte. Mitten im Wald Milchvieh, das störe das Wild in seinem natürlichen Lebensraum. Die Glocken wären zu laut, die Umzäunung der Weide würde das Damwild irritieren und so weiter und so fort, hatte er damals argumentiert. Auch als die Friedl und der Fritz sofort bereit waren, den Kühen die Glocken abzunehmen, war der Lerpscher nicht zufriedenzustellen. Schlussendlich hatte er damals den Bürgermeister so lange bearbeitet, bis dieser den Pachtvertrag zurückzog, als nichtig erklärte und die Moosbachs plötzlich ohne Wiese, aber mit einem ganzen Haufen neuer Rinder dastanden. Natürlich haben die Friedl und der Fritz dann irgendwann eine neue Weide gefunden, aber kurz darauf kam der Oberknüller, denn ein paar Wochen später kam bei der Gemeindeversammlung heraus, dass der Lerpscher die zuvor unverkäufliche Grünfläche der Gemeinde Burglbach abgekauft hatte.

»So a richtig mischtige Vetternwirtschaft war des«, hatte die Friedl in den Hörer geschimpft. »Und mit dem warer mir sogar a mal b'freundet. Der elendige Trottl hat sichs aber it bloß mit unsener verscherzt«, zitiere ich meine Freundin. Wie, warum und weshalb wollte die Friedl mir dann aber nicht mehr beantworten. »Fragsch die Breitmeierin«, hat sie gemeint und gelacht. Da die Babette quasi schon vor der Tür steht und sie noch allerhand vorbereiten muss, bevor die Brut mit Sack und Pack aus dem Preußenland anrückt, hat sie nun keine Zeit mehr. Der Alok-Henry und die Babuna-Rosa brauchen schließlich auch ein Spielzimmer. Kindersicher und ohne jegliche Klettermöglichkeiten muss das neue Reich der Kinder sein, meint sie noch, bevor sie endgültig den Hörer einhängt.

»Fragsch die Breitmeierin«, äffe ich meine Freundin nach, während ich immer noch auf die leere Anzeige meines Desktop starre. Die Befragung der dicken Berta muss jetzt aber erst einmal warten. Oberste Priorität hat das kleine Ding, das ich angestrengt zwischen Daumen und Zeigefinger hin und her drehe. Nach einer gefühlten Ewigkeit habe ich auch endlich eine Idee. Eilig sammle ich Schlüssel und Handy zusammen, stopfe alles in mein wunderschönes Moschino-Täschlein und verlasse in Windeseile das Haus. Ruck, zuck über den Dorfplatz und ab zur Bushaltestelle. Wenn mich nicht alles täuscht, müsste jetzt gleich der Schulbus anrücken und ein paar pickelige Pubertiere ausspucken. Als ich die lange Straße hinunterspähe, sehe ich schon den blauen Omnibus anrollen. Zappelig tippel ich von einem Bein auf das andere. Ob mein Plan aufgehen wird, frage ich mich nervös und kann es kaum erwarten, bis das Fahrzeug endlich zum Stehen kommt. Mit einem lauten Zischen öffnen sich die beiden hinteren Türen. Motiviert und voller Erwartung habe ich schon mal einen Fuffi aus meinem Portemonnaie gezückt.

»Will jemand auf die Schnelle fünfzig Euro verdienen«, rufe ich siegessicher, als plötzlich erst ein Schulranzen und kurz darauf der wohl rechtmäßige Besitzer der Tasche aus dem Bus purzelt. Erschrocken hüpfe ich einen Schritt zur Seite. Das war jetzt aber verdammt knapp. Um Haaresbreite hätte mich der Bengel getroffen, und ich bin kurz davor, ihn am Ohr zu packen. Als mir bewusst wird, dass der Rotschopf wohl nicht ganz freiwillig geflogen ist, versuche ich dem heulenden Elend neben mir am Boden aufzuhelfen. Kurz nachdem ich meine Hand nach dem Jungen ausstrecke, werde ich jedoch von einer Horde größerer Schüler, die aus dem Bus herausgestürmt kommt, beiseitegerempelt. Wie ein Pingpong-Ball werde ich zwischen den Zahnspangenrowdies hin und her geschubst. »Hey! Also Moment mal …«, brülle ich empört, doch die Teenies verteilen sich, ohne Rücksicht zu nehmen, lachend und grölend in alle Richtungen. »Weg da!«, schreie ich und schiebe ein paar von den Hormonzombies zur Seite. »Sag mal, spinnt ihr eigentlich? Keine Manieren diese Jugend von heute«, schimpfe ich wütend, bevor ich mich erneut nach dem immer noch am Boden liegenden Buben bücke.

»Mensch Oma, aus dem Weg«, pöbelt mich ein schlaksiger Teenager mit Fönwelle an, als er über mich stolpert und sich im letzten Moment gerade noch bei seinem Kollegen abfangen kann.

Ich, eine Oma? Der ist wohl nicht ganz dicht, denke ich böse, und so strecke ich gezielt mein Bein nach ihm aus. Diesmal kann er sein Gleichgewicht nicht halten und fällt ebenfalls wie der rothaarige Junge kurz zuvor unsanft vornüber und landet bäuchlings auf dem Asphalt. »Recht g'schiehts ihm«, würde die Friedl jetzt sagen, und ich muss zugeben, die Schadenfreude ist ganz meinerseits.

»Hey, was soll das? Spinnt die Alte?«, brüllt das müffelnde Pubertier, und bevor der halbstarke Typ sich aufrappeln kann, greife ich eilig nach dem Buben, der immer noch am Boden sitzt und flennt.

»Komm. Weg hier, und zwar dalli.« Hinter der nächsten Häuserecke kommen wir zum Stehen, und mir wird tatsächlich schon wieder etwas schummrig. Wie lange dauert denn so eine bescheuerte Gehirnerschütterung eigentlich, ärgere ich mich, und als ich aufschaue, werde ich von einem verheulten Augenpaar argwöhnisch beobachtet.

»Alles okay, Omi? Geht es Ihnen gut?«, fragt der etwa vierzehnjährige Junge und schiebt seine Brille zurecht.

»Hey, das Omi habe ich jetzt aber überhört«, warne ich den Ole, wie er mir verrät und mir ganz förmlich seine Hand entgegenstreckt.

»Mein Sohn, der Wolfi, hat weder Kinder noch überhaupt irgendeine Frau, mit der er mich auch nur im Geringsten zur Großmutter machen könnte«, belehre ich ihn und fuchtle mit meinem Zeigefinger wild vor seinem rundlichem Gesicht herum.

»Okay. Sorry. Ich meinte ja nur. Wegen Ihrem Alter halt und so«, gibt der Fratz jetzt zur Antwort und lächelt mich schief an.

»Und du bist das Mobbingopfer Nummer eins. Stimmt's?«, feuere ich zurück, und er gibt sich geschlagen.

»Leider. Diese blöden Ärsche machen mich jeden Tag fertig. Egal, was ich mache, die mögen mich einfach nicht«, jammert er und zieht den herausrinnenden Rotz zurück in seine Nase. »Ich will zurück in meine alte Schule. Da war's viel besser. Aber seit wir hier in diesem Scheißkaff wohnen, werde ich regelmäßig aus dem Bus getreten. Meine Hefte haben die sogar schon mal ins Schulklo gestopft und mein Pausenbrot aus dem Fenster geworfen. Sogar mein Handy haben die mir schon mal abgenommen«, erzählt er ganz aufgeregt, und jetzt tut der Ole mir schon etwas leid.

»Wo kommst du denn überhaupt her?«, versuche ich ihn vom Thema abzulenken.

»Wir sind aus dem Ruhrpott. Castrop-Rauxel, wenn Ihnen das was sagt.«

»Natürlich. Ich bin eine vielgereiste Frau«, sage ich selbstbewusst und beginne alle Herren Länder alphabetisch aufzuzählen, die ich mit dem Adalbert in der Vergangenheit bereist hatte. Bei Venezuela unterbricht mich der Ole, und ich muss erneut feststellen, dass die Jugend von heute einfach keine Manieren hat. »Moment. Unterbrich mich nicht. Ich bin noch nicht fertig. Da war noch ein Land. Ähm … Gleich fällt es mir ein. Warte …«, überlege ich und meine kleinen grauen Gehirnzellen kommen ganz schön ins Schwitzen.

»Ich muss jetzt aber nach Hause«, stört er meinen angestrengten Gedankengang ein zweites Mal, und bei so viel Ungeduld platzt mir jetzt aber gleich gehörig der Kragen. Bevor ich ihm eine saftige Standpauke verpassen kann, fällt es mir endlich ein. »Zimbabwe, es war Zimbabwe«, rufe ich.

»Schon gut. Ist ja schön, dass Sie so rumgekommen sind in Ihrem Leben. Jetzt muss ich aber wirklich … In zehn Minuten habe ich ein Onlinegame am Start. Danke noch mal, Frau …?«

»Schimmel, Walli.«

»Gut, auf Wiedersehen, Frau Schimmelwalli«, meint er eilig, greift nach seiner Schultasche und ist bereits auf dem Sprung.

»Hiergeblieben, Freundchen. Stopp!«, rufe ich, weil mir plötzlich wieder einfällt, was ich überhaupt an der Bushaltestelle zu suchen hatte. Mit einem beherzten Griff an den Schulranzen halte ich ihn fest und ziehe ihn zurück.

»Hey, also sagen Sie mal! Sie dürfen mich nicht einfach festhalten«, meckert er aufgebracht, und ich schaue mich vorsichtig um, nicht, dass uns noch jemand beobachtet. Mit einem weiteren Ruck ziehe ich das Bürschchen ganz nah an mich heran.

»Ein Onlinegame, meinst du? Was ist das? So was wie Moorhuhnjagd?«

»Moorhuhnjagd? Was soll das denn sein? Ich ballere doch nicht auf Hühner. Ich shoote ausschließlich auf Zombies oder andere Bots.«

»Zombies und Bots?« Ich verstehe nur Bahnhof.

»Na, zocken halt, ballern an der Konsole«, sagt er und versucht sich aus meinem Griff zu winden.

»Du kennst dich also mit dem Computer aus?«

»Was für eine doofe Frage. Natürlich! Wer denn heutzutage nicht? Vor Ihnen steht ein echter Fortnite-Profi«, meint der Ole mit seinen geröteten Backen plötzlich ziemlich selbstbewusst und schaut mich mit stolzgeschwellter Brust an. Wer dieser ominöse Ford Knight sein soll, weiß ich nicht, aber wenn der Ole sich mit dem Computer auskennt, ist er mein Mann.

»Sehr gut«, sag ich nach kurzem Überlegen, »gehen wir.« Ich löse den Griff von seiner Schultasche und hake mich bei ihm unter.

Verdutzt schaut der rothaarige Lümmel ungläubig zu mir auf. »Was? Aber, aber, ich darf keine Fremden mit nach Hause bringen«, stammelt er unbeholfen, und ich sehe einen Anflug von echter Panik in seinen Augen.

»Mich schon«, sage ich bestimmend, »schließlich bin ich nur eine harmlose Oma. Und vergiss bitte nicht, wer dich eben gerettet hat!« Bevor der Ole jetzt noch anfängt, nach Hilfe zu schreien, erkläre ich ihm mein Anliegen und dass ich unbedingt und so schnell wie möglich rausfinden muss, was auf dem USB-Stick gespeichert ist, den ich ihm zeitgleich unter die Nase halte. Dass ich das Teil an einem Tatort gefunden habe, erwähne ich natürlich nicht. »Nein, das kann nicht warten«, belehre ich den Rotschopf, als er versucht, mich auf morgen zu vertrösten. Unter Androhung, seinen Eltern alles von dem Mobbingvorfall zu erzählen, gibt er nörgelnd klein bei und verspricht mir, sich gleich darum zu kümmern. Zusichern könne er mir aber nix. Als ich daraufhin erneut den Fuffi aus der Tasche ziehe und damit verschwörerisch umherwedle, glänzen dem Ole seine Augen wie kleine Diamanten, und er legt sogar noch einen Zahn zu, was mir wiederum Mühe macht, mit dem Buben Schritt zu halten.

»Was? Hier wohnst du?«, frage ich etwas verwundert, als wir auf das heruntergekommene Haus am Dorfrand zusteuern. »Ich dachte, das steht seit Jahren leer.«

»Ja, also … wir haben das Haus von dem Onkel meines Dads geerbt, und vor ein paar Monaten sind wir dann hier eingezogen«, stammelt der Ole und schaut von der baufälligen Ruine unsicher zu mir herüber. »Ich weiß, es ist alles etwas alt, aber mein Vater meint, mit ein wenig handwerklichem Geschick und ein bisschen Farbe kriegen wir das hin.«

»Ah ja. Mit Farbe«, meine ich und schaue mit Unbehagen auf die offenen Stromleitungen und Kabel, die im Flur haufenweise von der Decke hängen, nachdem der Ole die knarzende Holztür aufschiebt. Der muffige Geruch, der uns entgegenschlägt, ist kaum zu ertragen. In dieser staubigen Bruchbude könnte ich keinen einzigen Tag lang überleben. Allein die Feinstaubbelastung würde mich nach kurzer Zeit unbarmherzig in die Knie zwingen. Angestrengt versuche ich, nichts zu berühren und schiebe mich vorsichtig durch den Eingangsbereich. »Hat hier nicht mal der alte Winkler gewohnt?«, frage ich den Burschen und weiche im letzten Moment einer riesigen Spinnwebe aus, die im Windzug direkt auf mich zusteuert.

»Ja. Das war der Onkel meines Dads, von ihm hat er das Haus geerbt. Hier rauf. Wir sind gleich da«, sagt er und nimmt gleich zwei Treppenstufen auf einmal. Ich folge dem Buben über die knarzenden Holzstufen ins obere Stockwerk und bin schon gespannt, ob der Ole den USB-Stick wirklich zum Laufen bringen kann. Ich beeile mich, mit dem Jungen

Schritt zu halten, doch plötzlich bleibe ich an etwas Scharfkantigem hängen, das aus dem Treppengeländer herausragt, stolpere und schleife ungewollt an der Wand entlang, dass der Putz nur so von der Mauer bröckelt.

»Ist nicht schlimm, passiert mir auch ständig«, meint der Ole, als er in mein entsetztes Gesicht blickt. »Das kehre ich nachher einfach auf, keine Sorge, Frau Schimmelwalli.«

»Meine Tasche«, hauche ich entsetzt und streiche behutsam über den riesigen Kratzer im Material. »Verdammter Mist, diese Bruchbude hier ist ja lebensgefährlich«, fluche ich, und der Ole schaut mich erschrocken an.

»Hier ist schon mein Zimmer«, lenkt er eilig ab und schiebt die erste Türe im Gang auf. Aus dem Zimmer fällt ein heller Lichtschein in den Flur und erhellt das dunkle vertäfelte Treppenhaus. Nicht nur das desaströse Ausmaß der Renovierungsbedürftigkeit dieser Ruine wird nun noch deutlicher sichtbar, sondern auch der Zustand meiner eben noch so makellosen Lacktasche von neu zu buchstäblich verschlissen deklariert. Ich bin eigentlich bedient und habe nach dem Sturz von der Leiter, der zerfetzten Zebraleggins vom Hochstand und den ignoranten Teenagern vom Schulbus genug. Wäre ich nicht dermaßen zielstrebig und ergebnisorientiert, würde ich sicherlich hier aufgeben, nach Hause gehen und den riesigen Kratzer im Lackleder meiner Tasche beweinen. Doch ich muss stark und fokussiert bleiben, so wie der Chapa Naca es mir bei den Mantraübungen im Schwarzwald beigebracht hat. *Be strong, healthy and full of energy*, kreist es in meinem Kopf, und die letzte Stufe hinauf in Oles Kinderzimmer erklimme ich schon fast beflügelt von den *positive Vibes*, die mir der schamanische Biberhäuptling vom Schwarzwald impliziert hat.

Vom muffigen Geruch im Flur ist in Oles Zimmer nichts mehr zu riechen. Ich bin überrascht, denn das quadratische Zimmer ist hell, freundlich und wirklich nett eingerichtet. Neben dem ordentlich gemachten Bett steht ein Schreibtisch mit einem riesigen Bildschirm darauf, und auf der gegenüberliegenden Seite des Fensters hängt ein noch größerer Flachbildschirm an der Wand. In den Regalen drum herum stapeln sich unzählige DVDs und Videospiele und verraten mir, dass ich es mit einem echten Medienjunkie zu tun habe. »Um Himmels willen. Für was brauchst du denn gleich drei von diesen Dingern. Man kann doch immer nur mit einer spielen«, will ich von dem Jungen wissen und zeige erstaunt auf die Spielekonsolen, die neben einem riesigen Berg aus Kabelwirrwarr aufgereiht auf dem Boden stehen.

»Na, zum Zocken. Habe ich Ihnen doch vorher schon erklärt. E-Gaming nennt man das«, sagt er, pfeffert seine Schultasche in die Ecke und schaltet im Vorbeigehen erst den PC und dann sämtlichen anderen Elektronikschnickschnack an.

»Hast du denn keine Freunde, mit denen du draußen spielst?«, frage ich, als ich mich dabei erwische, die Berge an DVDs und Videospielkassetten zu zählen.

»Ich habe einen Haufen Freunde. Die sind aber alle da drin«, sagt er stolz und zeigt auf den großen Bildschirm an der Wand, auf dem jetzt ein buntes Bild erscheint.

»Freunde im Fernseher?« Hat der Junge sie noch alle, frage ich mich ernsthaft und schaue den Ole mitleidig an.

»Nein, nein«, schmunzelt er, als er bemerkt, dass ich nur Bahnhof verstehe. »Virtual-Friends eben, die sitzen einfach bei sich zu Hause und gamen mit mir online. Übers Internet. Sie verstehen?«

»Na klar verstehe ich, bin ja schließlich nicht von gestern«, schwindle ich, lächle und zücke mein Telefon aus der Tasche. »Handy. Internet. Online. Praktiziere ich alles, und zwar schon länger, als du auf der Welt bist, mein Lieber«, erwidere ich selbstsicher und habe trotzdem keinen Plan, was er mit Virtual-Friends und E-Gaming meint. Was mir aber bewusst wird, der arme Bub scheint keinen einzigen wahren Freund zu haben. An diesem Zustand muss man dringend etwas ändern, und so strecke ich ihm kurzerhand meine Hand entgegen, in die er nur zögerlich und sichtlich verwirrt einschlägt.

»Freunde«, sag ich und lächle ihm verschwörerisch zu.

»Freunde?«, wiederholt er verwundert und zieht irritiert seine Rechte aus meiner.

»Und jetzt aber dalli. Schließlich bin ich hier, um herauszufinden, was auf dem USB-Stick drauf ist«, sage ich eilig und halte ihm das kleine grüne Teil hin. Nebeneinander sitzen wir am Schreibtisch und glotzen angespannt auf den Bildschirm, als er das Speichermedium genauso wie ich ein paar Stunden zuvor in den dafür vorgesehenen Port steckt. Doch es passiert ebenso wenig wie an meinem Laptop. »Verdammt und zugenäht. Das Ding ist Schrott«, maule ich aufgebracht und bin kurz vorm Hyperventilieren.

»Moment. Frau Schimmelwalli … Nicht so schnell.«

»Ich heiße Walburga, Walli die Abkürzung und Schimmel mein Nachname!«, maule ich gereizt.

»Entschuldigung. Frau Walburga Walli Schimmel. Ich glaube … ich kann da vielleicht …«, murmelt er und mit ein paar Klicks erscheint plötzlich ein schwarzes Fenster auf dem Desktop. Ich verzeihe ihm den Namensfauxpas und starre wie gebannt auf den Bildschirm, als sich endlich etwas tut. *Passwort*, steht da und ein Eingabefeld.

»Passwort?«, fragt er ungeduldig, und ich bin am Verzweifeln.

»Passwort? Das weiß ich doch nicht.«

»Nein?«

»Nein!«

»Ja, dann wird's schwierig«, meint er und kratzt sich ungeduldig seinen Nacken. »Nicht mal eine Idee?«

»Gib mal Lerpscher ein«, sag ich und bin mir nicht einmal sicher, ob der Speicherstick überhaupt unserem toten Jäger gehörte. *Zugriff fehlgeschlagen!* Wäre ja auch wirklich zu schön gewesen, ärgere ich mich und überlege angestrengt in der hintersten Ecke meiner Gehirnzellen nach einer passenden Idee. »Vielleicht Ingeborg!« Wie ihm befohlen, tippt der Ole nun den Vornamen der Jägergattin ein, und abermals werden wir enttäuscht. Nach zig weiteren Geistesblitzen und Versuchen geben wir es auf. Die Erkenntnis, womöglich niemals herauszufinden, was auf diesem kleinen Teil gespeichert ist, macht mich fix und fertig. Schließlich könnte die Antwort auf den Mord am Lerpscher genau vor uns liegen. »Danke für deine

Hilfe«, sage ich niedergeschlagen und ziehe das Teil frustriert aus dem PC.

»Warten Sie, Moment. Es gäbe da vielleicht noch eine andere Lösung …«, flüstert er, als befürchte er, die Wände hätten Ohren.

»Warum flüsterst du auf einmal?«, frage ich ihn und schaue mich verwundert in seinem Zimmer um.

»Na ja, das Ganze ist nicht ganz legal. Ich kenne da eventuell jemanden. Aus dem Internet, verstehen Sie. Der könnte das Passwort möglicherweise für uns hacken«, meint er verschwörerisch und zwinkert mir zu. Ich muss kurz nachdenken. Würde ich einen vierzehnjährigen Buben in irgendwelche dubiosen Internethackereien verwickeln, nur um herauszufinden, was sich auf dem verschlüsselten Stick befindet, den ich an einem vermeintlichen Tatort gefunden habe und der womöglich das Geheimnis um den Mörder preisgibt? Ja, und zwar so was von, meldet sich meine innere Stimme, und ich bin wieder einmal dankbar dafür, dass meine Neugier lauter schreit als mein Gewissen. Ich muss nur dafür sorgen, dass die Friedl dichthält und der Wolfi von dem USB-Speicher erst einmal noch nichts erfährt. Die beiden würden mir sonst die Hölle heißmachen und mir dermaßen den Marsch blasen, dass mir Hören und Sehen vergehen würde. »Abgemacht! Give me five«, rufe ich begeistert und klatsche bei ihm fröhlich ab.

»Das bleibt aber unter uns«, mahnt der Rotschopf, und ich muss mich wirklich zusammenreißen, keinen Siegestanz hier aufs Parkett, pardon, den türkisfarbenen Hochflorteppich zu legen.

»Ganz in meinem Sinne. Worauf wartest du? Fang an zu hacken.«

»Sie sind gut. Also ein paar Tage wird's schon dauern. Ich kann das nicht, aber ich kenne da jemanden …«, vertröstet er mich, bevor er sich erneut an den Computer setzt und wie wild in die Tasten haut.

»So schnell wie möglich«, sage ich und ziehe noch mal einen kleinen Motivator in Form eines Fünfzig-Euro-Scheins aus der Tasche und schiebe die Banknote unter die Tastatur. »Also ich melde mich, sobald ich was weiß, Frau Walli Schimmel. Verraten Sie mir noch, was Sie so Wichtiges auf dem Stick vermuten?«, will er neugierig wissen.

»Betrug. Ich vermute, dass mein Mann mich hintergeht. Also mit einer anderen …«, flunkere ich und hoffe inständig, der Adalbert da oben im Himmel möge gerade anderweitig beschäftigt sein und von meiner unverschämten Lüge nix mitbekommen.

»Aha. Also ein Cheater. Verlassen Sie Ihren Mann doch einfach und suchen sich einen Neuen. Einen, der Sie nicht bescheißt. Ich kenn da so eine Seite … Haben Sie von Tinder schon mal was gehört?«

»Davon habe ich schon gehört, Junge. Aber dafür bist du doch noch viel zu jung und ich schon ein paar Jährchen zu alt. Melde dich, sobald du was herausgefunden hast, und kein Wort zu niemand, gell«, beschwöre ich den Buben und reiche ihm meine Telefonnummer, die ich notdürftig auf ein Post-it gekritzelt habe, bevor ich sein Kinderzimmer verlasse.

9

DIE HELLSEHERIN

Auf dem Weg zurück ins Dorf nehme ich eine Abkürzung. Die frische Luft durch das kurze Waldstück tut meiner Birne gut, und mit ein paar tiefen Atemzügen spüle ich sogar die Feinstaubbelastung, die wie eine Lawine über mich und meine Atemwege gekommen ist, einfach hinunter. Die Befürchtung, dass sich ebenfalls Millionen, was sag ich, Milliarden von Staubpartikeln auch auf meinen Hirnzellen niedergelassen haben könnten, ängstigt mich ehrlich gesagt sehr, und bei Gott, keine zehn Pferde bringen mich noch einmal in die Nähe dieser maroden Ruine, in der der Ole hausen muss. An der Iller vorbei habe ich ein bisschen Zeit, meinen Gedanken freien Lauf zu lassen, aber die einzige Frage, die mich beschäftigt, ist, wer in Gottes Namen den Schorsch erschossen hat. Da fällt mir wieder ein, was der Rüdiger Breitmeier in der Bäckerei herumposaunt hat: Der Schorsch war ein elendiger Spanner. Was soll der Schorsch bespannt haben?

Nicht weit vom Burglwald entfernt liegt ein See. Mir ist schon mal zu Ohren gekommen, dass sich da der eine oder andere illegale FKKler aufhält. Vielleicht hatte es sich der Schorsch des Öfteren im Schilf gemütlich gemacht und den Nackedeis beim Baden und Sonnen zugeschaut. Ich kann mir aber kaum vorstellen, dass man deswegen gleich erschossen wird. Sei's drum, bei einem Mordfall muss man jedem noch so kleinen Hinweis nachgehen, und das habe ich auch vor.

Zu gerne würde ich die Ingeborg und ihren Sohn zu der ganzen Sache befragen. Da ich im Moment aber noch nichts über den derzeitigen Ermittlungsstand vom Wolfi weiß, möchte ich ungern bei der Lerpscher Witwe aufschlagen und dem Wolfi dabei in die Hände laufen. Was dann los wäre, kann sich jeder vorstellen, der meinen Sohn und seine Ansichten über meine Ermittlungsambitionen kennt. Der Teufel wäre dann nämlich los. Mit Hausarrest und einer Fußfessel hat er mir sogar schon einmal gedroht, als ich ihm im damaligen Fischlinger-Fall mit meinen Ermittlungen in die Quere gekommen bin. Lächerlich. Aber da ist es doch selbstverständlich, dass meine Ermittlungsarbeit nur verdeckt und unter strengster Geheimhaltung erfolgen kann. Kurz vor der Weggabelung vernehme ich ein näher kommendes rhythmisches Geräusch. Ich bleibe stehen und schiele um die Ecke. Von Weitem erkenne ich zwei von Kopf bis Fuß in Neon gehüllte Nordic-Walker inklusive Stöcken, die sich unaufhörlich und bei jedem Schritt in den Erdboden hacken. Also die Stöcke, nicht die Walker. Diesem Stock-bei-Fuß-Hype kann ich überhaupt nix abgewinnen. Lebensgefährlich ist dieser neumodische Chichi-Sport, würde ich sogar behaupten. Als ich einmal mit der Friedl bei einem Nordic-Walking-Schnupperkurs im wunderschönen Oberstaufen mitgemacht habe, bin ich so unglücklich über einen dieser doofen Stöcke gestürzt, dass mein Knie tagelang grün und blau und bis zur Größe eines Fußballs angeschwollen war. Etwas unangenehm dabei war, dass sich der Unfall nicht während des Walkens, sondern bei einer Verschnaufpause zugetragen hatte, in der ich über meinen eigenen an einen Baum gelehnten Laufstock geflogen bin. Mit dem anderen heilen Haxen habe ich dann vor lauter Wut mit den Stöcken kurzen Prozess gemacht.

Das Klackern kommt näher, und mittlerweile kann ich auch die Stimmen der beiden Sportskanonen wahrnehmen. Ich traue meinen Ohren kaum. Die unangenehmen schrillen Stimmen unserer beiden Dorftratschen erkenne ich sofort. Die Breitmeierin und die silly Cilli sind im Anmarsch. Ich revidiere meine Aussage von Sportskanonen zu Sportsmadronen. Den beiden Schnattertanten will ich hier auf gar keinen Fall in die Hände laufen. Da die beiden so in ihr Gespräch vertieft sind, gehe ich davon aus, dass sie mich noch nicht bemerkt haben, was auch bitte so bleiben soll. Kurzerhand husche ich hinter die riesige umgestürzte Baumwurzel in der Mitte der Weggabelung und tauche dahinter ab.

»Das liegt doch glasklar auf der Hand, wer den Lerpscher derschossen hat, wenn du mich fragst«, meint die Breitmeierin schwer schnaufend und bleibt genau auf Höhe der Kreuzung stehen. Aus ihrem Sportgürtel zieht sie eine Isoflasche hervor und trinkt gierig ein paar Schlucke daraus, als hätte sie gerade einen Marathon hinter sich. »Aber warum soll der seinen eigenen Vater umbringen. Traust du das dem Kerle wirklich zu?«, erwidert die Silly, wohl etwas besser konditioniert, denn sie schwitzt weder wie ein Walross noch atmet sie so schwer wie ihre Begleitung.

»Ich kann mir gut vorstellen, dass der Peter damit was zu tun hat. Schließlich hat der seinen Alten gehasst. Wer weiß, vielleicht hängt die Ingeborg ja auch mit drin. Weiß doch jeder, wie die an ihrem Buben hängt. Der durfte sich doch bei ihr auch wirklich alles erlauben. Kannst dich noch erinnern, als der Junior gerade sechzehn war und das nigelnagelneue Auto vom Schorsch stibitzt hat, um eine Spritztour zu machen? Drei Bier später und mit den zwei Göser Brüdern hat er dann die Friedhofsmauer frisiert. Totalschaden war der neue Karren vom Schorsch. Und wer hatte anschließend felsenfest behauptet, den Wagen gefahren zu haben?«

»Die Ingeborg höchstpersönlich«, beantwortet die Silly der Berta ihre rhetorische Frage.

»Ganz genau. Um ihr missratenes und verzogenes Bürschle zu schützen. Sie hatte angeblich die Kontrolle über den Jeep verloren. Bloß blöd, dass die Gabi, die Bedienung vom Apostlwirt, gerade Feierabend gemacht und alles beobachtet hatte. Kurz ausgestiegen sei der Peter, habe sein vollbrachtes Werk begutachtet, geflucht wie ein Rohrspatz und dann hektisch telefoniert. Als die Gabi ihre Hilfe angeboten hatte, haben die Göser Zwillinge sie beschimpft, sie solle sich schnellstens verpissen und sich um ihre eigenen Angelegenheiten kümmern. Was glaubst du denn, was die Ingeborg zu Hause erwartet hat? Ein blaues Auge und eine aufgeplatzte Lippe, das hat mir jedenfalls die Traudl vom Strickkurs gesteckt, die die Inge wohl ein paar Tage später im Garten durch die Hecke beobachtet hatte.«

»Der Schorsch war ein elendiger Grattler. Aber dass er die Inge verdroschen hat, davon wusste ich nix. Dieser greisslige Mistkerl«, meint die Silly genauso bestürzt, wie ich es bin. Der Schorsch ein widerlicher Frauenschläger? Das wird ja immer besser! Ein Spanner und Frauenschläger und dazu noch ein Kuhwiesendieb. Der Peter und die Inge könnten somit wirklich ein Motiv haben, den alten Choleriker und Haudegen los zu werden.

Als ich mich aufrichte, um die beiden Waschweiber hinter der großen Wurzel besser beobachten zu können, wird mir erneut schwindelig, und komisch bunte Kreise erscheinen vor meinem inneren Auge, die sich zu einem klaren Bild verschieben. Wie aus der Vogelperspektive schaue ich auf den Hochstand im Wald und erkenne den Peter, wie er mit einem Jagdgewehr im Anschlag seinem Vater gegenübersteht und auf seinen verhassten Erzeuger zielt. Auge um Auge, Zahn um Zahn. Nach einer kurzen Abrechnung, in der er seinem Vater die jahrelangen Misshandlungen und Gräueltaten aufzählt, entriegelt der junge Mann ganz langsam die Schusswaffe. Der Schorsch lächelt überheblich und nimmt die bedrohliche Situation überhaupt nicht ernst, greift nach dem Lauf der Waffe, verhöhnt seinen Sohn, dass ihm dafür wohl der notwendige Mumm fehlen würde, und macht einen Schritt auf ihn zu. Bevor der alte Lerpscher die Waffe zur Seite reißen kann, drückt der Peter unerwartet ab. Bei dem ohrenbetäubenden Knall, der nur in meinen Gedanken existiert, zucke ich zusammen und ein schriller Schrei entfährt mir. Die Kugel bahnt sich über die kurze Distanz ihren Weg, verfehlt das Ziel nicht um einen einzigen Millimeter und bläst dem Vater und Peiniger buchstäblich die Rübe weg. Der alte Lerpscher taumelt nach hinten, fällt rückwärts den Jägerstand hinab und wird eiskalt von dem Zaunpfahl durchbohrt, auf dem ich ihn später am Tatort baumelnd vom Auto aus fotografiert habe. »Walli Schimmel …! Also … also … das ist doch …«, reißt es mich aus meinem mörderischen Tagtraum.

»Was? Ehm … der Lerpscher … Was ist hier los?«, fasle ich verdattert, und eine wutentbrannte Berta und eine schnaubende Silly stehen plötzlich vor mir.

»Das möchte ich gerne mal von dir wissen, was hier los ist, Schimmlerin«, faucht die verschwitzte Berta.

»Verfolgst du uns etwa?«, will die silly Cilli wissen und stemmt dabei ihre Hände samt Stöcken in ihre Hüften. »Hundert pro hat sie uns belauscht, warum sollte sie sich sonst hinter diesem Ding hier verstecken!«, raunzt die Breitmeierin und zeigt mit einem ihrer Stöcke auf die umgefallene Baumwurzel.

»Eine Frechheit«, unterbricht die Silly ihre Busenfreundin.

»Wie?«, stottere ich und schaue etwas orientierungslos umher. »Wie komme ich denn hierher, und wo geht's nach Hause?«, stammle ich und schaue die zwei Neonhühner verwirrt an. Die beiden Burglbacher Gossipgirls tauschen eigenartige Blicke, und bei der Breitmeierin sehe ich einen Anflug von Argwohn und Skepsis übers Gesicht huschen. Als ich daraufhin beginne, meine Augen komisch zu verdrehen und etwas zu schwanken, ist mir die Silly aber gleich zur Seite.

»Mir ist so komisch«, lasse ich das Duo wissen und stütze mich ungefragt an der Breitmeierin ihrer überaus breiten Schulter. Natürlich weiß ich, dass die Berta ganz und gar nicht davon begeistert ist, dass ich mittlerweile mit beiden Armen wie ein schwerer Mehlsack um ihren Stiernacken hänge, aber was bleibt mir denn auch anderes übrig. Die Silly jedenfalls kauft mir mein Schauspiel zweifellos ab und ist bereits auf dem Weg ins Dorf vorausgeeilt, um Hilfe zu organisieren, die schon kurz darauf in Form vom Rüdiger erscheint. Was habe ich mir da nur eingebrockt. Hätte ich doch einfach behaupten können, dass ich auf der Suche nach Kräutern oder einfach einem verlorenen Ohrring auf der Spur bin. Natürlich hätte mir das die skeptische Breitmeierin sowieso nicht abgekauft, aber *so what? I don't care.*

Als wir fix und fertig eine Viertelstunde später bei mir zu Hause eintreffen, steht der Wolfi bereits in der Tür. Er bedankt sich überschwänglich bei den drei unfreiwilligen Rettern und bugsiert mich vorsichtig zum Kanapee. Fürsorglich streicht er mir über den Schopf. »Ach Mama, was machst du denn immer. Dich kann man aber auch unmöglich alleinix lassen«, nuschelt er mehr zu sich selbst und schaut besorgt zu mir hernieder.

»Ich kann dir nicht sagen, wie ich auf den Waldweg gekommen bin. Als ich wieder zu mir kam, stand ich plötzlich umzingelt von der Silly und der Breitmeierin hinter dieser riesigen Wurzel und wurde mit haltlosen Anschuldigungen bombardiert. Glaubst du, ich wurde eventuell gekidnappt und von meinen Entführern dort am Waldrand einfach wieder freigelassen?«

»Ich glaube nicht, dass du ein Entführungsopfer bist, Mama. Wer sollte ein Interesse haben, dich zu entführen, dafür gibt's doch auch überhaupt keinen Grund. Ich glaube eher, dass dir die Gehirnerschütterung mehr zu schaffen macht, als du zugeben willst. Du solltest dich wirklich schonen«, meint der Wolfi aufrichtig besorgt und schüttelt mir erneut mein Kissen zurecht.

»Das war ein Schock, sag ich dir!«

»Das glaub ich dir, Mama. Wer wäre da nicht geschockt, wenn man plötzlich an einem Ort zu sich kommt und nicht weiß, wie man da hingekommen ist«, meint der Wolfi verständnisvoll.

»Nein, doch nicht deswegen. Ich meine, alles was recht ist, aber die zwei Sportsmadronen von Kopf bis Fuß in stechend bunte Synthetik-Faser gehüllt war kein leichter Anblick«, sage ich überzeugt und warte auf die Zustimmung meines Sohnes. Der aber schüttelt nur ungläubig seinen Schädel, seufzt und faselt irgendetwas von einem Arzt. Auf das Thema Arzt gehe ich erst gar nicht weiter ein und will nun endlich wissen, wie der derzeitige Stand der Ermittlungen ist. »Habt ihr schon was Neues? Die Tatwaffe oder sogar schon jemanden verhaftet? Einen Verdacht oder wenigstens eine heiße Spur?«, will ich ohne Punkt und Komma ungeduldig wissen, doch der Wolfi hört mir schon gar nicht zu. Stattdessen hängt er schon wieder am Telefon und wehrt meine Fragen mit seinem blöden Handgewinke, als wäre ich eine nervige Fliege, einfach ab.

»Ist es denn in diesem Haus zu viel verlangt, auch nur für zehn Minuten die ungeteilte Aufmerksamkeit seines einzigen Kindes zu bekommen?«, schimpfe ich mich in Rage und werfe ihm einen bitterbösen Blick zu. Noch bevor ihn mein vernichtender Blick erreicht, dreht er mir gekonnt den Rücken zu und verschwindet einfach in der Küche.

»Ja, ich bin noch dran … Na, so schnell als möglich. Es ist wirklich dringend … eine Untersuchung … Ja, mh, ich weiß, eine absolute Ausnahme … Ich verstehe … Koste es, was es wolle … Ich danke Ihnen … Ja, das bunte Haus auf dem Marktplatz, genau. Servus und dann bis gleich …«, sagt er mit gedämpfter Stimme und trotzdem er aus meinem Sichtfeld verschwunden ist, kann ich ihn dennoch gut hören. Leider habe ich nicht alles von dem Gespräch mitbekommen. Aber »Koste es, was es wolle«, hat der Wolfi gemeint. Mit wem zum Henker hat er da gerade telefoniert, frage ich mich. Einem Informanten zum Lerpscher Fall? Die Polizeiarbeit besteht ja schließlich nicht nur aus Schreibtischdienst und der manuellen Verkehrsregelung wegen einer ausgefallenen Ampel. Nein, echte Ermittlungsarbeit, so wie jetzt beim Fall vom toten Jäger, verlangt einem guten Ermittler alles ab. Spuren nachgehen, Zeugen befragen, nach einem Motiv suchen. Das alles ist eine richtige Sisyphusarbeit und lässt früher oder später jeden Ermittler an seine persönlichen Grenzen stoßen, daher verzeihe ich dem Wolfi sein abwehrendes und unkoordiniertes Handgeschüttle von eben und gebe ihm gerne noch mal eine

Chance, mir zu erzählen, was die Kemptener Kripo die letzten Tage in Sachen Mord im Burglwald herausgefunden hat. Als er kurz darauf mit einem kalten Waschlappen und einem Glas Wasser im Wohnzimmer erscheint, bin ich noch guter Dinge, auf meine Fragen auch die richtigen Antworten zu bekommen. Anstandshalber nippe ich erst einmal von seinem dahergebrachten Wässerchen, lass mir brav den kalten und feuchten Lappen von ihm auf dem Hirn platzieren, bevor ich vor Neugier und Ungeduld fast platze. »Habt ihr denn endlich eine heiße Spur? Ist die Tatwaffe mittlerweile aufgetaucht, und hast du schon die Witwe und den Sohn befragt? Mit wem hast du da gerade eigentlich am Telefon gesprochen? War das vielleicht ein Informant?«, will ich nun endlich wissen, doch bevor der Wolfi überhaupt auch nur eine einzige meiner vielen Fragen beantworten kann, klingelt es an der Tür, und der Wolfi beeilt sich sichtlich, dem vermeintlichen Geheiminformanten schnellstmöglich zu öffnen. Werde ich tatsächlich gleich Zeugin, wenn der Wolfi mit einem Hinweisgeber vertrauliche Informationen über den Mord am Lerpscher tauscht? Plötzlich werde ich ganz aufgeregt und frage mich, wer hier gleich erscheinen wird. Ich vernehme eindeutig eine weitere männliche Stimme. Somit kann es die Ingeborg, also die Witwe vom Lerpscher, schon mal nicht sein. Macht sie das eigentlich noch einmal mehr verdächtig, frage ich mich im Bruchteil einer Sekunde. Der zugegeben etwas wirre Gedanke an die Lerpscher Witwe verschwindet aber genauso schnell, wie er gekommen ist, denn ich will auf gar keinen Fall auch nur eine Sekunde von dem verpassen, was da gleich auf mich zukommt. Ich höre die beiden Männer im Hausgang leise reden, kann aber nicht verstehen, um was es geht.

»Nun gut, dann wollen wir mal«, sagt die fremde Stimme nun deutlich lauter, und in letzter Sekunde reiße ich mir noch den lächerlichen Waschlappen vom Hirn, schließlich will ich als ernst zu nehmende Mitarbeiterin des Oberkommissars Wolfgang Schimmel wahrgenommen werden. Hereinspaziert kommt mein persönlicher Albtraum auf zwei Beinen, und mir wird schlagartig bewusst, dass ich hier und jetzt ganz sicher keine neuen Auskünfte zum Tod vom Lerpscher Schorsch bekommen werde. Stattdessen werde ich von meinem eigenen Sohn vorgeführt wie ein Zirkuspferd und buchstäblich und rücksichtslos zur Schlachtbank geführt. Würden meine Blicke töten können, so würden die beiden Mannsbilder bereits mausetot vor mir auf dem Boden liegen. Der Wolfi geht voran, gefolgt von dem Quacksalber Dr. Fröhlich, der nun ungefragt seinen Arztkoffer auf die empfindliche Glasplatte meines Wohnzimmertisches knallt. »Frau Schimmel, wie haben wir es denn heute? Ich hoffe, Sie haben meinen Rat befolgt und Ihrem Kopf ein bisschen Ruhe gegönnt?«

»Von einem wir kann hier überhaupt keine Rede sein. Mir geht es prächtig, und wie Ihr wertes Befinden derzeit ist, ist mir, um es auf den Punkt zu bringen, ziemlich wurscht«, gebe ich schnippisch zur Antwort und durchlebe ein unschönes Déjà-vu, als ich bemerke, wie er ein längliches Teil, ähnlich eines Füllers, aus dem Arztkoffer zieht. Ruckartig reiße ich beide Hände hoch und presse diese vor mein Gesicht, um meinem Gegenüber keine Chance zu geben, mich noch einmal mit seinen fragwürdigen Behandlungsmethoden zu untersuchen. »Hauen Sie ab, und vergessen Sie Ihren Laser nicht«, schnauze ich.

»Also Mama! Wie redest du denn mit dem Herrn Doktor?«

»Was will der hier? Ich brauche keinen Arzt. Sag ihm, er kann verschwinden.«

»Also, gute Frau, ich kann Sie hören«, schaltet sich der gereizte Typ mit Arztzulassung ein.

»Mama, was soll denn das? Stell dich nicht so an, und lass den Herrn Doktor seine Arbeit machen. Immerhin warst du es, die heute orientierungslos im Wald umhergeirrt ist, und fang jetzt nicht wieder mit deiner Entführungstheorie an. Wir hatten Glück, dass du überhaupt gefunden wurdest. Wer weiß, was sonst noch alles hätte passieren können«, schimpft der Wolfi und klingt zugleich aber auch sehr besorgt.

»Ich kann auch wieder gehen, wenn es Ihrer Mutter nicht passt, von mir untersucht zu werden«, faselt der Doctore Unfähig ungefragt dazwischen.

»Ich lass mich doch von dem Quacksalber hier nicht noch einmal blenden, und auch von meiner Beule soll er sich gefälligst fernhalten. Sonst …«, maule ich wie ein trotziges Kind und halte vehement meine Hände vors Gesicht gepresst.

»Also, so was muss ich mir nun wirklich nicht bieten lassen. Eine Unverschämtheit ist das hier«, mault er aufgebracht und schmeißt in Windeseile seine sieben Sachen zurück in den schwarzen Lederkoffer.

»Herr Doktor. Nein … Bitte, bleiben Sie … Meine Mutter weiß nicht, was sie sagt, ich bin mir sicher, sie meint es nicht so.«

»Natürlich meine ich es so, und zwar ganz genau so, wie ich es gesagt habe. Der Medizinmann soll verschwinden, sofort!«, falle ich meinem Sohn ins Wort.

»Also … also, das ist ja der Gipfel einer Unverschämtheit. Unerhört … Guten Tag, die Herrschaften. Und rufen Sie mich nie wieder an!«, schnaubt der meiner Meinung nach überempfindliche Mediziner noch, bevor er im Stechschritt und wütend das Wohnzimmer verlässt, was ich durch die kleinen Schlitze zwischen meinen Fingern erkennen kann. Hilflos eilt der Wolfi ihm hinterher und versucht den gar nicht mehr so fröhlichen Dr. Fröhlich aufzuhalten.

»Meine Mutter ist nicht sie selbst. Das hat sicher etwas mit dem Sturz von der Leiter zu tun. Bitte. Sie hat es wirklich nicht so gemeint, Herr Doktor …? Bitte warten Sie doch …«

»Und ob ich es so gemeint habe! Ziehen Sie endlich Leine!«, rufe ich lauthals hinter den beiden her, und keine drei Sekunden später fällt die Haustür schallend ins Schloss. Danach herrscht Totenstille, und ich bin mir nicht sicher, ob der Wolfi nicht gleich im Kollektiv das Weite gesucht hat. Zuzutrauen wäre es meinem Sohnemann. Eine Frechheit von ihm, mich einfach hier so vorzuführen, denke ich stocksauer und nehme endlich und erleichtert die Hände vom Gesicht. Sein Telefonat hatte sich vielversprechend angehört. »Koste es, was es wolle.« »Überaus dringlich«, hatte er gemeint und von irgendeiner Untersuchung gefaselt. Natürlich bin ich davon ausgegangen, dass es sich um Informationen zum Lerpscher-Mord handelt und nicht um eine erneute Folterung durch den Doktor, der mich vor ein paar Tagen erst mit seinem Laser fast zum Erblinden gebracht hat, um mir danach mit seinen Wurstfingern die schmerzhafte Beule einzudrücken. Als ich mich vom Sofa aufraffe, steht plötzlich der Wolfi hinter mir. »Wolfgang!«, entfährt es mir erschrocken, und reflexartig schlage ich mir erneut die Hände vors Gesicht.

»Lass das Theater, Mama. Du hast mich bis aufs Letzte blamiert mit deiner … deiner … aufsässigen und furchtbaren Art. Weißt du eigentlich, dass Hausbesuche bei Ärzten kaum zu kriegen sind?«

»Aber –«

»Nein, nix aber, du hörst mir jetzt genau zu und unterbrichst mich nicht«, nörgelt er und erstickt meinen Widerspruch mit seiner hektisch wedelnden Hand im Keim. »Morgen, ganz in der Früh, wird der Spross vom Lerpscher verhört. Da muss ich also zeitig auf der Wache sein, und wo zum Teufel soll ich mit dir da dann hin? Alleine lassen kann man dich ganz offensichtlich nicht. Verwirrt und orientierungslos treibst du dich im Wald rum, obwohl ich dir zu deiner eigenen Sicherheit verboten hatte, das Haus überhaupt zu verlassen, und jetzt vergraulst du mir auch noch den einzigen Arzt, der sich überhaupt dazu hat breitschlagen lassen, hier vorbeizukommen, um sich dich anzuschauen?«

»Du könntest mich doch mit auf die Wache nehmen. Da wäre ich unter Beobachtung, und du müsstest dir auch keine Sorgen um mich machen«, entfährt es mir euphorisch, und ich reiße freudestrahlend die Hände von meiner Visage. »Ich bin auch ganz leise, versprochen. Kein einziges Wort. Ehrenwort.«

»Nur über meine Leiche«, ruft der Wolfi. »Wo kommen wir denn da hin, wenn der Polizeioberkommissar der Kemptener PI mit seiner Mama im Schlepptau zum Verhör eines dringend Tatverdächtigen erschei...«

Bevor mein Sohnemann seinen Satz beendet, schlägt er sich mit der Hand vor den Mund. Ich ahne, dass er bereits jetzt seinen Redefluss bis aufs Tiefste bereut, was ich natürlich schamlos ausnütze, nicht nur, um von meinem kleinen Benimm-Desaster mit dem Doctore Unfähig abzulenken, sondern auch, um endlich mehr über den Mord am hiesigen Burglbacher Jäger zu erfahren.

»Dringend tatverdächtig? Der Peter? Also doch! Warum hast du mir davon noch gar nichts erzählt! Raus mit der Sprache, was habt ihr gegen ihn in der Hand? Habt ihr die Tatwaffe gefunden, oder hat er sogar schon gestanden?«, frage ich ganz aufgeregt, und der Wolfi hat plötzlich einen ziemlich seltsamen Gesichtsausdruck in seiner Visage. Das sind ja brandheiße Neuigkeiten. Der Peter, ein mutmaßlicher Mörder, genauso, wie er mir in meinem mörderischen Tagtraum, als ich von den zwei Schnepfen am Wegesrand erwischt wurde, erschienen ist. Mein Tagtraum – vielleicht pure Realität? Um Gottes willen, hat der heilige Herrgott mich vielleicht auserwählt? Die Eine, die Auserkorene? Ich, so wahr ich hier stehe, das Neuzeitmedium von Burglbach? So was soll es doch schließlich geben. Hellseherische Fähigkeiten, ausgelöst durch ein einschneidendes Ereignis. »Der Sturz von der Leiter«, flüstere ich schockiert, und ein eisiger Schauer läuft mir zeitgleich über den Buckel. Eigentlich glaube ich überhaupt nicht an so einen übersinnlichen Klamauk, aber es könnte doch tatsächlich sein, immerhin wurde ich bis heute noch nie von einer übersinnlichen Erscheinung heimgesucht, die sich zumal im Nachhinein als mutmaßlich real entpuppt. Walli Schimmel, Medium und Seherin, Dorfplatz 1, 874... Burglbach, steht auf der edlen schwarzen Visitenkarte mit güldener Prägeschrift, die nun vor meinem geistigen Auge schwebt. Die Vorstellung, Mordfälle anhand meiner neuen vermeintlichen Superkraft zu lösen, klingt nur allzu verlockend. Als die Kuckucksuhr im Flur zur vollen Stunde schlägt, verschwindet die Visitenkarte genauso schnell, wie sie gekommen ist. Das muss ich unbedingt dem Wolfi erzählen, denke ich mir und sehe mich nach meinem Sohn um. Der hat allerdings in der Zwischenzeit bereits das Weite gesucht. Als ich vor seiner Zimmertür ankomme und ihm von meiner Vision, in der ganz offensichtlich der Peter dem Schorsch den Garaus gemacht hat, erzählen will und sich nun zusätzlich bei mir auch noch weitere Fragen zum Fall auftun, schlägt er mir die Türe vor der Nase zu. Manieren hat der, die gibt's gar nicht, denke ich sauer und hämmere mehrmals mit der Hand gegen die Tür seines Kinderzimmers. Doch das freche Bürschle ignoriert mich dreist, und langsam, aber sicher zweifle ich an meinen Erziehungskompetenzen. Eindeutig strenger hätte ich den Buben erziehen sollen, schwant es mir. Dann wäre wohl aus dem Wolfi auch etwas Gescheites geworden. Einen liebenswerten und verständnisvollen Sohnemann, der mir die eine oder andere Information über seinen aktuellen Mordfall zukommen lässt, hätte ich mir gewünscht und nicht einen flegelhaften Geheimniskrämer, der mich vor seiner verschlossenen Kinderzimmertüre dreist ignoriert. Der Zug, um das Erziehungsruder noch einmal herumzureißen, ist wahrscheinlich mit Abschluss des vierzigsten Lebensjahrs längst abgefahren, was mich richtig ärgert. Neugierig presse ich mein Ohr an seine Zimmertür, doch dank dem Adalbert seiner qualitativ hochwertigen Bauweise verstehe ich durch die massive Schallschutzholztür kein einziges Wort. Für heute Abend gebe ich mich geschlagen. Vorerst. Und morgen ist ein neuer Tag, um den Wolfi zu löchern und herauszufinden, was mein Sohn weiß, das ich noch nicht, ich betone n-o-c-h nicht weiß. Meinen Wecker stelle ich auf sechs Uhr, denn schließlich ist es mein Ziel, mit dem Wolfi auf die Wache zu kommen, ob er will oder nicht. Draußen ist es bereits dunkel, und als ich müde in mein kuscheliges Bett krieche, bin ich in Nullkommanix eingeschlafen.

10

WALLIWOOD

»Ha… ha… hatschi!«

»Gesundheit, Mäusezahn«, ruft mein Ehemann liebevoll und fängt sofort an zu lachen. Als ich meinen Riechkolben aus einer der unzähligen bunten Gewürzschalen des Marktstandes ziehe, stehe ich inmitten einer riesigen bunten Staubwolke. Ein Atompilz ist nur minimal kleiner, stelle ich erschrocken fest und versuche, den würzigen Rauch mit beiden Händen hektisch beiseitezuwedeln.

»Bitte lächeln!« Noch bevor ich realisiere, was gerade passiert ist, werde ich auch schon vom Adalbert geblitzt.

»Schluss. Aus. Das reicht!«, rufe ich genervt und habe alle Mühe, einen weiteren Niesanfall zu unterdrücken. Klick, klick, klick. »Also, hörst du jetzt endlich auf«, schimpfe ich, doch der Paparazzi im Körper meines Ehemannes nimmt mich gar nicht wahr. Der Adalbert lacht und lacht und hält den Auslöser der Kamera ungerührt weiter gedrückt, bis der Film irgendwann voll ist. Als der Dunst sich endlich legt, bin ich über und über mit gelbem Currypulver paniert. Mein wunderschöner Sari, den ich nur ein paar Stände zuvor gekauft und den die netten indischen Damen mir gleich stilecht angelegt haben, ist komplett ruiniert. Hätte ich doch nur auf den Adalbert gehört und den langweiligen gelben Sari mit der viel zu schlichten goldenden Bordüre gewählt, würde mein Malheur jetzt zumindest weitestgehend unsichtbar bleiben, ärgere ich mich und schaue unzufrieden an mir herab. »Ich nehme den wunderschönen kunterbunten Sari mit den 5000 handbestickten Perlen und Pailletten«, habe ich der wunderschönen Verkäuferin mit dem roten Punkt auf der Stirn zu verstehen gegeben. Bis jetzt war Neu-Delhi ein absoluter Traum. Als ich jetzt aber in meinen kleinen Handspiegel blicke, ist mein Gesicht unter der dicken Schicht aus leuchtend gelbem Puder kaum zu erkennen. Während ich versuche, das Allover-Makeup notdürftig zu kaschieren, bildet sich eine Menschentraube um uns herum. Die Männer klatschen, lachen und rufen mir unverständliche Dinge in Hindi zu. Ein kleiner rundlicher Mann vom Nebenstand zieht eine Flöte hervor, beginnt wie wild darauf zu spielen, und die Menschenmasse gröhlt. Mit winkenden Handgesten animieren die Menschen mich zu tanzen. Etwas schüchtern und unbeholfen wackle ich anfangs nur zaghaft mit den Hüften, schließlich will ich keine Spielverderberin sein. Aber als die Gruppe mich weiter anfeuert, werde ich immer selbstbewusster. Mutig ahme ich die Schritte nach, die ich aus Bollywood-Streifen kenne. »Hier geht aber ganz schön die Luzi ab«, rufe ich freudig meinem Adalbert zu, der etwas unbeholfen am Rand steht und nicht weiß, wie ihm geschieht. Fast schon profimäßig schwinge ich die bunten

Stoffbahnen meines Saris durch die Luft, wodurch sich eine riesige Currywolke um mich herum bildet. Wie ein Phoenix aus der Asche kreisle ich durch die würzige Staubwolke, als ich erneut von einem unbekannten Paparazzo geblitzt werde. Dem Adalbert wird's nun auch buchstäblich zu bunt, und er greift nach meiner Hand, zieht mich von meiner provisorischen Tanzfläche und durch die eng stehende Menschenmenge. Während wir am nächsten Tag gemütlich beim Frühstück im Hotel sitzen und der Adalbert die Zeitung aufschlägt, blickt uns mein curryverschmiertes Konterfei entgegen. Nachdem sich mein Mann die Schlagzeile darunter von der freundlichen Bedienung übersetzen lässt, prustet er laut los. Bevor er mir aber verrät, was auf der Titelseite über mich geschrieben steht, wache ich von seinem lauten Lachen auf.

Verschlafen schaue ich mich um. Eingewickelt wie damals in meinen kunterbunten Sari liege ich bewegungsunfähig zwischen meinen Laken. Draußen ist es bereits hell, und ich habe leider keine Zeit, meinem wunderschönen Traum noch etwas nachzuhängen, denn ich habe einen Plan.

Innerhalb von zwanzig Minuten stehe ich gewaschen, angezogen und mit einem warmen Kakao bewaffnet vor dem Wolfi seinem Kinderzimmer. »Klopf, klopf«, kündige ich mich mit freundlicher Stimme an, bevor ich das Zimmer meines Sohnes betrete. »Guten Morgen. Aufwachen, Schatz, es ist bereits halb sieben, und wir dürfen nicht zu spät auf die Wache kommen. Schließlich hast du heute deinen großen Tag«, flöte ich fröhlich in das dunkle Zimmer hinein. Als ich Luft hole, schlägt mir ein elendiger abgestandener Geruch entgegen. »Ihhhgitt. Hier riecht's ja wie im Pumakäfig. Pfui Teufel«, entfährt es mir, und ich hechte mit ein paar wenigen Schritten zum Fenster. Als ich endlich die schweren Vorhänge beiseitegeschoben und das Fenster sperrangelweit aufgerissen habe, kann ich auch endlich wieder atmen. Der warme Kakao ist mir natürlich jetzt auch übergeschwappt und trieft an meinem Unterarm auf meine strahlend weiße Bluse. »Mist, ich zieh mich noch mal kurz um. Raus aus den Federn, Wolfi. Sonst kommen wir zwei noch zu spä-hät ...«, rufe ich voller Motivation, doch als ich die Bettdecke zurückziehe, ist sein Bett leer. Hat der Wolfi sich etwa heimlich vom Acker gemacht, frage ich mich wütend und sehe sogar unterm Bett nach, nur um sicherzugehen, dass mein mittlerweile über vierzigjähriger, aber scheinbar immer noch pubertierender Sohn mir keinen kindischen Streich spielt. Jetzt schlägt's aber gleich dreizehn, als ich auch unter dem Bett nichts außer einem leeren Pizzakarton ausmachen kann. Wo kommen wir denn da hin, wenn der Wolfi einfach macht, was er will. Hatte nicht der Doktor Gar-nicht-Fröhlich höchstpersönlich meinem Sohn erklärt, mich unter gar keinen Umständen die nächsten Tage alleine zu lassen? Wutentbrannt stürze ich aus dem Zimmer und hinab zum Telefon. Bevor ich unten ankomme, klingelt es an der Haustüre. Eine Millisekunde überlege ich, wieso der Wolfi klingelt, um mich abzuholen, schließlich hat der einen Schlüssel. Gut, ich weiß ja auch, wie umständlich er es sich oft macht. »Ich komme«, rufe ich, schlüpfe in meine Sandaletten, grapsche nach meiner Handtasche und meinem Telefon, als mein ungeduldiger Sohn erneut klingelt. »Ich komm doch schon … Zefix«, maule ich vor mich hin und öffne die Tür. »Friedl!«

»Guter Morga, Walli!«

»Äh, was machst du denn jetzt hier«, sage ich überrascht. »Schön, dich zu sehen, aber ich hab dummerweise heute gar keine Zeit für dich. Ich muss mit dem Wolfi jetzt dringend auf die Wache, um den Lerpscher Peter zu verhören. Weißt du schon, dass der Sprössling vom Schorsch dringend tatverdächtig ist«, sage ich eilig und gucke seitlich nach dem Wolfi suchend an der Friedl vorbei. Wo ist der Kerl zum Teufel noch mal, ärgere ich mich und schenke meiner Freundin keine weitere Beachtung, bis sie die Katze aus dem Sack lässt.

»D'Wolfi isch scho weg. I bi heit dei Babysitterin, wenns so nenner willsch. Der Wolfi hat mi gebeter, di ab'zholer und i werd heit d'ganz Tag auf di aufpasser. Wie gohts d'denn überhaupt?«

Als ich realisiere, dass der Wolfi nicht mit dem Wagen vorgefahren kommt und überhaupt gar nicht geplant hatte, mich bei der Vernehmung dabeizuhaben, wie es von meiner Seite vereinbart war, werde ich richtig wütend. Wütend ist eigentlich gar kein Ausdruck. Meine Gehirnmasse kocht sozusagen, und es brodelt dermaßen, dass ich Angst habe, hier und jetzt zu explodieren. Bevor die Friedl einen Schritt auf mich zumachen kann, knalle ich ihr mit voller Wucht die Türe vor der Nase zu. Babysitter? Ist der Wolfi jetzt komplett übergeschnappt, frage ich mich und zweifle an dem Geisteszustand meines Sohnes. Ich schnappe meinen Schlüssel vom Brett und eile in die Tiefgarage. Keine Gehirnerschütterung der Welt hält mich davon ab, jetzt und in dieser Sekunde zur PI nach Kempten zu heizen. Allein schon deswegen, um meinem hinterlistigen Sohn mal gewaltig den Marsch zu blasen. Als ich mich in die Sportsitze meines Ford Mustangs schmeiße, verspüre ich ein Stechen in meinem Kopf. Ich halte kurz inne und versuche die kleinen schwimmenden Zahlen auf dem Tachometer zu ignorieren. Mit einem Ruck an der Zündung starte ich den Wagen. Der Sound meines 6-Zylinders zaubert mir jedes Mal Gänsehaut auf meinen Körper. Als ich das Gaspedal drücke, heult der Motor auf. Mit Anlauf schieße ich aus der Garage und mitten auf den Marktplatz. Im Rückspiegel erkenne ich noch die winkende Friedl mit ihrem grünen peinlichen Gogomobil. Nix gegen meine Freundin Friedl, aber ihr fahrbarer Untersatz ist die reinste Katastrophe. Bei 85 km/h ist schon Schluss. Da hilft nicht mal ein Chip-Tuning, das ich ihr nahegelegt hatte, als wir einmal fast zwei Stunden bis Füssen gebraucht haben. Aber ich habe keine Zeit, um über der Friedl ihr Vehikel zu philosophieren. Wichtig ist jetzt nur, rechtzeitig zum Verhör auf die Wache zu kommen. Dem Wolfi, nehme ich mir vor, werde ich erst nach dem Verhör die Leviten lesen, um das Verhör mit Peter nicht zu gefährden, aber dann wird der Wolfi nach Gnade betteln, so wahr ich hier fahre!

Hinter dem Ortsschild von Burglbach drücke ich auf die Tube, und innerhalb von nur fünfzehn Minuten schieße ich aufs Gelände der Polizeiinspektion Kempten. Da kein einziger Freirer Parkplatz mehr verfügbar ist, setze ich den Wagen direkt vor den Eingangsbereich. Sollte ich ein Knöllchen bekommen, wird der Wolfi das schon regeln, schließlich gehöre ich ja sozusagen zur Polizeifamilie. Nicht zuletzt, weil ich beim Fischlinger-Mord letztes Jahr einwandfrei zur Aufklärung des Falles beigetragen habe. Sogar der Dienststellenleiter, der Udo Wirschler von der PI Kempten höchstpersönlich ist seitdem, so könnte man es in Neudeutsch nennen, »mein Buddy«, auch wenn ich seit dem vergangenen Jahr, als die Friedl und ich zur Verleihung einer Belobigung letztmalig bei ihm im Büro waren, nichts mehr von ihm gehört habe. Der Udo ist halt ein viel beschäftigter Mann, da muss man Verständnis zeigen.

Durch die Sprechanlage gebe ich dem Neuling hinter der Scheibe glasklar zu verstehen, dass ich bereits spät dran bin und sofort zum Verhörraum vom Wolfi gebracht werden will. Nach der Frage, wer ich denn eigentlich sei und warum ich meinen roten Schlitten genau vor die Eingangstüre parke, scheue ich nicht, dem aufmüpfigen Polizeianwärter meine direkte Anweisung noch einmal und diesmal etwas lauter durchs Mikrofon der Sprechanlage zu posaunen. »Zum Oberpolizeikommissar Wolfgang A. Schimmel. Und zwar dalli!« Der junge Mann greift nach dem Telefon neben sich. Was er zu der Person am anderen Ende sagt, kann ich leider durch die schalldichte Glasscheibe, die uns trennt, nicht verstehen. Ungeduldig rüttle ich an der verschlossenen Tür, die mich ins Innere der Wache bringt. Mit Handzeichen gebe ich ihm zu verstehen, er solle einfach den Knopf zur Eingangstüre drücken, um mich hineinzulassen, schließlich will ich nicht noch mehr von Peters Verhör verpassen. Auf dem Weg hierher hatte ich nämlich noch mal eine Vision, in der der Sohn vom Lerpscher singt wie ein Vogel, und wer möchte sich so etwas Spektakuläres entgehen lassen. Der Hänfling hängt währenddessen immer noch am Telefon, und mir fallen fast die Augen raus, als ich versuche, von seinen Lippen zu lesen. »Oberkommissar … Verwirrte ältere Dame … Roter Angeberschlitten …«

»Soll das ein Witz sein? Was fällt Ihnen eigentlich ein?«, rufe ich empört und trommle wie wild auf dem Knopf der Gegensprechanlage herum.

»Randaliererin … Eingangsbereich … Unterstützung … Schnell … Code 401, ich wiederhole Code 401.« Gerade als ich diesem unverschämten Taugenichts den Vogel zeige, stürmen zwei in Schwarz gekleidete Personen den Vorraum der Wache und zerren mich von der Scheibe, gegen die ich mittlerweile mit beiden Fäusten hämmere. In nicht einmal drei Sekunden werde ich von den beiden Beamten auf einem Stuhl im Wartebereich fixiert und bin so gut wie bewegungsunfähig. Gut, dass meine Schnatter noch funktioniert, denn nun zeter und brülle ich mordio. Während die beiden SEK-Beamten alle Hände voll mit mir zu tun haben, stürmt der Wolfi plötzlich herein. »Ablassen. Sofort! Was ist hier los? Das ist meine Mama«, ruft er ebenfalls empört und schiebt die beiden Männer zur Seite. »Was ist hier los, will ich wissen«, brüllt er und schaut fassungslos von mir zu einem der beiden Männer in Schwarz, der sogleich von mir ablässt und schlichtend die Hände hebt. Durch die Gegensprechanlage mischt sich jetzt der Empfangstrottel, der meiner Meinung nach einzig und allein für dieses ganze Schlamassel hier verantwortlich ist, ein. Mit piepsig dünner Stimme erzählt er, dass ich mir unerlaubt Zugang zur Inspektion verschaffen wollte, was völliger Blödsinn ist, immerhin habe ich ihn anfangs freundlich gebeten, mir Einlass zu gewähren. Einen verwirrten Eindruck hätte ich dazu auch auf ihn gemacht und ein übermotorisiertes rotes Fahrzeug unerlaubt und ordnungswidrig direkt vor der Wache geparkt. Als er mir den Zugang verweigerte, hätte ich damit begonnen, auf die Barrikaden zu gehen.

»Eine Frechheit. Das stimmt so schon mal überhaupt nicht. Bei der Bullerei werden Sie es nie zu etwas bringen, Sie komischer Vogel«, schreie ich dazwischen.

»Bist du jetzt endlich still, Mama«, zischt der Wolfi. Die zwei SEK-Männer scheint meine Ansprache sehr zu amüsieren, denn die grinsen beide in meine Richtung, und einer von ihnen zeigt mir sogar den Daumen nach oben. »Ich kläre das«, beschwichtigt er seinen Mitarbeiter hinter der Scheibe. »Meine Herren, danke für ihr schnelles Eingreifen, aber wie Sie sehen, ich habe die Situation unter Kontrolle«, meint der Wolfi beschämt, nickt den beiden Männern vom Sondereinsatzkommando zu und zieht mich wie ein kleines Kind hinter sich her. Durch die grüne Türe direkt hinein in die Katakomben der Polizeiwache Kempten. Ziel erreicht, könnte ich mir nun denken, aber als mein Sohn die Bürotür hinter mir schließt, erwartet mich ein Donnerwetter der etwas anderen Art. »Was in Gottes Namen machst du hier, und wo ist überhaupt die Friedl, die sollte doch auf dich aufpassen.«

»Also Wolfi, die Friedl ist doch nicht mein Babysitter«, fauche ich empört.

»Ist dir eigentlich klar, dass die SEK-Beamten nur für einen Übungseinsatz zur Terrorbekämpfung heute in der Dienststelle sind und nicht dafür da, meine randalierende Mutter in Schach zu halten? Das ist doch wohl der Gipfel!«, schimpft er und funkelt mich böse an.

»Wolfi, das alles wäre nicht geschehen, hättest du mich gleich mit auf die Wache genommen.«

»Du. Bist. Keine. Polizeiangestellte. Ist das ein für alle Mal klar?«, buchstabiert der Wolfi brüllend und schlägt sich ungläubig beide Hände vor den Kopf. Zeitgleich läuft er puterrot an, und ich bin wirklich überaus besorgt, dass die zuckende Ader auf seiner Stirn platzt und wir deswegen gleich ein viel größeres Problemchen bekommen könnten. Zugegeben, sein scharfer Ton lässt mich nicht unbeeindruckt, denn in meinem Nacken kitzelt es unangenehm, und mir wird abwechselnd heiß und kalt. Natürlich ist mir bewusst, dass ich als Zivilistin bei dem Verhör eines dringend Tatverdächtigen nix verloren habe, aber probieren kann man es doch. Immerhin kann ich mit Stolz behaupten, dass der Wolfi den Fischlinger-Fall ohne mich nie und nimmer gelöst hätte. Und wenn mein Sohn ein bisschen schlauer wäre, würde er auf meine Expertise bauen und sich um meine Meinung reißen. Der Wolfi schnaubt noch immer vor Wut, als ich aufschaue und ihn beobachte. So kenne ich ihn überhaupt nicht und frage mich, seit wann mein Bub ein dermaßen großes Aggressionspotenzial besitzt. Als er jetzt ganz nah an mein Gesicht herantritt und zu flüstern beginnt, stellen sich mir auch noch die letzten Härchen auf, die bis dato sein Donnerwetter verschlafen hatten. »Weißt du eigentlich, dass du mich hier vor meiner gesamten Kollegschaft bis aufs Letzte blamiert hast und mich damit zum Gespött der ganzen Wache machst, Mama?«

»Es tut mir leid. Das war nicht meine Absicht, aber irgendwie bist du daran auch ein bisschen selbst schuld. Du hast versucht, mich bei der Friedl abzuschieben. Das ist die eigentliche Frechheit hier, finde ich. Bei der Friedl herrscht nämlich zurzeit das reinste Chaos, seit die Babette mit den Kindern aufgetaucht ist. Glaubst du etwa, dass ich auch nur eine einzige Minute Ruhe gehabt hätte, während der Alok-Henry und die Babuna-Rosa den Moosbachhof auseinandernehmen? Halligalli gibt's da, und zwar rund um die Uhr«, maule ich und stemme beide Hände in die Hüfte, um meiner Ansprache mehr Ausdruck zu verleihen.

»Ich weiß, ich weiß. Die Friedl war von meiner Idee, auf dich auch noch aufpassen zu müssen, auch überhaupt nicht begeistert. Mei, Mama, was hätte ich denn machen sollen? Es ist aber halt auch einfach echt schwierig mit dir. Erst vergraulst du mir die alte Hanebichler, dann verschwindest du orientierungslos im Wald. Selbst den Doktor Fröhlich lehrst du das Fürchten. Was soll ich nur mit dir machen?«, meckert er und schaut mich ratlos an.

»Hat er denn jetzt schon gestanden, der Peter?«, versuche ich, die Situation auszunützen, doch der Wolfi denkt gar nicht daran, mir eine Antwort zu geben. Blitzschnell und mit einem gekonnten Griff legt er meine linke Hand in Handschellen und bringt die andere Fessel am Griff seiner Schreibtischschublade an. Ungläubig glotze ich von der silbernen Eisenschelle zu ihm. »He, was? Was soll das werden? Willst du mich jetzt hier etwa gefangen halten? Ich bin deine M-U-T-T-E-R«, rufe ich empört und zerre an dem massiven Metallring um mein Gelenk.

»Sorry, Mama!«

»Wolfgang Adalbert Schim-«

»Nein, nix Wolfgang. Anders bist du einfach nicht zu händeln. Ich muss jetzt dringend rüber. Wenn der Lerpscher Peter singt, bin ich in Nullkommanix wieder da. Bete, dass er schnell gesteht«, ruft er noch und verlässt dann eilig den kleinen Raum mit den unfassbar hässlichen Vorhängen. Vom Verhalten meines Sohnes bin ich dermaßen überrascht, dass ich minutenlang wie angewurzelt und sprachlos auf seinem in die Jahre gekommenen Bürostuhl verharre, dessen Zenit längst überschritten ist. Wann hat der Wolfi gelernt, so schlagfertig und einfallsreich zu sein, frage ich mich inständig und falle fast vom Glauben ab, als ich erneut erfolglos versuche, die Schelle an meiner Hand abzustreifen. »Hilfe … Polizei …«, rufe ich minutenlang im Wechsel, doch in dieser Servicewüste hier scheint mich schlichtweg entweder niemand zu hören oder diese Sesselfurzer wurden vom Wolfi instruiert, meine Hilferufe stets zu ignorieren. Dem Buben werd ich's noch zeigen, seine eigene Mutter in Ketten zu legen, eine Frechheit ohnegleichen. Die Presse werde ich einschalten. Facebook, Instagram und Co. hole ich natürlich auch ins Boot. Der Shitstorm, den der Wolfi dann zu erwarten hat, wird sich gewaschen haben, denke ich böse und versuche mit der anderen freien Hand, an meine vom hereinfallenden Licht so wunderschön glitzernde Handtasche zu gelangen, die auf dem Besucherstuhl gegenüber dem Schreibtisch liegt. Ich muss an mein Handy kommen, schließlich brauche ich Beweisbilder, die mich in meiner unerträglichen Lage zeigen und ich dann dem Allgäuer zuspielen kann. Über die Einbindung der Bildzeitung denke ich aber noch nach, denn ob mein Selbstbewusstsein für ein unretuschiertes Foto auf der Titelseite reicht, weiß ich noch nicht, anderseits könnte ich natürlich gleich den Beautyfilter aktivieren. Ich beuge mich über die mit Aktenstapeln übersäte Tischplatte und versuche so an mein Objekt der Begierde zu gelangen. Es reicht ums Verrecken nicht. Zwischen mir und meinem Telefon liegen unerreichbare vier bis fünf Zentimeter. Egal, wie sehr ich mich auch verbiege, das Ding bleibt in unerreichbarer Ferne. So wird das nix, mein Handgelenk ist bereits tiefrot und brennt fürchterlich. Verzweifelt krieche ich vom Tisch herunter. Leider räume ich dabei auch einige Ordner mit ab, die nun verstreut am Boden liegen. Selbst schuld, Wolfi, die kannst du nachher alle schön selbst sortieren, denke ich mir schadenfroh, da sehe ich, wie ein Foto vom toten Lerpscher Schorsch aus einem der Aktenumschläge herausspitzelt. Ich bücke mich hinunter, um das Papierbündel genauer unter die Lupe zu nehmen, als mir unerwartet schwindelig wird. Plötzlich verschwimmt alles zu einer grauen Brühe, bevor mir schwarz vor Augen wird und ich mit dem Hinterkopf gegen den Aktenschrank hinter mir knalle. »Autsch, ahhh.« Nach ein paar Sekunden lüftet sich der dunkle Schleier wieder, und ich greife voller Schmerz an meinen Kopf. Es ist kaum zu glauben, aber ich habe mit dem Schubladengriff genau auf den zentralen Schmerzpunkt meiner Beule getroffen. Beim Dart wäre das ziemlich genau der kleine rote Punkt inmitten der Zielscheibe und somit ganze 100 Punkte wert. Nachdem ich mich wieder etwas gesammelt habe, sitze ich nun mit ausgestreckten Füßen am Boden, meine Hand hängt dabei natürlich immer noch an dem Griff der verschlossenen Schublade herum. Was der Wolfi wohl da drinnen versteckt, frage ich mich und wende mich nach ein paar Überlegungen der Akte vom toten Lerpscher zu. Ich muss ganz schön balancieren, um den proppenvollen Stapel einarmig auf meinen Schoß zu hieven. Als ich die Mappe aufschlage, fallen mir auch noch gleich ein paar weitere Fotos vom Schorsch seiner Obduktion beziehungsweise dem, was von ihm übrig geblieben ist, entgegen. Abscheulich, dieses riesige Loch in seinem Gesicht. Da wird selbst der Maskenbildner für die Beerdigung nix mehr richten können, denke ich bestürzt und blättere angeekelt weiter. »Aussagenprotokolle«, lese ich auf der kleinen roten Registerspalte und schlage die erste Seite darin auf.

Protokolliert wird die Aussage von: **INGEBORG LERPSCHER GEB. MÖHRING**, geboren am 04.07.1956, wohnhaft … Leitender Ermittler: **POLIZEIOBERKOMMISSAR WOLFGANG A. SCHIMMEL**, überfliege ich die ersten paar Zeilen.

POK W. SCHIMMEL: Ingeborg, wo warst du am 19.06., dem Todestag deines Mannes? Beginne bitte gleich nach dem Aufstehen, bis dahin, als wir dich zu Hause aufgesucht haben.

INGEBORG LERPSCHER: Ja … also … es war eigentlich alles normal. Wie immer bin ich um kurz nach halb sieben aufgewacht. Danach bin ich runter in die Küche, habe das Radio angestellt und mir einen Kaffee gemacht. Der Schorsch war da schon weg. Das ist eigentlich immer so. Er verlässt das Haus, bevor es hell wird. Da kann er … Entschuldigung, konnte er, das Damwild besser beobachten, hatte er immer gemeint.
(Notiz: Zeugin schluchzt und weint.)

POK W. SCHIMMEL: Und weiter?

INGEBORG LERPSCHER: Danach habe ich die Waschmaschine angestellt, bin ins Bad gegangen und habe anschließend noch eine weitere Tasse Kaffee getrunken und dabei mein Kreuzworträtsel vom Vortag zu Ende gemacht. Um 9:00 Uhr habe ich dann den Peter geweckt.

POK W. SCHIMMEL: Moment, Inge, woher weißt du, dass es genau 9:00 Uhr war, als du den Peter geweckt hast?

INGEBORG LERPSCHER: Da bin ich mir ganz sicher, weil im Radio gerade die Nachrichten liefen.

POK W. SCHIMMEL: Okay, und da bist du dir ganz sicher? Hätte ja auch 8:00 Uhr oder 8:30 Uhr sein können.

INGEBORG LERPSCHER: Nein, weil kurz darauf die Waschmaschine fertig war und das 40-Grad-Buntwäsche-Programm immer 90 Minuten braucht.

POK W. SCHIMMEL: Okay, und was hat dann der Peter gemacht?

INGEBORG LERPSCHER: Nachdem ich ihn geweckt habe, ist der ins Bad, um sich fertig zu machen. Gegen 9:20 Uhr haben wir dann gemeinsam gefrühstückt. Einen Marmeladentoast und ein Ei … Jedenfalls, gegen 10:00 Uhr ist der Peter dann mit dem Mofa zur Betti gefahren, und ich habe gebügelt und –

POK W. SCHIMMEL: Moment, Entschuldigung, dass ich dich unterbreche, Inge, aber von welcher Betti redest du?

INGEBORG LERPSCHER: Die Bettina Bechtelmeier, vom Bechtelmeier Hansi die Tochter. Weißt schon, der Speng-

ler im Gewerbegebiet. Der Peter und die Betti sind seit einem halben Jahr schon ein Paar. Seine erste Freundin und die ganz große Liebe … Kann ich ein Taschentuch haben?
(Notiz: Zeugin schluchzt und weint abermals.)

POK W. SCHIMMEL: Fürs Protokoll – Befragung Bettina Bechtelmeier ausstehend.
Und weiter?

INGEBORG LERPSCHER: Wie gesagt, ich hab dann etwas gebügelt und den Haushalt gemacht. Der Schorsch will alles immer picobello haben, bis er mittags nach Hause kommt. Sonst ist er schlecht gelaunt, und das will ich … Wollte ich immer vermeiden. Gegen zwölf habe ich angefangen zu kochen, Nackerte mit Kartoffelsalat und Rote Bete. Gegen 13 Uhr habe ich dann versucht, den Schorsch auf dem Handy zu erreichen, weil er nicht pünktlich um 12.30 Uhr zum Essen da war.

POK W. SCHIMMEL: Und hast du ihn da noch erreichen können?

INGEBORG LERPSCHER: Nein, es ist nur die Mailbox angesprungen. Ich hab dann eine halbe Stunde gewartet und schließlich alleine gegessen.

POK W. SCHIMMEL: Hast du dir Sorgen gemacht, dass er

nicht zum Essen gekommen ist und du ihn auch nicht auf dem Handy erreichen konntest?

INGEBORG LERPSCHER: Ich war stinksauer, das war ja nicht das erste Mal, dass das Essen in letzter Zeit kalt geworden ist, weil er nicht aufgetaucht ist. Ich hab seine Wurst aus reinem Trotz dann auch noch gegessen, obwohl ich längst satt war. Ich bin eine erbärmliche Ehefrau, nicht wahr? *(Notiz: Zeugin schluchzt und heult schon wieder.)*

POK W. SCHIMMEL: Nein Inge, das bist du nicht. Wie oft ist es denn in letzter Zeit vorgekommen, dass der Georg nicht rechtzeitig zum Mittagessen erschienen ist, und weißt du auch, warum er häufig unpünktlich war?

INGEBORG LERPSCHER: In der vergangenen Zeit, wie gesagt, ist das öfters passiert. In den letzten vier Wochen bestimmt an die fünf- bis sechsmal. Ich habe ihm dann schon damit gedroht, nicht mehr zu kochen, aber er hat natürlich darauf bestanden, dass weiterhin das Essen zum Glockenschlag auf dem Tisch zu stehen hat, ob er da ist oder nicht.

POK W. SCHIMMEL: Hat er dir erzählt, warum er länger weg war?

INGEBORG LERPSCHER: Mh, nein. Er meinte, das ginge mich nix an, und ich solle mich um meine eigenen Sachen scheren.

POK W. SCHIMMEL: Hast du denn einen Verdacht, was er in der Zeit gemacht hat oder wo er gewesen sein könnte?

INGEBORG SCHIMMEL: Hmm … Muss ich das beantworten?
(Notiz: Zeugin überlegt sehr lange.)

POK W. SCHIMMEL: Inge, das solltest du, schließlich kann jedes Detail zur Lösung und somit zur Aufklärung des Falles beitragen. Außer du belastest dich damit selbst.

INGEBORG LERPSCHER: Nein, das nicht … Die Heidi hat im Strickkurs vor ein paar Wochen mal so eine spitze Bemerkung gemacht. Also nur so eine Andeutung. Aber ich hab das nicht geglaubt. Der Schorsch doch nicht …

POK W. SCHIMMEL: Und das wäre?

INGEBORG LERPSCHER: Der Schorsch hätte am See den jungen Frauen beim Baden zugeschaut, also heimlich. Du verstehst? Das hätte ihr jemand aus dem Dorf erzählt, wer, wüsste sie allerdings auch nicht mehr. Wer's glaubt, wird selig. Das ist doch eine Unverschämtheit, so etwas zu behaupten. Der Schorsch war nicht einfach, und wir hatten oft unsere Differenzen, aber mein Mann war doch kein Spanner!
(Notiz: Zeugin zeigt empört den Vogel.)

POK W. SCHIMMEL: Hast du deinen Mann mal darauf angesprochen?
(Notiz fürs Protokoll: Befragung Heidi vom Strickkurs)

INGEBORG LERPSCHER: Ich hatte es mal versucht, aber der Schorsch wollte davon nichts wissen und hat gemeint, er kümmert sich um das Gerücht. Die Burglbacher sind ein elendiges Tratschvolk, da stimmt meistens, wenn überhaupt, nur ein Bruchteil von dem, was die verzapfen.

Ob es sich bei der Anschuldigung, der Schorsch wäre ein elendiger Spanner gewesen, nur um ein »Gerücht« handelt, weiß ich nicht. Immerhin hat die Berta Breitmeier beziehungsweise ihr Anhängsel, der Rüdiger, das Gleiche vor ein paar Tagen in der Bäckerei behauptet. Ich blättere weiter durch das Protokoll, denn die Ingeborg, sollte sie die Wahrheit ausgesagt haben, war wohl tatsächlich zum Todeszeitpunkt ihres Gatten ahnungslos zu Hause gesessen. Mich interessiert brennend, was den Peter so verdächtig macht und warum der Wolfi offensichtlich von seiner Schuld, den eigenen Vater kaltblütig erschossen zu haben, dermaßen überzeugt ist.

Ein paar Seiten weiter finde ich dem Peter sein Aussageprotokoll.

2. AUSSAGE PETER LERPSCHER, geb. …
Außerdem anwesend: **RECHTSBEISTAND LUTZ FINDER**
Beginn: Dienstag 22.06., 8.10 Uhr

POK W. SCHIMMEL: Peter, wo warst du am Todestag deines Vaters, und was hast du wann und um welche Uhrzeit gemacht?

PETER LERPSCHER: Das habe ich dir doch schon alles erzählt.

POK W. SCHIMMEL: Stimmt, aber fürs zweite Protokoll brauche ich noch mal den genauen Ablauf und etwas genauer. Also?

PETER LERPSCHER: Na gut … dann also noch mal. Gegen 9 hat mich meine Mutter geweckt. Ich habe mich im Bad fertig gemacht und danach mit ihr gefrühstückt. Später, so gegen 10 müsste das gewesen sein, bin ich mit dem Mofa zur Betti gefahren.
(Notiz: Angabe von P. L. stimmt mit Angabe von Zeugin I. L. überein.)

POK W. SCHIMMEL: Du redest von der Bettina Bechtelmeier?

PETER LERPSCHER: Na klar, von wem denn sonst? Ich fahr doch nicht zweigleisig!

POK W. SCHIMMEL: Das ist doch nur der Vollständigkeit halber fürs Protokoll.

PETER LERPSCHER: Passt.

POK W. SCHIMMEL: Und was hast du bei der Bettina gemacht?

PETER LERPSCHER: Muss ich das sagen, das geht doch niemanden was an?
(Notiz: Zeuge wirkt unsicher.)

POK W. SCHIMMEL: Wenn du zur Aufklärung an dem Mordfall deines Vaters beitragen willst, solltest du das, außer du belastest dich damit selbst.

PETER LERPSCHER ZU RECHTSBEISTAND LUTZ FINDER: Das ist aber sehr persönlich … Muss ich das denn wirklich beantworten? (Notiz: Zeuge läuft rot an.)

RECHTSBEISTAND ANWALT LUTZ FINDER ZU PETER LERPSCHER: Bleiben Sie ruhig, Herr Lerpscher. Das ist okay. Beantworten Sie einfach die Frage vom Kommissar.

POK W. SCHIMMEL: Polizeioberkommissar, nur fürs Protokoll.

PETER LERPSCHER: Okay … Dann sag ich's halt. Ich habe die Betti geschnackselt! Gleich zweimal hintereinander, bis ich nicht mehr konnte. Von oben und einmal von …

POK W. SCHIMMEL: Eh … danke, Peter. Eine nähere Beschreibung brauchen wir erst einmal nicht.

Puhhh … Da war der Peter jetzt aber überraschend deutlich in der Schilderung seiner Freizeitgestaltung während des vermeintlichen Todeszeitpunks seines Vaters, denke ich mir, als ich die Zeilen von seiner Aussage neugierig studiere.

PETER LERPSCHER: Du wolltest es doch genau wissen, Wolfi!

POK W. SCHIMMEL: Schon gut. Ich gehe davon aus, dass die Betti, also die Bettina Bechtelmeier, das bezeugen kann? *(Notiz: Befragung Bettina Bechtelmeier ausstehend.)*

PETER LERPSCHER: Klaro, die war ja schließlich daran beteiligt. *(Notiz: Zeuge schmunzelt und kratzt sich verlegen im Nacken.)*

POK W. SCHIMMEL: Kommen wir zu deinem Vater. Wie war denn so das Verhältnis zwischen euch?

RECHTSBEISTAND ANWALT LUTZ FINDER: Stopp. Mein Mandant wird diese Frage nicht beantworten.

POK W. SCHIMMEL: Warum, das ist eine einfache Frage, und wenn Ihr Mandant nichts zu verbergen hat, ist diese Frage doch legitim.

RECHTSBEISTAND ANWALT LUTZ FINDER: Das ist Auslegungssache, und mein Mandant wird sich unter keinen Umständen und zu keiner Zeit hier selbst belasten.

(Notiz: Zeuge P. L. ruft dazwischen.)

POK W. SCHIMMEL: Ach, hat Ihr Mandant etwa was zu verheimlichen? Wenn nicht, kann er doch einfach die Frage beantworten, Herr … Herr Finder!

RECHTSBEISTAND ANWALT LUTZ FINDER: Mein Mandant wird zu dieser Frage keine Aussage treffen. Punkt.

PETER LERPSCHER: Hallo? Zu was ich eine Aussage mache, kann ich doch selbst entscheiden. Mein Vater war ein Idiot … Ein Choleriker, Tyrann und wohl auch ein ekelhafter Spanner, der meine Mutter und mich ständig gegängelt hat, wo es nur ging. Er …

RECHTSBEISTAND ANWALT LUTZ FINDER ZU PETER LERPSCHER: Herr Lerpscher, seien Sie sofort ruhig. *(Notiz: Rechtsbeistand brüllt.)*

PETER LERPSCHER: Ich … Stimmt doch. Das ist die Wahrheit. Mein Alter hat uns terrorisiert und meine Mutter wie eine Sklavin gehalten, die nur dazu da war, seinen Dreck wegzumachen und pünktlich mittags das Essen auf den Tisch zu bringen. Er hat ihr sogar mal eine verpasst! Mein

Vater war ein Arsch, ein verdammter Nichtsnutz. Der hat es nicht anders verdient. Von wem, weiß ich nicht. Ich war es nämlich nicht …

RECHTSBEISTAND ANWALT LUTZ FINDER ZU PETER LERPSCHER: Sind Sie wahnsinnig? Ruhe! Halten Sie sofort Ihren Rand. Sie reden sich noch um Kopf und Kragen!

POK W. SCHIMMEL: Lassen Sie Ihren Mandanten doch ausreden. Wenn er gestehen will, ist damit allen geholfen!

PETER LERPSCHER: Nichts gestehe ich. Gar nix. Ich hab meinen Alten nicht auf dem Gewissen. Das war ich nicht!

RECHTSBEISTAND ANWALT LUTZ FINDER:
Herr Kommissar, streichen Sie die letzten beiden Aussagen meines Mandanten umgehend aus dem Protokoll. Mein Mandant ist nicht Herr seiner Sinne. Das sehen Sie doch! Das Verhör ist hiermit beendet …

POK W. SCHIMMEL: Moment, Ihr Mandant ist dringend tatverdächtig.

RECHTSBEISTAND ANWALT LUTZ FINDER: Haben Sie handfeste Beweise? Seine DNA auf der Tatwaffe, Schmauchspuren an den Händen oder weiß der Geier irgendwas, was den Herrn Lerpscher belastet, Herr Kommissar?

POK W. SCHIMMEL: Schmauchspuren konnten wir bei Ihrem Mandanten bereits feststellen. Die anderen Ergebnisse der Laboruntersuchungen stehen derzeit noch aus, aber da werden wir schon noch die ein oder andere Spur zu Ihrem Klienten finden. Und immer noch Polizeioberkommissar, gell, so viel Zeit muss sein.

RECHTSBEISTAND ANWALT LUTZ FINDER: Ihre Schmauchspuren können Sie sich sonst wohin stecken. Mein Mandant ist Sportschütze im hiesigen Schützen-Verein. Da ballert er wöchentlich unzählige Geschosse ab, was Ihren angeblichen Beweis nichtig macht. Bevor Sie und Ihr Verein hier keinen einzigen hinreichenden Beweis gegen meinen Mandanten in der Hand haben, sollten Sie sich mit Ihren Vermutungen zurückhalten. Das ist doch unerhört. Machen Sie Ihren Job, und finden Sie den eigentlichen Täter. Mein Mandant wird hier und jetzt kein einziges Wort mehr sagen. Auf Wiedersehen, die Herren.

(Notiz: L. Finder und P. Lerpscher verlassen das Verhörzimmer. Tür knallt zu.)

Protokoll Ende: 8:42 Uhr
Unterschrieben von: **POLIZEIOBERKOMMISSAR** Wolfgang A. Schimmel.

Heiliger Bimbam. Das, was der Peter da von sich gegeben hat, ist ja wirklich nicht von schlechten Eltern. Mit seiner Aussage hat er sich glasklar verdächtig gemacht, indem er seinen Vater als gewalttätigen Tyrannen dargestellt und beschimpft hat. Ein Motiv hätte er somit. Wäre ja irgendwie auch plausibel. Der Sohn hat nach jahrelangem Terror seinem Vater die Rübe weggeblasen. Bei dem Gedanken tauchen sofort die Bilder auf, die ich während meiner Vision im Waldstück hatte, als die Sportsmadronen Berta und Silly mich entdeckt haben.

Als ich die nächste Seite aufschlage, fällt mir die Aussage vom Wimmerl Bodo, also dem Förster von Burglbach und guten Freund vom toten Lerpscher, in die Hände.

> Seite 1/5
> **BODO WIMMERL, GEB. AM** ... Zeuge erschien am 20.06. um 10:37 Uhr **OHNE EINLADUNG** auf der Wache, um eine Aussage zu machen.

Ich überfliege den Text, bis ich auf die Aussage treffe, die die Ingeborg bereits angesprochen hatte und die als vermeintliches Gerücht in Burglbach herumgeht.

> **BODO WIMMERL:** Der Schorsch war immer ein guter Freund und Kumpel gewesen. Seit Kindertagen an sind wir gemeinsam Tag und Nacht durch den Burglbacher Wald gestromert. Aber seit etwa einem Jahr haben wir dann nicht mehr ganz so viel zusammen unternommen. Eigentlich nur noch, wenn beruflich etwas angestanden ist. Also neue Setzlinge im Wald gepflanzt wurden oder zur Tierbestands-

zählung einmal im Jahr. Meine Frau und die Inge waren aber noch gemeinsam im Strickkurs und haben sich einmal wöchentlich dort getroffen. Ich habe den Kontakt mit dem Schorsch zunehmend gemieden, seit ich gehört habe, wie er jungen, leicht bekleideten Damen nachstellt und diese mit dem Fernglas beobachtet und sogar fotografiert haben soll.

Pfui Teufel … so was macht man doch nicht, oder was meinst du, Wolfi? Das hätte ich nie vom Schorsch gedacht. Ich war ziemlich enttäuscht von ihm.

(Notiz: Zeuge ist außer sich und schlägt mit der Faust immer wieder aufs Pult.)

Außerdem war der Schorsch ein Tyrann. Er hat seine Ingeborg behandelt, als wäre sie seine Leibeigene. Zum Putzen und Kochen war sie ihm gerade gut genug gewesen. Schlimm, wirklich schlimm …
Meine Frau hat mir erzählt, dass die Inge zweimal hintereinander nicht zum Strickkurs kommen konnte, weil der Schorsch ihr angeblich ein Veilchen verpasst haben soll. Das muss irgendwann letztes Jahr im Sommer gewesen sein. So was hätte ich nie und nimmer vom Schorsch gedacht. Er war mein Freund. Über fünfzig Jahre lang, aber in den letzten Jahren ist er immer komischer geworden, der Schorsch. Anzeigen hätte die Inge ihn sollen, das wäre das Richtige gewesen.

Auch seinen eigenen Sohn, den Peter, hat er nicht verschont. Wie seinen persönlichen Fußabstreifer hat er ihn benutzt. Ich habe sogar gehört, dass er einmal dem Peter seine Freundin, die Bechtelmeier Betti, heimlich im Badezimmer, als sie bei den Lerpschers zu Besuch war, gefilmt haben soll. So ein Ferkel. Zwischen den beiden, also dem Schorsch und dem Peter, soll es erst vor Kurzem sogar eine handgreifliche Auseinandersetzung gegeben haben, das habe ich jedenfalls irgendwo gehört. Ein dreckiger Voyeur war der Georg und hat nicht mal vor seiner potenziellen Schwiegertochter haltgemacht. Das ist doch ekelhaft. Ich würde verstehen, wenn der Peter ihn erschossen hat, zumal er ja auch die Gelegenheit hatte …

POK W. SCHIMMEL: Wie meinst du das, Bodo, der Peter hatte die Gelegenheit, laut meinen Infos war er zur Tatzeit mit der Betti bei ihr daheim. Wann warst du eigentlich das letzte Mal in deinem Revier unterwegs?

…

UNTERSCHRIFT: Bodo Wimmerl

Ich bin wirklich sprachlos und erschüttert. Zeile um Zeile und Seite um Seite wird es immer noch unglaublicher, was ich von dem Lerpscher Schorsch erfahre. Was der Bodo Wimmerl da in seiner Aussage vom Stapel gelassen hat, ist wirklich kaum vorstellbar. Burglbach und seine Abgründe, sag ich da nur und zerre an meiner Fessel, die sich immer noch tiefer in mein Handgelenk bohrt. Wie konnte der Lerpscher Schorsch jahrelang seine Familie drangsalieren und einige Mitwisser der Burglbacher Dorfbagage haben dabei einfach zugeschaut, ohne etwas zu unternehmen. Bis dato habe ich ja schon viel vom Schorsch gehört und dass es noch einige weitere Burglbacher gibt, die nicht gut auf ihn zu sprechen sind. Selbst die Friedl, die sich ja bekanntlich am liebsten aus allem raushält, hatte auch schon kein gutes Haar an unserem Burglbacher Jäger gelassen. Dass der Schorsch aber ein dermaßenes Schwein gewesen sein soll, wenn das alles auch so stimmt, ist wirklich unbegreiflich und schlichtweg erbärmlich. Der Bodo jedenfalls hat mit seiner Aussage, der Peter habe sich mit seinem Vater schon mal wegen seiner Freundin geprügelt, ein eventuelles Motiv aufgedeckt und ihn somit als potenziellen Täter ins Spiel gebracht. Warum aber dem Bodo seine Aussage so abrupt endet, verwundert mich. Der komplette Mittelteil seiner Aussage fehlt in der Akte. Auf dem Index sind fünf Seiten angegeben. Ich blättere noch einmal durch und kann nur drei der angeblich fünf Seiten zählen. Auf der letzten beschließt der Bodo seine Aussage mit seiner Unterschrift, das war's. Komisch. Wohin ist der mittlere Teil seiner Aussage verschwunden, frage ich mich und kann mir keinen Reim darauf machen. Außer der Wolfi ist mit den Aussagen seiner Zeugen genauso schlampig wie mit seiner Wäsche zu Hause, was ich mir durchaus vorstellen könnte und bereue es abermals, meinen einzigen Sohn in seiner Kindheit so verhätschelt zu haben. Eine Grundausbildung bei der Bundeswehr hätte dem

Wolfi gutgetan, stattdessen hatte er den Kriegsdienst verweigert und als Zivi bei den Anonymen Alkoholikern geholfen.

Ich gehe den Stapel weiter durch, kann die fehlenden Seiten aber nirgends in dem Blätterhaufen finden. Ich blättere weiter, denn es wäre noch interessant zu erfahren, was die Betti Bechtelmeier zu der ganzen tödlichen Katastrophe zu sagen hat. Hätte der Peter nämlich ein hieb- und stichfestes Alibi, weil er tatsächlich seine Betti zum Tatzeitpunkt flachgelegt hat, wäre der Sohnemann vom Lerpscher somit aus dem Schneider. Neugierig durchforste ich den weiteren Stapel und bin gespannt, was das Fräulein Bechtelmeier zu dem ganzen Schlamassel zu sagen hat. Schließlich handelt es sich bei ihrer Aussage nun um den Dreh- und Angelpunkt dieser ganzen Misere.

Als ich das Zeugnis der Betti endlich gefunden habe, springt plötzlich die Bürotür auf, und der Freirer Harald schneit herein. Ertappt entfährt mir ein spitzer Schrei, und gleichzeitig schleudere ich erschrocken den Stapel an Akten in die Luft. Gefühlte eintausend Blätter flattern wild durch den Raum und lassen den Harald für einige Sekunden aus meinem Blickfeld verschwinden. Als er sich seinen Weg durch das Gewusel bahnt und um den Schreibtisch herumläuft, an dessen Schublade ich immer noch unfreiwillig gekettet bin, beginnt er zu schimpfen. »Walli, um Himmels willen, was machst du denn da?«, tadelt er mich und fängt abwechselnd mit beiden Händen ein paar der Seiten in der Luft ab, bevor sie zu Boden gehen.

»Ich … Entschuldigung … Der Wolfi hat mich einfach hier festgesetzt … Mir war langweilig, und da hab ich … vielleicht ein bisschen in den Akten geschmökert?«

»Wie bitte? Du hast was? Sind das etwa die Zeugenaussagen vom Lerpscher-Mordfall?«, fragt er ungläubig und starrt auf eine der Seiten, die er kurz zuvor im Flug abgefangen hatte. »Bist du verrückt? Das sind geheime Dokumente. Wenn der Wolfi mitbekommt ... Du wirst in Teufels Küche kommen, Walli. Dafür kannst du eingebuchtet werden. Das kannst du doch nicht bringen, das hier sind streng vertrauliche Informationen, die nicht an die Öffentlichkeit dringen dürfen«, predigt er und sammelt kriechend und kopfschüttelnd den Blätterhaufen am Boden zusammen.

»Daran ist der Wolfi doch selbst schuld. Erstens hat er mich hier gegen meinen Willen angekettet. Schau her – und zweitens kann ich nix dafür, wenn er seinen Kram offen liegen lässt. Der Wolfi kann froh sein, dass ich ihn nicht wegen Freiheitsberaubung anzeige«, zische ich und zeige auf mein gerötetes Gelenk. »Mach mich los, dann helfe ich dir beim Einsammeln, und du erwähnst beim Wolfi einfach nix davon, okay«, flüstere ich und rüttele zum Nachdruck an den Handschellen, die mich noch immer am Weglaufen hindern.

»Walli, also du bist echt eine Marke. Du bringst mich hier ganz schön in Schwierigkeiten. Der Wolfi braucht schleunigst die Akten zum Lerpscher-Fall fürs Verhör vom Peter. Die hat er nämlich auf dem Weg in den Verhörraum vergessen, als er dringend in den Eingangsbereich gerufen wurde, weil eine ältere Dame außer Rand und Band zwei SEK-Beamte in Atem gehalten hat!«

»Das im Vorraum geht ja wohl kaum auf mein Konto«, brülle ich aufgebracht, weil es mir jetzt vollends reicht. »Der hirnlose Concierge hinter der dicken Glaswand war schuld. Hätte er mich ordnungsgemäß in eure Katakomben hineingelassen, wäre ich noch rechtzeitig zum Verhör vom Peter gekommen, und alles wäre in Butter gewesen«, maule ich, als der Freirer endlich seinen Schlüsselbund zückt und mich befreit. »Wenn da Narben zurückbleiben, mache ich den Wolfgang dafür haftbar«, jammere ich und reibe unter größtem Schmerz mein geschundenes Handgelenk.

»Jetzt Walli komm, lass mal die Kirche im Dorf und mach aus einer Mücke keinen Elefanten. Dein Sohn meint es nie böse mit dir. Ich muss jetzt zurück zum Verhör, die warten schon. Wenn ich dich jetzt also bitten dürfte«, sagt der Freirer eilig, als er das Aktenbündel zusammen hat.

»Ach, jetzt werd ich auch noch rausgeschmissen oder was? Ich möchte bitte sofort eine Anzeige machen. Wo muss ich hin?«

»Also Walli, alles, was recht ist, aber jetzt schleichst dich besser, sonst schreibt der Wolfi dir noch 'ne Anzeige wegen Aneignung vertraulicher Dokumente, Vandalismus und weiß der Geier noch was. Ah ja, unerlaubtes Parken im absoluten Parkverbot.« Beleidigt und gekränkt lass ich mich vom Freirer Harald zum Ausgang geleiten, nicht aber ohne dem ollen Portier, der immer noch hinter seiner doofen Glasscheibe hockt wie ein Affe im Zoo, im Vorbeigehen die Zunge rauszustrecken.

Mein roter Flitzer steht noch genau an Ort und Stelle, wo ich ihn etwa eineinhalb Stunden zuvor abgestellt hatte. »Front row« nennt man das in Englisch, glaube ich, und ich bin amüsiert, als ich sehe, wie mehrere Beamte kopfschüttelnd aus den grünen Fenstern glotzen, als ich beim Anlassen den Motor meines Babys erst richtig aufheulen lasse, um dann rückwärts vom Vorplatz der Polizeiwache zu schießen.

An der roten Ampel ist aber dann erst mal Schluss mit meiner Euphorie. Während ich auf das grüne Signal warte, ruf ich mir die Zeugenaussagen beziehungsweise das Verhörprotokoll des dringend Tatverdächtigen Peter noch mal ins Gedächtnis und muss wirklich sagen, dass es scheint, als wäre die Tat eine eindeutige Sache und der Lerpscherspross für den Mord an seinem eigenen Vater verantwortlich. Kann ein 17-jähriger Jungspund wirklich so kaltblütig sein und den eigenen Vater erbarmungslos abknallen, auch wenn dieser bekanntlich ein echter Scheißkerl war, der seine Familie ständig terrorisiert hat? Irgendetwas stört mich bei der Vorstellung, der Peter hätte abgedrückt, auch wenn meine Vision, die mich am Waldweg heimgesucht hatte, so realistisch gewirkt hatte. Der Peter war's, wie es aussieht, hat der Wolfi gemeint und auf ein rasches Geständnis gehofft, um diesen spektakulären Fall mit dem aufgespießten Jäger ohne Gesicht möglichst schnell abschließen zu können.

»Ich war das nicht, aber verdient hat er es«, hatte der Peter im Verhör gebrüllt, bis ihn sein Anwalt zum Schweigen verdonnert hat. Welcher tatsächliche Mörder würde schon behaupten, dass das Opfer die Tat verdient hat, wenn er jede

Schuld von sich weisen will, um von seiner Unschuld zu überzeugen? Auch dass noch keine anderen Beweise außer den Schmauchspuren, von denen der Rechtsverdreher gemeint hat, die könnten auch vom Schießen im Schützenverein kommen, nachgewiesen werden konnten, spricht natürlich für die Unschuld des Lerpscher Juniors. Was also macht den Wolfi bei der Sache so sicher? Ich finde das alles sehr seltsam, und falls unser Superhirn POK Wolfi kein Ass in petto hat, das er demnächst aus dem Ärmel zaubert, scheint er wirklich nur darauf aus, ein möglichst rasches Geständnis aus der als Täter naheliegendsten Person herauszuquetschen, um dem Fall schnell den Stempel »Gelöst« aufzudrücken. Dass aber noch andere Personen vielleicht ein Motiv hatten, den Jäger aus dem Weg zu räumen, und es so weitere potenzielle Verdächtige gibt, wird scheinbar von meinem Sohn vollkommen außer Acht gelassen. Einfacher ist ja auch die Geschichte, der eigene Sohn habe den Vater abgemurkst. Apropos Sohn, da fallen mir plötzlich wieder der Ole und der verschlüsselte USB-Stick ein. Während die Lampen immer noch oder vielleicht auch schon wieder auf Rot stehen, da bin ich mir jetzt gerade nicht so sicher, krame ich in meiner Tasche nach dem Telefon. Vielleicht konnte sein Spezi das Ding mittlerweile knacken, und der Junge hat versucht, sich zu melden, während ich meiner Freiheit beraubt in Wolfis stickigem Büro der Wahrheitsfindung nachgegangen bin, denke ich und schiele aufs Display. Nix, kein Anruf, nicht mal eine läppische WhatsApp. Falls das alles stimmt und der Schorsch tatsächlich heimlich unsere Burglbacher Badenixen beim Sonnenbaden und Plantschen fotografiert hat, sind auf dem Stick mit aller Wahrscheinlichkeit nach freizügige Bilder von hübschen Mädels zu finden. Eigentlich sogar klar wie Kloßbrühe, wenn man bedenkt, wo und wie ich den Speicherstick gefunden habe. Auf dem Hochstand des Jägers, in einer Holzspalte unter einer Sitzbank. Wer sitzt denn sonst stundenlang und verbringt viel Zeit dort oben und würde den Hochsitz als Versteck nutzen. Das schreit doch schier nach einem handfesten Skandal, und ich kann die Burglbacher Dorfsirene bereits heulen hören. Die neueste Schlagzeile der Allgäuer Zeitung wird heißen: »Der Burglbacher-Landpomeranzen-Skandal. Wie unsere Allgäu-Mädle leicht bekleidet zum Opfer eines Voyeurs wurden«. Als ich bemerke, dass die Sirenen keineswegs nur in meinem Kopf heulen, sondern pure Realität in Form eines Hupkonzerts der Extra-Klasse hinter mir stattfinden, haue ich den ersten Gang rein und brause reifenquietschend der ungeduldigen Autoschlange davon, bevor die Ampel kurz darauf für die ungeduldigen Huper schon wieder auf Rot springt und sie zum Warten zwingt.

11

GEFAHRENZONE

Ich muss dringend mit der Betti Bechtelmeier sprechen. Ihre Aussage konnte ich nämlich nicht mehr lesen, weil der Freirer Harald mich plötzlich erwischt hatte, denke ich mir und nehme Kurs an den Rand vom Nirgendwo. Als ich meinen Wagen regelkonform auf dem Parkplatz der »7 Zwerge« parke, höre ich schon vom angrenzenden Garten das Schreien und Toben der Burglbacher Zukunft. Diesen nervtötenden Geräuschpegel würde ich nie und nimmer auch nur einen einzigen Tag aushalten, denke ich mir, als ich auf das gelbe Haus mit den kunterbunt gestrichenen Fensterrahmen zusteuere. Bereits vor der Eingangstür wird mein Tatendrang, die Betti zum Peter auszuquetschen, jäh gestoppt. »Achtung! Wir haben die Maul- und Klauenseuche!!!«, steht da tatsächlich und ungeschönt schwarz auf weiß auf einem runden Warnschild, das von der Innenseite an die Glastür der Einrichtung gepappt wurde. Verdammt und zugenäht, soll das ein Witz sein? Wie zum Teufel soll ich bitte die Bechtelmeier Betti befragen, ohne mir hier die Pest einzufangen, frage ich mich und ziehe angeekelt die Hand vom Türknauf. Ich muss mir schleunigst die Hände entkeimen, überkommt es mich panisch, und ich suche hektisch in meinem Handtäschchen nach Desinfektionsmittel. Fliegt die Pestilenz hier dann eigentlich auch in der Luft herum? Folglich presse ich fest meine Lippen zusammen und halte die Luft an. Meine Angst ist nicht ganz unbegründet, schließlich grölen und brüllen die Kinder im Garten nebenan wie die Gestörten und verteilen somit die Bazillen viral im gesamten Ort. Was mach ich denn jetzt nur, schließlich muss ich unbedingt wissen, ob die Betti ihren Freund ebenfalls der Bullerei auf dem Präsentierteller serviert hat oder ob sie im Gegensatz zum Wimmerl Bodo die Sache, dass es sich glasklar bei dem Peter um den Mörder seines Vaters handelt, etwas anders sieht. Vielleicht hängt die Betti ja auch mit drin, schießt es mir plötzlich in den Kopf, immerhin behauptet der Bodo, gehört zu haben, der Schorsch hätte auch sie heimlich in dessen Bad bespitzelt und fotografiert. Dann könnte es doch gemeinschaftlicher Mord à la »Bonnie & Clyde« gewesen sein, denke ich noch, als ich zu spät bemerke, wie mir an Ort und Stelle erst die Luft und danach die Lichter ausgehen.

»Walli? Schatz, was machst du denn schon wieder hier«, säuselt der Adalbert verschlafen, als ich mich neben ihn ans Bett setze. »Ich dachte, du machst heute mal wieder die Maximilianstraße unsicher und lehrst der Münchner Schickeria das Fürchten«, haucht er vergnügt und streckt sich immer noch sichtlich müde zu allen Seiten aus. »Keinen Bock auf Shopping«, seufze ich frustriert und ziehe eine unglückliche Schnute.

»Was denn, was denn? Du und kein Shopping? Das ist ja wie segeln ohne Wind oder fliegen ohne Flügel. Bist du krank Schatzilein?«, meint der Adalbert jetzt besorgt, setzt sich auf und prüft mit der flachen Hand die Temperatur an meiner Stirn.

»Kein Fieber«, sag ich betrübt und ziehe ein Päckchen Taschentücher vom Nachttisch. Als ich kurz darauf losschluchze, nimmt mein Göttergatte mich tröstend in den Arm. »Hey, raus mit der Sprache. Was um Himmels willen betrübt mein Schnurzelchen dermaßen, dass es keine Lust auf Shopping hat«, sagt er liebevoll und wischt mir eine Träne vom Gesicht.

»Der Wolfi …«

»Was ist denn mit dem Wolfgang? Hat er was angestellt? Ist er in Schwierigkeiten?«, will der Adalbert nun noch besorgter wissen.

»Schwierigkeiten … Ja … Ein große Katastrophe …«, bekomme ich gerade noch so heraus, ehe ich mich ganz meinem unsagbaren Leid hingebe und bitterlich anfange zu heulen. Jetzt ist der Adalbert aber alarmiert, rüttelt und schüttelt an mir, um mich zur Besinnung zu bringen. »Ist weg … Hat uns verlassen …«, presse ich hervor und der Adalbert eben noch verschlafen glotzt mich mit angsterfüllten Augen erschrocken an.

»Was sagst du da, der Wolfi ist weg? Tot? Mein Gott … Was …? Was ist passiert?«, schreit er plötzlich ganz aufgebracht und läuft im Zimmer hilflos auf und ab, und ich frage mich, warum mein Ehemann, den ich wirklich aus reinstem Herzen liebe, mich immer wieder und viel zu oft falsch versteht.

»Der Wolfi ist doch nicht tot! Wie kommst du denn darauf? Nein, viel schlimmer … Er zieht aus! Geht ins Allgäu und lässt seine liebende Familie einfach zurück. Seine Versetzung wurde genehmigt, schau her. Schon nächste Woche verlässt er uns, für immer …«, schluchze ich und ziehe das Schreiben aus dem grün-weißen Kuvert, das der Postbote heute Morgen in den Briefkasten gestopft hatte, hervor. »Lies«, fordere ich ihn auf. »Da steht es. Schwarz auf weiß. Der Wolfi zieht aus. Auf Nimmerwiedersehen.«

»Hast du etwa dem Wolfi seine Post geöffnet? Walburga Schimmel, was fällt dir ein! Hast du noch nie etwas vom Briefgeheimnis gehört? Als Mutter eines Polizisten solltest du aber wissen, was erlaubt ist und was nicht. Der Wolfi wird ausflippen, wenn er das erfährt.«

»Nenn mich jetzt nicht Walburga! Wann wollte er uns denn von seinem Versetzungsantrag erzählen, hm? Wenn der Umzugswagen bereits unten vor der Tür steht oder was? Der Junge ist doch noch nicht reif genug für einen dermaßen großen Schritt und noch grün hinter den Ohren«, maule ich und bin untröstlich und fassungslos über so viel Unverständnis meines Gatten.

»Dein Junge ist mittlerweile stolze 1,86 m groß, wiegt an die zwei Zentner, verfügt mindestens seit einem Jahrzehnt über Bartwuchs, hat eine erfolgreich abgeschlossene Ausbildung zum Polizisten hinter sich und ist mittlerweile ganze 33 Jahre alt«, brüllt der Adalbert und verschwindet kopfschüttelnd im Badezimmer. Als die Tür hinter ihm zuknallt, zucke ich zusammen und erwache plötzlich wieder im Hier und Jetzt.

»Duuuuu? Was ist mit dir? Wach auf«, redet eine unbekannte Kinderstimme auf mich ein und zupft ungeduldig an meinem Ärmel. Als ich realisiere, dass die Geschichte um Wolfis dramatischen Auszug Jahre her ist, blinzle ich vorsichtig mit den Augen. Als ich zwei große Kulleraugen ganz nah vor meiner Rübe erkenne, erschrecke ich mich fast zu Tode. »Omi, hast du geschlafen?«, sagt das kleine Mädchen mit den blonden Pippi-Langstrumpf-Zöpfen und legt fürsorglich die Hand auf meine Schulter. Als mein Blick von ihren lustigen Haaren in die Mitte ihres Gesichts wandert und ich die Rotzglocke, die ihr grün und gelb aus der Nase läuft, erspähe, erinnere ich mich plötzlich an das Warnschild an der Eingangstüre der Tagesstätte.

»Nein! Hilfe, nicht anfassen!«, schreie ich, fuchtle und schlage wild um mich, um mir das bazillenverseuchte kleine Fräulein vom Leibe zu halten. Zu allem Überfluss beginnt sie jetzt auch noch zu heulen, dreht ab und rennt watschelnd zurück zum Gartenzaun, durch dessen kleine Öffnung sie hindurchschlüpft und dahinter brüllend verschwindet. Hoffentlich wurde ich nicht infiziert, denke ich verzweifelt und leere das kleine Desinfektionsfläschchen aus meiner Handtasche bis auf den letzten Tropfen, indem ich den kompletten Inhalt über meinem Kopf verteile und gleichmäßig verreibe. Vielleicht hätte ich die Augendeckel besser aussparen sollen, denn das Zeug brennt höllisch auf meinen Lidern. Mit beißenden Schmerzen taumel ich zurück zum Wagen und wische mir eine Träne nach der anderen, die in einer Sturzflut an mir herunterlaufen, notdürftig mit dem Ärmel meiner Bluse ab. Im Kofferraum finde ich, dem lieben Gott sei es Dank, eine halbvolle Flasche Wasser, mit der ich mir notdürftig das ätzende Mittel von den Lidern wasche, als mich von hinten plötzlich etwas antippt.

»Hey Sie …!« Ich erschrecke abermals, schließlich habe ich in meinem fast blinden Zustand weder gesehen noch gehört, dass jemand kommt, was in Anbetracht der kleinen grölenden Keimschleudern im Garten nebenan sowieso ein Ding der Unmöglichkeit ist. »Haben Sie die Carlotta eben angeschrien und nach ihr geschlagen?«, will eine unfreundliche und kaugummikauende junge Dame aufmüpfig von mir wissen.

»Entschuldigung, würden Sie bitte den Kontaminationsabstand einhalten und mir nicht zu nahe kommen?«, blaffe ich zurück. »Husch, husch … Wird's bald. Die Seuche könnt ihr getrost behalten«, maule ich und wedle der renitenten jungen Frau meine Hände entgegen.

»Moment mal … Sie haben die Carlotta eben angegriffen. Was fällt Ihnen eigentlich ein, und wer sind Sie überhaupt? Eine Oma von einem meiner Zwerge nicht, denn dann würde ich Sie kennen. Ich rufe am besten die Polizei«, meint sie schnippisch und tritt endlich einen Schritt zurück.

»Nein, keine Polizei. Warten Sie, ich suche die Betti Bechtelmeier. Die arbeitet doch hier, hab ich recht?«

»Was wollen Sie denn von der Betti?«, will die junge Frau misstrauisch wissen und mustert mich eindringlich. »Sie sind doch die Mutter von diesem unfähigen Dorfpolizisten. Himmel, Zimmel oder wie der heißt … richtig?«

»Schimmel«, sage ich und tue so, als hätte ich die Verunglimpfung meines Namens und das mit dem unfähigen Dorfpolizisten überhört, um die gereizte Stimmung nicht zum Explodieren zu bringen, schließlich will ich heute noch die Bechtelmeier Bettina zu einem Gespräch bitten. »Walli Schimmel«, stelle ich mich vor und strecke ihr gewohnheitsbedingt meine Hand entgegen, doch als mir plötzlich wieder das rote Warnschild einfällt, ziehe ich diese in Lichtgeschwindigkeit zurück und vergrabe sie in meiner Hosentasche.

»Sie gehören also auch zum Schimmel-Clan?« Ich nicke, wahrheitsgemäß. »Dann habe ich Ihnen nichts zu sagen! Danke. Meine Aussage habe ich bereits gemacht, und mein Freund sitzt wegen Ihrem unterbelichteten Sohn in U-Haft. Ciao«, sagt sie sichtlich verbittert, dreht ab und stapft wütend davon.

»Also du bist die Bechtelmeier Betti? Vom Hansi die Tochter, hab ich das richtig verstanden? Meine Güte, bist du groß geworden. Dich hätte ich jetzt aber nicht mehr erkannt.« Die Nase kommt schon hin, hätte ich eigentlich erkennen müssen, denke ich mir und laufe ihr hinterher. »Hey Betti, warte …«

»Ich habe Ihnen nichts zu sagen. Eh wurst, was ich zu sagen habe. Dass der Peter zur Tatzeit bei mir war, interessiert nämlich scheinbar überhaupt keine Sau. Ich würde lügen, hat man mir auf der Wache unterstellt und mich der Falschaussage bezichtigt. Einen Zeugen gäbe es, der den Peter schwer belastet und mich dadurch unglaubwürdig erscheinen lässt. Ich solle mir gut überlegen, ob ich mich mit einer Falschaussage strafbar machen will und mich weiter in die ganze Sache verstricken möchte, hat Ihr mieser Sohn gemeint. Weiter verstricken? Häh?, habe ich mir gedacht. Halloho … ich bin mittendrin in diesem Albtraum«, schnauzt sie, als sie sich noch mal umdreht und dann hoffnungslos zu flennen beginnt.

»Aber … aber … Ich bin hier, um mit dir zu reden und mir deinen Teil der Geschichte anzuhören«, meine ich versöhnlich und verrate ihr natürlich nicht, dass ich gerade, als ich ihre Aussage im Präsidium lesen wollte, vom Freirer Harald dabei erwischt wurde. Die eben noch so taffe Betti schluchzt sich in Rage und ist plötzlich nur noch ein Haufen heulendes Elend. »Komm … Ich will dir wirklich nix Böses. Für mich klingt die Geschichte mit dem mordenden Sohn schlicht zu einfach. Einen so bestialischen Mord traue ich ehrlich gesagt einem Siebzehnjährigen auch kaum zu«, flunkere ich.

»Der Peter war es nicht, das schwöre ich«, ruft die Betti verzweifelt. Jetzt bin ich aber neugierig geworden, hebe beschwichtigend die Hände und signalisiere ihr, an ihrer Sicht der Dinge, im Gegensatz zu meinem Sohn, wirklich interessiert zu sein. Da plötzlich die Oberaufseherin, also die Kitaleitung, am Gartenzaun steht und mit dem Hufen scharrt, weil die Betti außerhalb der Einrichtung steht, verabreden wir uns nach ihrem Feierabend zu einem Gespräch unter vier

Augen. Ein Funken Hoffnung keimt in ihrem Blick auf, als ich ihr zum Abschied hinterherrufe, dass wir den wahren Täter schon finden werden. Könnte es tatsächlich sein, dass der Peter unschuldig ist und meine Vision mich hier kräftig an der Nase herumgeführt hat?

12

ZWERGENAUFSTAND

Mein Magen knurrt, und ich überlege, wie ich jetzt schnellstens in den Genuss einer leckeren warmen Speise komme und die Stunden bis zum Treffen mit der Bettina rumbringe. Ich koche zwar gerne, aber auf Dosenravioli, Tiefkühlpizza und Co. habe ich heute keine Lust. Mir gelüstet es eher nach etwas Landestypischem. Als ich auf die Uhr schaue und es Punkt zwölf schlägt, entscheide ich mich für die plausibelste Option, setze mich hinters Steuer und fahre zum Moosbachhof, schließlich habe ich die Friedl außer unserem kurzen Intermezzo heute Morgen schon seit einer Ewigkeit nicht mehr gesehen. Auch die Chancen, dass ich genau zum Mittagessen komme, stehen mehr als gut. Ihr Hof liegt etwas außerhalb von Burglbach, und so kann ich die lange Gerade der Landstraße nutzen, um die 370 Pferdchen meines fahrbaren Untersatzes mal wieder richtig galoppieren zu lassen. Als ich bei der Friedl vorfahre, glotzt sie bereits neugierig hinter den Vorhängen des alten Bauernhauses hervor und steht in Nullkommanix an der Türe, noch bevor ich überhaupt aussteige.

Die Begrüßung ist nach einem kurzen, aber heftigen Anschiss, weil ich sie ja heute Morgen einfach stehen gelassen habe, dann doch recht herzlich, und wie ich es schon prophezeit habe, ist die Friedl gerade am Kochen. »Was gibt's denn heute Feines? Kässpätzle?«, schwärme ich und mir läuft bereits jetzt schon das Wasser im Mund zusammen.

»Da muss i di leider enttäuscher«, meint sie und hebt den Deckel der Pfanne und der buttrige Bratgeruch verteilt sich in der ganzen Wohnküche. Als sich der Dampf verflüchtigt, staune ich nicht schlecht.

»Was ist denn das? Kann man das essen?«, frage ich verwundert, und gerade als ich meinen Finger in die komischen Dinger bohren will, schiebt die Friedl den Deckel blitzschnell wieder zu.

»It a'langer, gang weg da. Des sind Dinoschnitzel«, klärt sie mich auf.

»Aha … Du weißt aber schon, dass Dinosaurier seit Längerem ausgestorben sind, Friedl«, sage ich verdutzt und kann mir kaum vorstellen, dass deren Fleisch so lange konserviert und jetzt zum Verzehr angeboten wird.

»Schmarrn. Des isch doch vom Schwein«, meint sie daraufhin und wendet die kleinen brutzelnden Schnitzelchen in Dinosaurierform im heißen Fett. Ich bin verwirrt, aber trotzdem gewillt, von den lustigen kleinen Fleischstücken zu probieren. Wer weiß, eventuell schmeckt mir das schweinische Dinosaurierschnitzel sogar so gut, dass ich das ab jetzt öfters auf meinen Speiseplan setze.

»Wo sind eigentlich die Babette und die Kinder«, frage ich

meine Freundin, weil es gar so ruhig ist, als unerwartet lautes Gepolter von draußen hereindringt.

»Walli, bleib ruhig, okay? Du musch jetzat stark sei und lass dir bitte nix a'merka, gell. Versprichsch mir des?«, flüstert sie sichtlich nervös, wischt sich hektisch die Hände am Schurz, sammelt sich einen Moment und reißt dann die Türe zum Flur auf. Was ist denn hier los, denke ich mir und erkenne meine sonst so chillige Freundin plötzlich gar nicht mehr wieder. »Kommert rei, ihr Racker« und lädt die Kinder wie eine Zirkusdirektorin in ihre Manege. Als sie übertrieben gestikulierend den Arm ausbreitet, als würde sie eine nächste Darbietung ankündigen, falle ich fast vom Glauben ab. Für mich wurde hier nämlich noch nie so ein Tamtam veranstaltet. »So ihr Lackel … s'Esser isch scho glei fertig. Händ' wäscher und hisetzer«, ruft sie sichtlich gestresst und schleudert die Ketchup-Flasche auf den gedeckten Tisch. Der Alok-Henry stürmt auf direktem Weg zum Tisch. Scheinbar ist der Junge taub oder hält vom Hygienekonzept meiner Freundin einfach nichts und ihm folgt, ebenfalls ungewaschen, die Babuna-Rosa und krabbelt auf den Kinderstuhl, den die Friedl wohl erst kürzlich angeschafft hat. Wie ich feststellen muss, hat sich hier nach meinem letzten Besuch sowieso so einiges verändert. An der geschmacklosen Hängelampe über dem Tisch baumelt nämlich eine rosafarbene Strumpfhose mit kleinen lilafarbenen Elefanten drauf, und wo ehemals die gemütlichen Stühle um den Esstisch standen, steht jetzt eine mit psychedelischem Stoffmuster und darüber mit durchsichtiger Plastikfolie bespannte Eckbank. Berge an Spielsachen liegen überall herum.

Furchtbar, der Plastiküberzug bleibt fies an meiner Haut hängen, und ich vermisse schon fast die orangefarbenen Plastikstühle, die mich immer an das Interieur eines Freibadrestaurants anno 1970 erinnert haben. Auch das bunt gestrichene Küchenbuffet, das ehemals der Aufbewahrung von Gläsern und Geschirr diente, wurde zweckentfremdet und wurde nun zur Heimat unzähliger Kuscheltiere gemacht, denen ganz offensichtlich schon das ein oder andere Körperglied amputiert wurde.

Nachdem wir alle endlich am Esstisch sitzen und ich als Gast, zum Missfallen der ungeduldigen Jugend, vom Recht Gebrauch mache, mir als Erste ein Schnitzel in Tyrannosaurus-Rex-Form auszusuchen, ist der Jammer groß. »Das is abaa meins«, schreit der zahnluckerte Alok-Henry und sticht ungefragt seine Gabel in mein Stück Fleisch, das bereits auf meinem Territorium Platz genommen hat. »Moment mal, junger Mann. So läuft das hier aber nicht«, muss ich ihn ermahnen, haue meine Gabel ebenfalls in das Stück Tyrannosaurus Rex und warte auf die Zustimmung meiner beiden volljährigen Kolleginnen, die neben mir am Tisch sitzen.

»Jetzt Walli, komm. Lass doch dem Kind sein Schnitzel«, zetert die Babette und schaut mich verständnislos an. »Der Alok-Henry ist doch noch klein«, legt das Muttertier noch nach und steckt ebenfalls ihre Gabel in mein Mittagessen. Hilflos schaue ich zur Friedl herüber und sehe nur, wie sie kopfschüttelnd ihren Schädel schwingt. Ob sie mit mir sympathisiert oder meint, der Alok-Henry hätte das Schnitzel verdient, kann ich nicht erkennen. Mittlerweile zerren abwechselnd die Babette, der Alok und ich an dem flachen Stück Fleisch herum, als gäbe es eine große Hungersnot. Doch so schnell gebe ich mich sicherlich nicht geschlagen. Blitzschnell greife ich mit der freien Hand nach dem Schnitzel, ziehe es vom Teller und stopfe es in einem Stück in den Mund. Ich muss das sperrige Teil mehrmals falten, um alles hineinzubekommen, aber das ist es wert. An Kauen ist jetzt natürlich nicht mehr zu denken, und so fällt mir mehr Panade aus dem Mund, als ich überhaupt schlucken kann. Was aber auch völlig wurst ist, denn hier geht's ums Prinzip. Das Geschrei vom Alok-Henry setzt jetzt zu einem neuen Höhepunkt an, und mittlerweile brüllt auch die Babuna-Rosa mordio. Unbeachtet hat sie sich wohl die Ketchup-Flasche gemopst und sich beim Herumspielen damit die rote Soße ins Auge gespritzt. Mein Mitleid hält sich nach diesem »Schnitzelfiasko« aber wirklich in Grenzen, und so ignoriere ich das Gezeter der verzogenen Monster und esse brav meinen Dino zu Ende. So hatte ich mir ein gemütliches Mittagessen auf dem Moosbachhof nun wahrlich nicht vorgestellt.

»Die Babette hat doch nicht mehr alle Latten am Zaun«, schimpfe ich, als ich mit der Friedl abseits ihrer schändlichen Brut in den Garten flüchte. »Das ist doch keine Erziehung, was die macht.«

»Du hosch ja recht, i woiß scho, aber dis Thema isch so heukel, da darf ma bloß nix Falsches sager«, flüstert sie, seufzt und putzt sich die Tomatensoße von ihrem linken Ohrläppchen, mit der die Babuna-Rosa auch ihre Oma dekoriert hatte.

»Friedl, so kann das doch nicht weitergehen. Die Babette hat schließlich einen Bildungsauftrag. Auch Fünfjährige müssen lernen, dass der Gast König ist und demnach als Erstes sein Schnitzel aussuchen darf«, meine ich streng, lehne mich auf dem kleinen Holzbänkchen vor ihrem Stadl zurück und beobachte die schöne Aussicht. Von der Friedl ihrem Garten aus hat man eine wunderbare Aussicht auf den Grünten, der sich massiv und fast schon majestätisch aus dem Erdreich der Allgäuer Alpen erhebt.

»Dis goht scho seit Wocher so«, meint meine Freundin resigniert und nickt mit dem Kopf Richtung Wohnhaus, aus dem immer noch aufständisches Gebrüll zu hören ist. Ob die Babette vorhat, noch länger zu bleiben, will ich wissen. Als der Friedl dann aber kurzzeitig das Wasser in den Augen steht, spare ich mir weitere Kommentare dazu und atme den vorherigen Stress mit ein paar tiefen Atemzügen, so wie ich es im schamanischen Heilcamp vom Chapa Naca höchstpersönlich gelernt habe, einfach weg. Wir plaudern ganz ungezwungen. Heute Morgen, erzählt sie mir, hätte sie endlich zum ersten Mal seit Tagen ein paar Stunden Ruhe gehabt. Deshalb hatte sie auch dem Wolfi zugesagt und versprochen, mich abzuholen und sich um mich zu kümmern. Beide Kinder besuchen demnächst auch den Kindergarten, und die Babette hätte schon eine Übergangsstelle als Bedienung im Apostlwirt, unserem Burglbacher Wirtshaus, sicher. »Läuft doch, Friedl«, rede ich ihr gut zu.

»Scho, gell?«, meint sie frei von der Seele und erzählt, dass die drei heute Morgen zum Reinschnuppern im Kindergarten gewesen seien. Als ich ihre Informationen zerebraltechnisch verarbeitet habe, reißt es mich plötzlich von der Bank.

»Moment, wie bitte? Wo waren die drei heute Vormittag? Bei den kontaminierten Zwergen …?«, schreie ich hysterisch und weiß gar nicht, wie mir geschieht. Plötzlich juckt und zwickt es an meinem ganzen Körper, und meine Angst, mit der Maul- und Klauenseuche infiziert worden zu sein, ist schier grenzenlos, und so flitze ich zum höfischen Brunnen und werfe mich in den länglichen Wassertank um möglicherweise anhaftende Keime und Bazillen los zu werden. Ich tauche mehrmals hintereinander ab und reibe mein Gesicht, nur um sicherzugehen, dass ich auch keine Stelle dabei auslasse, sorgfältig ab. »Seife und Desinfektionsmittel, schnell«, rufe ich der Friedl zu, bevor ich erneut untertauche. Als mich etwas am Rücken nach oben zerrt, tauche ich auf.

»Sag a mal, bisch du jetzat völlig gaga«, will die Friedl verwirrt wissen und schaut ungläubig auf mich herab.

»Weißt du's denn nicht? Bei den 7 Zwergen ist die Seuche ausgebrochen«, keife ich verständnislos, doch sie bestreitet vehement, etwas davon gehört zu haben. »Du gehst da jetzt nicht wieder rein«, rufe ich, als die Friedl zurück ins Haus eilt und die Babette dazu befragen will. »Friedl. Nein. Die haben sich garantiert alle drei die Pest geholt und wir sind die Nächsten. Halt!«, schreie ich hysterisch und versuche noch, meine Freundin abzuhalten, aber sie verschwindet kopfschüttelnd für mehrere Minuten im Haus. Als sich eine dicke

Wolke vor die Sonne schiebt, bemerke ich erst, wie eiskalt das frische Quellwasser tatsächlich ist und beschließe rechtzeitig herauszusteigen, bevor ich mir zur Pest auch noch eine schmerzhafte Blasenentzündung hole. Das leichte Lüftchen, das hier oben auf dem Hügel eigentlich immer geht, fühlt sich, so klitschnass wie ich bin, an wie ein Orkan, und so bibbere und zittere ich wie Espenlaub. Endlich kommt die Friedl mit einem Stapel Handtücher vom Haus zurück und berichtet mir aufgebracht, dass es keinen Grund zur Hysterie gibt. Sogar das Wort Entwarnung benutzt sie und erklärt, die Babette und die Kinder hätten nicht, wie von mir erst angenommen, bei den »7 Zwergen«, sondern beim Heiligen St. Nikolaus reingeschnuppert, wo angeblich keimfreie Zone herrsche und vom Ausbruch der Hand- und Fußkrankheit nichts bekannt sei. Keimfrei, das bezweifle ich zwar stark, da Kinder meiner Meinung nach alles, was kreucht und fleucht, wie ein Magnet anziehen, aber nun gut, dann will ich mal nicht so sein. Aber nicht, ohne trotzdem ein Stoßgebet gen Himmel zu schicken, der liebe Gott möge mich doch bitte noch einmal verschonen, die anderen könne er von mir aus haben.

Dick in Frottee eingemummelt sitze ich nun zurück am Küchentisch und schlürfe einen warmen Kakao. Eigentlich stehe ich ja mehr auf laktosefreien Cappuccino mit Milchschaumberg, aber wie allseits bereits bekannt, kann die Friedl besser Schokomilch als Kaffee. Auch die orangefarbene Tasse vom Bauhof ist wieder da, und obwohl ich dieses hässliche Werbegeschenk des städtischen Bauhofs wirklich grässlich finde, so passt sie wenigstens farblich hervorragend zu dem abscheulichen Bezug der Eckbank. Die Babette und ihr ungezogener Anhang haben glücklicherweise für nachmittags eine Verabredung, und so können die Friedl und ich mal ausgelassen und in Ruhe ratschen. Nicht über Gott und die Welt, denn dafür ist keine Zeit. Der tote Jäger hat oberste Priorität. Als ich ihr von dem kleinen Zwischenfall auf der Wache erzähle und nicht verheimliche, dass ich daraufhin vom Wolfi in dessen Büro in Ketten gelegt und eingesperrt wurde, staunt sie nicht schlecht. »Übrigens«, füge ich hinzu, »konnte ich die Aussagen von der Ingeborg, dem Peter und dem Wimmerl Bodo lesen. Irgendwas stimmt da nicht …«, sage ich, rühre die bereits abgesetzte Schokoladenpampe noch einmal auf und nehme einen großen Schluck.

»Was moinsch denn damit? I ho dacht, d'Peter hots scho gstander«, meint sie und nippt an dem feinen Haselnussschnaps, den sie sich großzügig in den Kakao eingegossen hat. »Nervennahrung«, nennt die Friedl das und meint, ihr Absatz davon wäre seit Anreise der Babette'schen Family immens gestiegen.

»Pass bloß auf, Friedl, sonst wirst du bei der Allgäubrennerei noch Kundin des Monats«, sag ich und schenke mir ebenfalls ein Schlückchen ein. Jetzt aber zurück zu wichtigeren Themen als dem drastisch gestiegenen Alkoholkonsum meiner Freundin. »Kennst du die Lerpschers eigentlich näher, und würdest du dem Peter so eine bestialische Tat überhaupt zutrauen?«

Die Friedl erzählt mir dann, dass sie ganz früher mal mit der Ingeborg ziemlich gut befreundet war. Als ich schon mit dem Adalbert zusammen in München gewohnt habe, hatte sie mit der Inge viele Nachmittage verbracht. Ganz eng wären die zwei Mädels gewesen, auch weil beide zusammen im Kirchenchor gedient hätten, was damals eine Ehre gewesen sei, da der Pfarrer Hockl schon zu jener Zeit nur die schönsten und jüngsten Fräuleins darin hätte singen lassen. Und die mit den schönsten Stimmen natürlich auch, um diesen Aspekt nicht außen vor zu lassen. Gepilgert wären die Inge und sie einmal sogar. Von Oberstdorf nach Meran in Südtirol. Ein Spaß wäre das gewesen, und wenn die Friedl nicht kurz vor der Abreise mit dem Fritz, ihrem späteren Mann, zusammengekommen wäre, hätte sie vielleicht sogar mit dem jungen Olivenbauer Giovanni, einem rassigen Italiener, den sie auf dem Weg getroffen hatten und ein ganzes Stück gewandert seien, ein Techtelmechtel gestartet. Es ist kaum zu glauben, aber ich habe fast das Gefühl, einen Anflug von Röte um ihre Bäckchen zu erkennen, als sie von dem jungen Italolover und seinem riesigen Wanderstock erzählt. »Beschdes Oliverholz sag i dir«, fügt sie hinzu und schweift mit dem Blick abermals ab. Wie wir bereits wissen, hat der Fritz das Rennen gemacht, der Friedl ihr Herz im Sturm erobert und schon ein knappes Jahr nach Giovanni und Meran standesgemäß und traditionell in der heiligen St. Bonifatius unter Pfarrer Hockls Leitung die Hochzeit vollzogen und im Gasthof mit zweihundert Mann anständig gefeiert. Die Ingeborg war natürlich auch dabei, und hat da zum ersten Mal den Schorsch mitgebracht, den sie ein paar Wochen zuvor im Sommercamp kennengelernt hatte, wo sie genau wie er als Ferienbetreuung gejobbt hatte. »A'fangs war des a netter Kerl«, meint die Friedl. Erst mit der Zeit hätte sich die Ingeborg immer weiter zurückgezogen und der Kontakt zwischen den beiden Freundinnen wäre stetig weniger geworden. Als die Friedl mit ihrer ersten Tochter, der Flitzi alias Franziska, schwanger geworden sei, sei die Verbindung ganz abgebrochen.

»I hob immer s'Gfühl ghobt, d'Schorsch will d'Inge von mirer fernhalter«, sagt sie und erwähnt dabei, dass die Inge und der Schorsch jahrelang vergeblich versucht hatten, einen Stammhalter zu zeugen. Wenn man bedenkt, dass die Flitzi, also die erstgeborene Tochter der Friedl, gerade einmal eineinhalb Jahre jünger als der Wolfi ist, also demnach einundvierzigeinhalb, und der Lerpscher Sohn seit Kurzem erst siebzehn ist, wird klar, wie lange die beiden wohl vergeblich versucht hatten, Nachwuchs zu zeugen. Fast zwei Jahrzehnte müssten das dann sein, was eine unglaublich lange Zeit ist, wenn ich mich nicht verrechnet habe. Als dann doch noch und endlich der heißersehnte Lerpscher Junior kam, war die Ingeborg überglücklich. Der Peter war von Geburt an natürlich ihr Ein und Alles gewesen und der Schorsch damit abgeschrieben. »I woiß gar it, ob d'Schorsch erst seit do an so a mischtigs Rindvieh war, der's sich mit alle Leut verscherzt hot, oder ob des scho viel früher a'gfanger hot, dass der so a elendiger Grattler worra isch«, meint die Friedl und blickt nachdenklich in ihren leeren Humpen, als würde darin die richtige Antwort zu finden sein.

»Na ja, wenn du nach knapp zwanzig Jahren vergeblicher Mühen doch noch schwanger wirst, kurz bevor dich die Menopause in den weiblichen Vorruhestand verbannt, ist es doch nur verständlich, dass du dein Kind gottesgleich auf ein Podest hebst, verwöhnst und verhätschelst, wo es nur geht. Dein sehnlichster Wunsch ist endlich in Erfüllung gegangen, und du willst keinen einzigen Tag mehr mit deinem Kind missen. Dass der Schorsch dann erst mal, wie du sagst, auf der Ersatzbank gelandet ist, ist doch nur nachvollziehbar«, sage ich, und die Friedl pflichtet mir kopfnickend bei. Wenn das dann der Beginn für der Inge ihr jahrelanges häusliches Martyrium war, kann ich den Peter verstehen, dass er seinen Vater dafür gehasst hat, was aber nicht heißen soll, dass ich es gut finde, dass der Schorsch abgemurkst wurde. »Angenommen, der Peter ist's nicht gewesen, wer könnte sonst noch ein Interesse daran haben, dem Schorsch die Lichter auszublasen?«, frage ich und binde mein improvisiertes Frotteekleid noch etwas enger um meinen Körper. Nachdem der alte Lerpscher, wie allseits bekannt, ein schwieriger Genosse gewesen sei und an allen Fronten für Stunk gesorgt habe, wäre es schon gut denkbar, dass der eine oder andere Widersacher ihn gerne in die ewigen Jagdgründe katapultiert hätte, aber einen konkreten Tipp hätte sie nicht, meint die Friedl, als die Kuckucksuhr sich plötzlich meldet.

Als ich auf meine Uhr schaue, werde ich hektisch, denn in nicht weniger als zwanzig Minuten habe ich mich doch mit der Betti Bechtelmeier zu einem Plausch unter vier Augen verabredet. Meine Klamotten sind natürlich längst nicht trocken, auch wenn sie bereits seit über zwei Stunden auf der Wäscheleine im Garten baumeln, und so muss mir der Friedl ihre Garderobe als Notlösung dienen. Notlösung ist genau das richtige Wort, denn wenn ich es so ausdrücken darf, klafft unser Modegeschmack genauso weit auseinander, wie der Nord- vom Südpol entfernt ist. »Wo hast du denn das Teil her?«, frage ich ungläubig und starre auf das grüne Dingsdabumsda, was sich laut der Friedl angeblich Bluse nennt. Bügel für Bügel gehe ich den Plunder durch und schiebe Stück für Stück weiter an der Kleiderstange entlang. Immerhin verfügt die Friedl im weitesten Sinne über so etwas wie einen begehbaren Kleiderschrank, denke ich mir und schaue mich hilflos in der Wäschekammer um.

»Zwingt di koiner, des a'zuzieher. Gohsch halt nackert, mir wurscht«, goschelt sie verächtlich und zupft ein paar der Stücke zurecht, die ich bereits längst auf der Abschussliste stehen und der Kleidersammlung gespendet hätte.

»Uihh, juhi, juhi, Friedl, wo hast du denn dieses scharfe Teil her?«, sage ich überrascht, als ich den grünen Seidenkimono mit weißen Seerosen bestickt aus der hintersten Ecke der winzigen Kammer ziehe.

»Des wüschte Teil hosch du mirer doch a mol von rer Schinareise mit'brocht«, meint sie schnippisch und schaut mir etwas abschätzig zu, wie ich erst den bunten Gürtel zuziehe und mich dann und von allen Seiten in dem heißen Fummel im Spiegel betrachte.

»Accessoires?«, frage ich, und bevor ich mich noch nach einem passenden Schuhwerk umsehen kann, scheucht sie mich aus dem Kabuff. »Jetzt wird's aber wirklich knapp«, sage ich noch, als ich den Mustang starte und das elektrische Fenster an der Beifahrerseite herunterlasse. »Danke für das Dinoschnitzel und den wunderschönen Kimono, Friedl«, rufe ich entzückt und winke ihr zum Abschied aus dem Schiebedach. Ihre letzte Frage, ob ich dem Wolfi schon endlich den Speicherstick übergeben habe, überhöre ich geflissentlich und drücke aufs Gas. Mein Gott, um den Ole und seinen Hacker beziehungsweise den verschlüsselten USB-Stick muss ich mich ja auch noch kümmern, denke ich gestresst und brause zur Burgruine, an der ich mich mit der Betti verabredet habe.

13

DARTH VADER FÜR ARME

Ich bin bereits sieben Minuten zu spät und habe die Befürchtung, die Betti könnte schon wieder abgedampft sein. Die Jugend von heute und deren Geduld sind ja bekanntermaßen zwei Paar Schuhe. Meine Angst bleibt aber zum Glück unbegründet, denn scheinbar nimmt es das Fräulein Bechtelmeier mit den deutschen Tugenden wie Pünktlichkeit nicht sehr genau, als ich sehe, wie sie den langen schmalen Weg zur Burg mit dem Handy in der Hand hinaufschlurft und ebenfalls spät dran ist. Im Gegensatz zu ihr habe ich für mein Zuspätkommen aber schließlich einen triftigen Grund. Beim Umziehen in der Kleiderkammer ist mir nämlich noch eine Idee gekommen. Bevor ich also von der Friedl losgefahren bin, habe ich noch nach stabilen Müllsäcken und einer Rolle Klebeband verlangt. Die Friedl hat mir erst nach langem Zögern beides ausgehändigt, weil sie sich fragen würde, was ich damit vorhätte. »Natürlich eine Leiche verschwinden lassen«, habe ich ihr zugerufen, nach beidem eilig gegriffen und in den Kofferraum geschmissen. Bis die Betti hier oben eintrifft, habe ich noch Zeit und hülle mich in einen passgenauen Schutzanzug aus schwarzem Müllsack. Mit etwas Geschick und Gaffaband schaffe ich es sogar, den Overall so gut wie luftdicht zu verschließen. Gut, in meiner Bewegungsfreiheit bin ich etwas eingeschränkt, und bei jedem Schritt knistert und raschelt es, aber was tut man nicht alles, um einer drohenden Epidemie zu entrinnen. Als sie eintrifft, bin ich gerade noch mit dem Mundschutz zugegen, was aber nach einer kurzen Weile ebenfalls erledigt ist.

»Walli, sind Sie das?«, fragt die Betti unsicher.

»Ich bin dein Vater«, antworte ich im dunklen Ton, wie ich es schon oft in den Filmen gehört habe, wenn der Wolfi sich mal wieder eine Episode Star Wars reingezogen und anschließend mit dem Lichtschwert im Anschlag auf der Suche nach Luke Skywalker durchs Haus getigert ist. Verdutzt bleibt sie stehen und schaut ängstlich.

»Na klar bin ich es. Wer denn sonst?«, nuschle ich unter meiner provisorischen Mundabdeckung hervor und hebe kurz die dunkle Sonnenbrille an, die ich im Handschuhfach gefunden hatte. »Ich habe nur Vorkehrungen getroffen, um mich nicht bei dir zu infizieren«, erkläre ich weiter und merke bereits jetzt, dass mir langsam, aber sicher etwas warm unter der dichten Folie wird. Was man nicht alles tut, um einen Mörder zu überführen, denke ich mir und nehme auf einer kleinen Bank unterhalb des Burgturms Platz. »Also raus damit, Betti. Was meintest du damit, die Polizei glaube dir eh nicht, und der Peter sei unschuldig?«, frage ich, als ich bemerke, wie sich das junge Mädel ständig nervös umsieht. Erst als ich ihr versichere, dass sich hier weit und breit keine andere Menschenseele herumtreibt, entspannt sie sich und nimmt ebenfalls Platz. Um den Mindestabstand zwischen uns zu wahren, rücke ich ganz nach außen und hänge mittlerweile nur noch mit einer halben Pobacke auf dem Sitzholz.

»Also …«, beginnt sie. »Der Peter ist letzten Sonntag so um Viertel nach zehn zu mir nach Hause gekommen. Sein Mofa hat er ein Stück vom Haus hinterm Schuppen versteckt, weil mein Vater den Peter nicht mag. Mit einem Lerpscher kommst du mir nicht nach Hause, hat er einmal gebrüllt, als ich den Peter mitgebracht habe und meiner Family vorstellen wollte. Mei, inzwischen sind wir schon seit über einem halben Jahr zusammen, aber der Papa akzeptiert einfach nicht, dass wir uns lieben. Mein Peter ist ganz anders als sein Alter, wirklich, sonst wäre ich ja nie und nimmer mit ihm zusammen. Ich weiß schon, was im Dorf über den Schorsch erzählt wird, aber der Peter ist nicht so. Mein Freund ist liebevoll und immer da, wenn ich ihn brauche …«, sagt sie und schluchzt ganz leise dabei.

»Mh, verstehe.«

»Zu Hause war dann natürlich Rambazamba, und ich hatte wochenlang Hausarrest, weil mein Papa dachte, dass er mich so vom Peter fernhalten könnte. Wir haben uns tagelang übers Handy geschrieben, aber irgendwann haben wir es dann einfach nicht mehr ausgehalten und uns heimlich auf dem Hochstand seines Vaters im Wald getroffen.«

»Auf dem Hochstand, wo der Schorsch erschossen wurde?«

»Jep«, meint sie und schaut mich unsicher an.

»Spannend. Dass ihr genau da euer Liebesnest aufschlagt, wo bald darauf der Vater deines Freundes tot am Spieß hängt«, sage ich und rücke etwas nach, um nicht von der Bank zu gleiten, denn mittlerweile müssen unter meinem Müllsackanzug an die fünfzig Grad herrschen, und der Schweiß lässt das Plastik zur Rutschpartie werden.

»Ja, so war das ... einmal wurden wir sogar erwischt, als wir da oben gerade ... na ja, Sie wissen schon ...«

»Ihr die Bienchen gezählt habt«, unterbreche ich sie eilig.

»Genau, die Bienchen«, meint sie, zwinkert mir mit hochrotem Kopf kaum merklich zu und erzählt weiter. »Ja, jedenfalls, so lief das mit uns eben die letzten Monate. Wir mussten ständig auf der Hut sein, nicht erwischt zu werden, sonst hätte ich wahrscheinlich das Haus erst wieder mit Anfang vierzig verlassen dürfen, ginge es nach meinem Alten. Nur die Inge hat uns jedes Mal gedeckt, und ein paarmal waren wir auch beim Peter daheim.«

»Okay, verstehe«, analysiere ich und bitte sie, mit ihrer Erzählung wieder zum Sonntag, also dem Tattag, zurückzukehren.

»Genau. Also der Peter kam mit dem Mofa. Diesmal musste er besonders aufpassen, denn außer meinen Eltern war auch mein großer Bruder da, der sonst zum Studieren in München wohnt. Der Peter hat sich hinterm Haus im Gebüsch versteckt und einen Eulenruf imitiert, das war immer unser Zeichen, wissen Sie. Dann habe ich die Balkontüre einen Spalt geöffnet, bin runter ins Wohnzimmer gegangen, um meine Eltern abzulenken. Er ist währenddessen über die Dachrinne hinauf geklettert und in meinem Zimmer verschwunden.«

»Ihr zwei seid ganz schön ausgebufft«, lobe ich die junge Frau neben mir, worauf die Betti verschmitzt lächelt. »Dieser Move hätte fast von mir sein können«, kichere ich unter meiner Abdeckung hervor, als ich auf einer Pobacke um ein Haar von der Sitzfläche rutsche.

»Und als ich nach ein paar Minuten mit angeblichen Kopfschmerzen wieder in meinem Zimmer verschwunden bin, hatten wir ein paar ruhige Stunden nur für uns.«

»Ja, und genau das ist wahrscheinlich auch die Krux an der ganzen Geschichte. Niemand außer dir kann bezeugen, dass der Peter zur Tatzeit bei dir war, weil weder deine Eltern noch dein Bruder davon etwas mitbekommen haben. Für sie lagst du mit Kopfschmerzen im Bett.«

»Ja, das stimmt. Leider … Und deshalb glaubt der Wolfi mir auch nicht, weil meine Eltern etwas anderes ausgesagt haben. Seitdem sitzt der Peter in Untersuchungshaft, und mir wird vorgeworfen, ich würde lügen«, schluchzt sie bitterlich, rückt auf mich zu und wirft sich mir heulend um den Hals. Die Betti hat einen dermaßen festen Klammergriff um mich geworfen, dass ich sie nicht einfach abstreifen kann. Wenn es passiert, dann mit Sicherheit jetzt, denke ich mir verzweifelt und sehe mich bereits auf einer Intensivstation an piepsenden Monitoren und einem Beatmungsgerät hängen. Nach einer halben Ewigkeit halte ich es aber nicht mehr aus und schiebe die heulende Betti Bechtelmeier unter größten Anstrengungen auf ihren Platz zurück.

»'tschuldigung …«, schnieft sie und schnäuzt in ein zusammengeknülltes Taschentuch, das seine besten Tage bereits längst hinter sich hat. Inzwischen ist die Temperatur unter meinem Anzug noch weiter angestiegen, und ich habe die Befürchtung, bei lebendigem Leibe gekocht zu werden. »Die Sous-vide-Tragödie. Wie Walli Schimmel, im eigenen Saft gegart, tragisch den Tod fand«, sehe ich schon die reißerische Schlagzeile einer bekannten Tageszeitung, als ich es nicht mehr aushalte und ein Loch in meine Kluft reiße.

»Hossa, puhhh …«, entfährt es mir erleichtert, als ich mich aus dem Anzug schäle und endlich wieder Frischluft an meinen überhitzten Körper gelangt. Den Mund- und Augenschutz will ich aber trotzdem und unter allen Umständen aufbehalten, und so sitze ich klatschnass geschwitzt in einem chinesischen Kimono und schwarzem Gesichtsvisier neben der immer noch schluchzenden Betti. »Hey Betti, komm, das kriegen wir schon wieder hin. Wir müssen einfach nur den wahren Täter finden. Im Handumdrehen ist der Peter dann wieder bei dir«, versuche ich sie zu trösten.

»Ja und wie bitte schön sollen wir denn den Mörder bloß finden, wenn nicht mal die Polizei nach ihm sucht? Und übrigens, bei den 7 Zwergen hat niemand die Seuche. Das Schild hängt lediglich zur Abschreckung. In letzter Zeit hatten nämlich immer mal wieder Herrschaften geklopft, um mit unseren Zwergen über Gott zu sprechen«, erklärt sie mir schniefend.

»Also wie …? Verstehe ich das richtig, ihr verarscht die Leute, und du bist gar nicht verseucht?«, frage ich verdattert unter meinem Gesichtsschutz hervor.

»Ach iwo, nein«, antwortet sie, und in mir steigt plötzlich

eine unbändige Wut auf, die mich fast zum Platzen bringt. »Das ist ja wohl die absolute Höhe. Seit Stunden, junges Fräulein, lebe ich mit der Angst, mich mit der Pest infiziert zu haben. Ich habe mich von Kopf bis Fuß, inklusive meiner Augendeckel, desinfiziert. Bin vor unbändiger Panik sogar in den eiskalten Brunnen bei der Friedl gesprungen und habe fast eine ganze Stunde unter einer aus Müllsäcken gebastelten Sauna verbracht, aus der ich medium gegart hervorgehe«, schreie ich, reiße mir den lächerlichen Gesichtsschutz vom Kopf und werfe diesen vor ihre Haxen.

»Ja, sorry … Das war nicht meine Idee. Die Kitaleitung hat das in Absprache mit den Eltern so entschieden. Ist also nicht auf meinem Mist gewachsen.«

»Der Kitaleitung gehört der Arsch versohlt«, sprudelt es fassungslos aus mir heraus. Allein die Vorstellung, dass die eins achtzig große Gerlinde übers Knie gelegt wird, ist nur zu komisch, meint die Betti, wischt sich die letzten Tränen vom Gesicht und kichert verschmitzt. Ob sie jemand Bestimmten im Verdacht hat, ihren Schwiegervater in spe ermordet zu haben, verneint sie. Auch als ich von ihr noch wissen will, ob es sein könne, dass der Schorsch sie im Badezimmer der Lerpschers heimlich beobachtet haben könnte, verneint sie ebenfalls. Der Schorsch wäre ja nie daheim gewesen, wenn sie sich mit dem Peter bei ihm zu Hause getroffen hätte. Warum ihr Vater den Schorsch so gehasst habe, erklärt sie mir auch noch. »Die zwei waren sich spinnefeind. Der Vorfall liegt fast dreißig Jahre zurück, aber mein Papa und dem Peter sein Vater sind einfach zwei saumäßige Dickschädel«, sagt sie und erzählt mir die ganze Geschichte. Ihr Vater Hans, damals noch ein Teenager, war mit seiner dunkelbraunen Labradordame Daisy im Burglwald unterwegs. Die junge Hündin muss dann irgendeine Spur gewittert haben und ist daraufhin Bettis Vater davongelaufen. Der Lerpscher saß zu diesem Zeitpunkt im Hochsitz und hatte die Hündin im Dickicht mit einem Wildschwein verwechselt und kurzerhand abgeschossen. »Das hat mein Vater dem Schorsch nie verziehen. Er meint, dass dem Schorsch egal war, was er erlegt. Hauptsache schießen wollt er«, sagt sie und spickt ein paar Kieselsteinchen zur Seite. »Und deshalb kommt ein Lerpscher für meinen Vater auch überhaupt nicht infrage. Mein Papa ist ein überzeugter Pazifist, und der Peter ist ja auch im Schützenverein.«

Bevor wir uns verabschieden, tauschen wir noch Nummern und entfernen uns dann in unterschiedliche Richtungen. Als ich zurück am Parkplatz meinen Plastikmüll ganz umweltbewusst entsorgt habe, schweift mein Blick noch einmal über die Burgruine, die sich majestätisch auf dem Hügel, umgeben von grünen Wiesen, in der Abendsonne präsentiert. Die kleinen Zicklein, die sich trittsicher an dem steilen Hang rauf- und runterjagen, sind wirklich unterhaltsam. Schon ein schönes Plätzchen hier, am Rand vom Nirgendwo, denke ich zufrieden, als plötzlich etwas aus einem der schmalen Schießscharten des Turms für den Bruchteil einer Sekunde aufblitzt und mich blendet. Eigentlich war ich mir ziemlich sicher, dass die Betti und ich allein auf dem Gelände der einstigen kleinen Ritterburg gewesen sind. Was war das also? Vielleicht ein Stück glänzendes Metall aus der alten Kanone, überlege ich und verwerfe den Gedanken, jemand hätte uns heimlich von dort oben belauschen können, steige in meinen Wagen und brause einer erfrischenden Dusche, die ich mir mehr als verdient habe, entgegen.

Unter der Dusche versuche ich den heutigen Tag noch einmal Revue passieren zu lassen, bin aber so geschafft, dass ich nicht einmal mehr das hinbekomme. Mit noch feuchten Haaren krieche ich unter die Bettdecke und bin innerhalb von Sekunden eingeschlummert. Als ich am nächsten Morgen aufwache, bin ich von oben bis unten durchgefroren und fühle mich, als wäre ich von einem Lkw überrollt worden. Weder meine fünf Kissen noch meine Daunendecke haben meinen unruhigen Schlaf überlebt und müssen irgendwann in der Nacht über Bord gegangen sein. Blindlings greife ich nach meiner Zudecke und einem der Kissen und ziehe beides unter größter Anstrengung herauf. Müde vergrabe ich mich erneut unter dem kuschelweichen Federbett, und nach einer Weile taut mein stocksteifer Körper langsam, aber sicher wieder auf. Gestern Abend war mit mir ja nichts mehr anzufangen, so geschafft war ich vom Tag. Bereits um halb acht lag ich restlos kaputt und müde im Bett, und so habe ich auch nicht mehr mitbekommen, wann und ob der Wolfi überhaupt nach Hause gekommen ist. Vergangene Nacht hatte ich wieder einen seltsamen Traum beziehungsweise ein Déjà-vu meiner Vision vom Waldweg, in der der Peter seinen Vater erschossen hatte.

Diesmal hielt aber nicht der Peter, sondern ein schwarz gekleidetes Phantom den Abzug. Bevor der gesichtslose Unbekannte den Jäger richtet, hat der Schorsch, ebenfalls wie zuvor in meinem Tagtraum, nach dem Lauf gegriffen und mit süffisantem Lächeln im Gesicht die Situation nicht ernst genommen. Leider konnte ich dieses Mal nicht hören, was der Schorsch zu dem mysteriösen schwarzen Scharfrichter sagte, sonst wüsste ich nun vielleicht, wer der tatsächliche Mörder ist. Wenn es wirklich stimmt, was die Betti behauptet, und der Peter ist zum Tatzeitpunkt tatsächlich bei ihr daheim gewesen, scheidet der Lerpscher Junior einhundertprozentig als Täter aus. Wir müssen dringend einen hieb- und stichfesten Beweis finden, um Bettis und Peters Aussage zu untermauern, denke ich und suche angestrengt nach einer Lösung. Aber auch nach einer Viertelstunde zähem Grübeln will mir keine zündende Idee einfallen, und so beschließe ich, erst mal den Ole anzurufen, um nachzufragen, wie der Stand der Dinge so ist, und um gegebenenfalls ein bisschen Druck zu machen, schließlich geht's hier um einen Mord und nicht wie behauptet um eine Affäre meines verstorbenen Mannes. »Adalbert, die kleine Notlüge verzeihst du mir«, murmle ich vor mich hin und wähle die Nummer vom Ole. Es klingelt zweimal, dann ertönt ein Besetztzeichen. Da probiere ich es doch gleich noch einmal und schon wieder das gleiche Spiel. Der Ole drückt mich offensichtlich wieder und wieder weg. »So nicht, junger Mann«, murmle ich mürrisch vor mich hin und probiere es weiter, irgendwann muss er ja rangehen. Gerade nachdem ich es noch ein siebtes und achtes Mal probiert habe und dabei bin, eine Wut-Nachricht aufzusetzen, geht eine SMS von ihm ein.

»Frau Schimmel, kann nicht rangehen, bin im Unterricht. Doppelstunde Mathe bei Herrn Pohl, kotz. Mein Kumpel hat etwas gefunden. Entwarnung. Keine andere Frau. Melde mich später. Gruß Ole.« Na toll, dass der Hacker kein angebliches Gspusi vom Adalbert darauf gefunden hat, war mir schon vorher klar, denke ich unzufrieden und werfe mich genervt zurück in die Federn. »Moment mal«, rufe ich nach einer Weile, als mir auffällt, dass ich nicht nur Bilder einer Frau, sondern gleich mehrerer leicht bekleideter Damen auf dem USB-Stick erwartet habe. Schließlich bin ich davon ausgegangen, der Lerpscher Schorsch hätte seine Spannerbilder auf dem Speicher gebunkert und den Stick auf dem Hochstand sicher versteckt, sodass weder die Ingeborg noch der Peter von seinem Hang zum Voyeurismus etwas mitbekommen. Was wiederum aber auch völliger Blödsinn ist, weil die Gerüchteküche im Dorf ja bereits im vollem Gang am Brodeln war und in einem Kaff wie Burglbach sowieso nichts geheim gehalten werden kann. Irgendeiner der Burglbacher Bagage singt immer und sorgt so für Gesprächsstoff hinter vorgehaltener Hand, der sich im Nu wie ein Lauffeuer im ganzen Dorf ausbreitet. Die Breitmeiers sind in dieser Kategorie federführend. Was bitte schön ist sonst auf dem Stick zu finden, wenn es nicht wie erwartet heimliche Aufnahmen von halb nackten Frauen sind, frage ich mich und kann es kaum erwarten, bis der Ole sich endlich zurückmeldet. Hoffentlich hat er bald Schulschluss, denke ich ungeduldig und schiele zum Wecker hinüber. 9.40 Uhr, na toll. Der Junge wird noch eine sinnlose Ewigkeit in der Penne hocken, bis ich endlich mehr erfahre. Man müsste nur für einen vorzeitigen Schulschluss sorgen, überlege ich. Auf Hitzefrei brauche ich auf jeden Fall nicht zu hoffen, denn als ich aus dem Schlafzimmerfenster spähe, tröpfelt es bereits, und ein graublauer Schleier hängt schwer über dem dörfischen Kirchturm der St. Bonifatius. Die Idee, an Oles Schule eine anonyme Bombendrohung abzugeben, verwerfe ich sofort, schließlich ist nicht abzusehen, wie lange eine Evakuierung bei dieser Masse an Schülern überhaupt dauern würde. Alles in allem ist heute ein richtig blöder Tag. Ich habe keine Ahnung, wie man den Peter entlasten und seine Unschuld beweisen könnte, und den schwarzen Rächer, der unserem Opfer stattdessen vermeintlich die Birne weggeblasen hat, habe ich in meiner Vision nicht erkannt. Dass auf dem USB-Stick wohl auch nichts Interessantes zu finden sein soll, lässt mich nur noch mehr Trübsal blasen. Schlecht gelaunt latsche ich in die Küche, um mir einen laktosefreien Wachmacher mit Milchschaumberg zu genehmigen, als ich zu meiner Überraschung den Wolfi antreffe. »Du bist noch da? Solltest du nicht schon längst unterwegs sein? Schließlich gehört es ja zu deiner Lieblingsbeschäftigung, unschuldige Menschen in deinem Büro in Ketten zu legen?«, meine ich sarkastisch und öffne den Hängeschrank über der Kaffeemaschine.

»Weißt du eigentlich, dass du mich zum Gespött der ganzen Wache gemacht hast, Mama?«

»Du Wolfi, jetzt sag ich dir mal eins: Hättest du mich nicht bei der Friedl abschieben wollen und mich gleich mit aufs Präsidium genommen, hätte ich mich auch nicht mit diesem Nichtsnutz von einem Hausmeister herumschlagen müssen. Mir ohne Vorwarnung zwei SEK-Beamte auf den Hals zu hetzen, ist eine einzige Frechheit. Nicht ich, sondern dieser idiotische Vollpfosten hätte verhaftet gehört, und wenn ich es mir recht überlege, du gleich mit.«

»Pfff ... Du glaubst doch wohl nicht –«

»Lass mich ausreden«, schimpfe ich. »Wäre der Harald nicht so nett gewesen und hätte mich befreit, wäre ich wahrscheinlich noch die ganze Nacht in deinem muffigen Büro mit den hässlichen Vorhängen gesessen. Um ein Haar hätte ich dich angezeigt. Wegen Freiheitsberaubung oder Inhaftierung einer Unschuldigen oder wie man das nennt. Hätte der Freirer nicht mit Engelszungen auf mich eingeredet, wärst du jetzt nämlich der, der sich unangenehmen Fragen stellen muss. Zum Gespött deiner Kollegen hast du dich schön selbst gemacht«, maule ich mich in Rage, fuchtle mit meinen Fingern in seine Richtung und verbrenne mir die Oberlippe, als ich an dem viel zu heißen Kaffee schlürfe. Der Wolfi funkelt mich böse an, seufzt und starrt weiter auf die aufgeschlagene Tageszeitung.

»Und bevor ich es vergesse«, lege ich noch nach. »Der Peter ist unschuldig, falls du das in deiner polizeilichen Einfältigkeit übersehen hast. Es gibt Beweise. Zum Tatzeitpunkt hat er nämlich die Betti Bechtelmeier bestiegen.« Ups ... jetzt ist mir doch tatsächlich etwas herausgerutscht, das ich besser für mich behalten hätte, denn der Wolfi steht nun auf, kommt ganz langsam zu mir herüber, baut sich vor mir auf, als wäre er Krösus, und fragt mich mit bitterböser Stimme, ob ich etwa heimlich in seinen Akten gelesen habe.

»Welche Akten?«, flunkere ich und stelle mich ahnungslos. »Das hat mir die Bechtelmeier Betti gestern ganz beiläufig erzählt, als ich sie zufällig bei einem Spaziergang oben auf der Burgruine getroffen habe«, versuche ich meinen Kopf aus der Schlinge zu ziehen. Es scheint, als hätte der Wolfi meine kleine Ausrede gefressen, denn jetzt dreht er auf dem Absatz um, setzt sich zurück an den Tisch und grübelt.

»Seit wann gehst du überhaupt spazieren, selbst die dreißig Meter bis zum Biggl fährst du sonst mit dem Wagen?«

»Ich äh … brauchte etwas frische Luft. Mein Kopf tut immer noch weh, und mein unfreiwilliger Aufenthalt in deiner muffigen Kaschemme hat zu meiner Genesung nicht gerade beigetragen.«

»Selbst schuld«, meint er monoton und vergräbt sein Gesicht erneut in der Allgäuer Zeitung.

»Hast du nicht gehört, was ich dir eben erzählt habe? Der Peter war es nicht. Der hat seinen Alten nicht erschossen«, unterbreche ich ihn erneut und warte auf eine Reaktion.

»Er hatte ein Motiv. Außerdem handelt es sich hier um laufende Ermittlungen, zu denen ich dir nichts sagen werde. Nur so viel: Sobald der Peter gestanden hat, kehrt hier endlich wieder Ruhe ein. Der Bürgermeister dreht schon am Rad. Ein erschossener Jäger in seinem Refugium schickt sich nicht. Nach dem Arzneimittelskandal im letzten Jahr hat er Angst, dass uns in der nächsten Saison endgültig die Feriengäste wegbleiben, wenn das Morden hier in Burglbach so weitergeht«, meint er, und ich glaube, mich verhört zu haben.

»Geht's dir etwa nur darum, dem Bürgermeister seine Kurtaxen zu retten oder was?«, fluche ich sauer und brettere die halb volle Tasse Kaffee auf den Tisch, sodass ein großer Schluck auf den Horoskop-Teil der Zeitung schwappt.

»Natürlich nicht. Das Interesse des Bürgermeisters ist vollkommen zweitrangig. Der Peter hat für den Tatzeitpunkt kein wasserdichtes Alibi. Außer der Betti kann niemand bezeugen, dass er zum Tatzeitpunkt tatsächlich bei den Bechtelmeiers zu Hause war. Zumal es eine Zeugenaussage gibt, die zur fraglichen Zeit ein Mofa in der Nähe vom Burglwald gehört haben will«, platzt es aus dem Wolfi heraus, und kurz nachdem er seinen Redeschwall beendet, sehe ich, wie er seine Aussage bereits erneut bereut, nicht wissend, dass ich bereits gestern all das längst aus den Vernehmungsprotokollen in seinem Büro erfahren habe. Nur, dass jemand behauptet, dem Peter sein Mofa um den Tatzeitpunkt herum im Wald gehört zu haben, ist mir neu. »Es gibt auch schließlich nur ein einziges Mofa in ganz Burglbach, hab ich recht?«

»Nein Mama, aktuell sind fünf weitere motorisierte Zweiräder im Kreis gemeldet. Habe ich alles schon überprüft. Ein Halter ist derzeit an der Ostsee im Urlaub. Zwei weitere stehen gerade beim Rudi in der Werkstatt und ja … bevor du fragst, das habe ich ebenfalls bereits gecheckt. Die stehen da schon seit Längerem, weil der Rudi grad so viel um die Ohren hat und mit dem Reparieren nicht hinterherkommt. Ein anderes ist zwar fahrtauglich, der Besitzer liegt aber seit guten drei

Wochen im Krankenhaus und das letzte Mofa wurde von dessen Besitzer bereits drei Wochen vor dem Mord als gestohlen gemeldet und ist bis heute nicht wieder aufgetaucht.«

»Okay, aber dein ominöser Zeuge, der angeblich den Peter um die relevante Zeit gehört haben will, muss ja dann auch im Wald oder zumindest in der Nähe gewesen sein, nicht wahr?«

»Das ist anzunehmen.«

»Dann könnte dieser Jemand ja schließlich auch der Täter sein, oder etwa nicht?«

»Du glaubst doch nicht im Ernst, dass mein Zeuge so saublöd sein würde und sich mit seiner Aussage selbst ins Fadenkreuz der Ermittlungen bringen würde«, schwafelt der Wolfi, doch mein Blick verrät ihm, dass ich genau dies in Erwägung ziehen würde. »Du schaust eindeutig zu viel von diesem amerikanischen True-Crime-Mist. Wir sind hier doch nicht im wilden Westen, ich bin kein Sheriff, der auf einem Gaul daherreitet.«

»Das weiß ich«, erwidere ich schnippisch. »Du erinnerst mich eher an Toto und Harry und kommst mit deiner Rostlaube angeknattert. Und außerdem, mein Lieber, ich traue ein paar von unserer Burglbacher Bagage fast alles zu. Ich kenne da schon ein paar Knalltüten, die …«

»Also jetzt hörst aber auf, die Burglbacher wie hochgradig kriminelle Idioten darzustellen. Darf ich dich daran erinnern, dass du ebenfalls eine eingeborene Burglbacherin bist«, meint der Wolfi frech und schaut mich selbstgefällig an. Okay, eins zu null für Toto oder Harry oder mir doch egal. Mich interessiert im Moment eh nur eines. Wer ist der Mörder vom Schorsch?

»Wie hieß dein Zeuge noch mal?«, versuche ich den Wolfi auszutricksen, und hoffe, er verplappert sich erneut. Doch es scheint so, als hätte Toto aus seinen Fehlern gelernt, denn er glotzt auf einmal ziemlich blöde, und das auf eine irgendwie beängstigende Art und Weise. Dann schüttelt er ganz langsam den Kopf und meint, dass ich bereits schon viel zu viel von ihm erfahren habe und die Identität seiner Informationsquelle bis zum Prozess unter Verschluss bleiben muss.

»Soso … ein Kronzeuge, dessen Identität geschützt werden müsse. Hört sich ja an, als wären wir mitten in einem Hollywood-Blockbuster und du ein schlauer und gut aussehender Action Cop, dem selbst eine feuernde Kalaschnikow nichts anhaben kann.« Der Wolfi schaut verträumt, schmunzelt, und ich glaube, die Vorstellung eine Galionsfigur einer US-amerikanischen Hollywood-Produktion zu sein, würde ihm mehr als gefallen. »Bist du aber nicht. Du benimmst dich wie ein idiotischer Dorfpolizist und wie ein ziemlich blinder noch dazu, zumal du nicht einmal in Erwägung ziehst, dass der Peter vielleicht unschuldig sein könnte«, hole ich meinen Jungen von seinem hohen Ross und verlasse schnurstracks die Küche.

»Polizeioberkommissar bin ich. Ein Oberkommissar, hast du gehört, und weder blind noch idiotisch«, brüllt er mir stinksauer hinterher, als ich wütend die Treppen in den ersten Stock hinaufstampfe und mir zur Beruhigung erst mal eine ganze Tafel von der Kuhfladenschoki in den Mund stopfe, die ich kistenweise, versteckt hinter einer Doppelwand, in meinem Ankleidezimmer bunkere.

14

UNERHÖRT, KEIN BILD FÜR WALLI

»Also, alles, was recht ist, aber der Wolfi ist doch nicht mehr ganz dicht. Dem geht's nur darum, den Fall möglichst schnell ad acta zu legen, weil der Bürgermeister Druck macht!«, maule ich durch die Telefonleitung, nachdem ich gehört habe, wie unten die Haustüre ins Schloss gefallen ist. Die Friedl ist am anderen Ende und muss sich bereits seit einer ganzen Weile anhören, wie dumpfbackig sich mein Sohn mal wieder verhält. Es wäre ja nicht das erste Mal, dass seine ermittlerische Kompetenz stark zu wünschen übrig lässt. Beim toten Apotheker, dem Fischlinger Ludwig, hat der Wolfi nicht einmal in Erwägung gezogen, dass es sich dabei überhaupt um einen Mordfall handelte. Erst als ich anfing, die Dinge zu hinterfragen und auf eigene Faust zu ermitteln, kam nicht nur heraus, dass unser Burglbacher Apotheker ermordet wurde, sondern dadurch wurde auch ein riesengroßer Arzneimittelskandal aufgedeckt.

»Friedl, du weißt, wie der Wolfi ist. Eine Schande für den bayerischen Polizeiapparat. Und so was wird von den deutschen Steuerzahlern auch noch unterstützt«, setze ich zu meiner letzten Schimpftirade an, bevor ich am anderen Ende der Leitung die Kuckucksuhr krächzen höre, die ich ihr vergangenes Jahr aus einem kleinen schnuckligen Uhrengeschäft im Schwarzwald mitgebracht habe, und dabei bemerke, dass ich seit knapp fünfundvierzig Minuten meinem angestauten Frust ohne Punkt und Komma freien Lauf gelassen habe und die Friedl seit der Begrüßung nicht ein einziges Mal mehr zu Wort habe kommen lassen. »Friedl? Bist du überhaupt noch dran«, frage ich, als von meiner Gesprächspartnerin nur ein leises Grunzen durch die Leitung schallt. »Halloho … Frie…deel«, kreische ich, als das Gegrunze plötzlich verstummt und kurz darauf ein ohrenbetäubender Schnarcher durch den Hörer schallt. »Das ist jetzt aber nicht dein Ernst … Friedl! Himmel Herrgott Arsch und Zwirn.« Ist es denn zu viel verlangt, mir ein einziges Mal zuzuhören? Fuchsteufelswild knalle ich den Hörer auf die Gabel und zweifle stark an meinem sozialen Umfeld. »Ignoranten. Alles dämliche Ignoranten«, schimpfe ich vor mich hin. Der eigene Sohn ein dämlicher beruflicher Blindgänger und die beste Freundin ein elendiger Schnarchzapfen. Kann es noch schlimmer kommen, frage ich mich, als plötzlich mein Handy klingelt. »Lass mich raten, spontane Narkolepsie«, keife ich in den Hörer und halte eine ernst gemeinte Entschuldigung für durchaus angemessen.

»Häh … was? Frau Schimmel, sind Sie das?« Es dauert zwei, drei Sekunden, bis ich raffe, dass nicht die Friedl, sondern der Ole am Apparat ist.

»Äh ja, ich bin's … Raus mit der Sprache, was habt ihr gefunden?«, trällere ich gespannt und werde zeitgleich ziemlich nervös.

»Ja also … wie gesagt, das Ding ist entschlüsselt, aber auf den Bildern ist nicht viel zu erkennen«, stammelt der Ole unzufrieden.

»Nicht einmal eine einzige Frau im Bikini?«

»Ne, außer ein paar morschen Bäumen, ein bisschen Gestrüpp und einem sumpfigen Stück Wiese ist darauf nix zu erkennen. Richtig scharf sind die Bilder jetzt auch nicht wirklich. Vielleicht hätten Sie besser etwas mehr in eine gute Kamera investieren sollen. Die Aufnahmen sind jedenfalls der reinste Schrott. Viel zu dunkel und über jedem einzelnen Foto liegt irgendwie so ein seltsamer grüner Schleier. Ich würde dem Verkäufer das Ding jedenfalls um die Ohren hauen und mein Geld zurückverlangen. Und wenn er den Kram nicht zurücknehmen will, würde ich mit einer schlechten Internetbewertung drohen. Das Argument zieht meiner Meinung nach eigentlich immer …«, meint der Junge, und ich bin maßlos enttäuscht, habe ich doch erwartet, den Schorsch post mortem des Voyeurismus zu überführen und somit ein eventuelles Motiv an dessen Mord zu finden. »Sehen Sie es mal anders, Frau Schimmel. Vielleicht haben Sie kein glückliches Händchen im Kauf von guter Technik, aber es scheint, als hätten Sie sich geirrt, und Ihr Mann ist treu …«

»Jaja, treu …«, erwidere ich abwesend und höre dem Rotschopf am anderen Ende der Leitung schon gar nicht mehr zu. Vielmehr interessiert mich, warum und weshalb der Schorsch den USB-Stick überhaupt im Hochstand versteckt hatte, wenn auf den Bildern nur morsches Holz, zumal noch in miserabler Qualität, wie der Ole meint, zu sehen ist. Ist das vielleicht so ein neumodischer Fetisch, der gerade aus Asien zu uns herüberschwappt? Lustbefriedigung durch Beobachtung der ahnungslosen Pflanzenwelt. Soll's ja tatsächlich geben, Menschen, die sich von Gegenständen aller Art angezogen fühlen. Wald- und Wiesenvoyeurismus klingt ziemlich abgefahren, und der Schorsch litt demnach vielleicht wirklich an Objektophilie, warum sonst sollte er die Bilder wie einen kostbaren Schatz verstecken, frage ich mich ratlos und erinnere mich, dass ich tatsächlich im Focus einmal einen interessanten Artikel dazu gelesen habe. Da gab es wirklich eine Person, die sich zum Pariser Eiffelturm hingezogen fühlte. Es gibt nichts, was es nicht gibt, hat meine Mutter immer gesagt, und ich überlege angestrengt nach einer weiteren möglichen Erklärung, warum auf den Bildern nichts wirklich Spannendes zu finden ist. Die Idee, dass unser Burglbacher Jäger unter einer starken Sehschwäche litt und somit sein Zielobjekt beim Auslösen der Kamera jedes Mal meterweit verfehlt haben muss, erscheint mir aber als zu absurd. Wer drückt schon einem schielenden Jäger ein Gewehr in die Hand? Grob fahrlässig wäre das für Leib und Leben.

»Darf ich die Kohle jetzt trotzdem behalten …?«, reißt der Ole mich ungeduldig aus meinem Gedankenwirrwarr.

»Welche Kohle? Wovon redest du?«

»Na, von dem Scheinchen, das Sie mir unter die Tastatur geschoben haben.«

»Ach so, das. Behalt's, aber nur, wenn du mir den USB-Stick nach Hause bringst und mir zeigst, wie ich die Bilder auf meinem Computer öffnen kann. Ich will mir das selbst auch noch mal genau anschauen.«

Als der Ole eine knappe halbe Stunde später in meinem Büro vor dem Computer sitzt, hat er im Handumdrehen die Fotos auf den Bildschirm übertragen. Der Junge hat recht. Leider. Sämtliche Bilder sind mit einem Grünschleier überzogen und durchweg zu dunkel. Beim Durchzappen erkenne ich ebenfalls nur abgestorbene Baumstümpfe, sumpfige Wiesen und vertrocknetes Geäst. Na toll, das Ding brauch ich dem Wolfi überhaupt nicht zu geben, da ist ja wirklich nur Mist drauf. Der Schorsch war schon ein komischer Kauz. Versteckt einen Speicherstick mit unterbelichteten Wald- und Wiesenbildern. Langweiliger und lapidarer geht's ja wohl kaum, denke ich frustriert, schalte den PC aus und lasse den unbrauchbaren Speicherstick auf der Schreibtischplatte neben dem Drucker liegen. Meine Enttäuschung ist grenzenlos, immerhin habe ich mir mehr erhofft. Viel mehr sogar. Eine Antwort auf ein mögliches Tatmotiv zum Beispiel. Wären auf dem USB-Stick nämlich wirklich heimlich aufgenommene freizügige Bilder aufgetaucht, hätte sich vielleicht der eine oder andere Verdächtige daraus ergeben. Ein eifersüchtiger Freund oder Ehemann, der die Ehre seiner Frau beziehungsweise der Freundin wiederherstellen will und dem Schorsch dafür auf drastische Art und Weise die Augen für immer und ewig schließt. Wer weiß, könnte doch sein. Und es ist doch wirklich ein Jammer, da baumelt das unbeliebteste Dorfmitglied von Burglbach erschossen und mausetot an einem Holzpfahl im Wald, und keiner will's gewesen sein. Dass der Mörder natürlich nicht mit seiner Tat durchs Dorf rennt und rumposaunt, dass er den ungeliebten Jäger auf dem Gewissen hat, ist mir auch klar, aber dass es außer dem Peter, der in meinen Augen, im Gegensatz zum Wolfi, glasklar unschuldig ist, keine weiteren Verdächtigen gibt, ist mir einfach schleierhaft.

Das ganze Nachdenken macht mich unheimlich hungrig, und mit leerem Magen lässt es sich auch schlecht einen neuen Tatverdächtigen finden. Was ich jetzt brauche, sind Kohlenhydrate und unbedingt einen Plan B. Wie bitte schön soll man dem Lerpscher Junior seine Unschuld beweisen, wenn es in dem Fall um seinen toten Vater überhaupt keine weiteren Anhaltspunkte auf einen weiteren Verdächtigen gibt, überlege ich ratlos und kippe den Rest des Nasigorengs aus dem Plastikbeutel in den Topf. Es knistert und spritzt und »Auahhh …«, da trifft mich schon ein im heißen Fett explodiertes Zwiebelstück. Nachdem ich meinen Unterarm ausgiebig unter kaltem Wasser gebadet habe, ziehe ich den qualmenden Pott vom Herd. Was soll ich sagen, oben dezent angetaut und unten kohlrabenschwarz. Genau so, wie ich es natürlich nicht mag, aber ich mir durch sagen wir mal bescheidene Kochkünste meinerseits des Öfteren serviere. Als ich in dem gerösteten Reisfiasko herumstochere und nicht wirklich ein einziges essbares Korn finde, kreisen meine Gedanken unaufhörlich um den toten Jäger, und plötzlich fällt mir was auf.

»Wieso gilt die Inge eigentlich nicht als tatverdächtig?«, will ich vom Wolfi wissen, als er den Hörer abnimmt.

»Mama, bist du das?«

»Ja wer denn sonst, btte schön?«

»Weiß ich doch nicht.«

»Warum kommt die Witwe vom Schorsch nicht als Täterin infrage?«, wiederhole ich meine Frage, schließlich war laut dem Aussageprotokoll die Lerpscher Inge den ganzen Tag über allein daheim, ergo hätte sie die Gelegenheit gehabt, und ein Motiv als gedemütigte Ehefrau wäre auch nicht ganz abwegig.

»Weil sie dazu gar nicht in der Lage wäre!«

»Aha, nicht in der Lage ... und woher willst du das so genau wissen, Kommissar Schlaumeier?«

»Jahrelange Erfahrung, Mama«, gluckst er überheblich und schnauft genervt in den Hörer. »Einer klugen Polizeispürnase macht man so einfach nix vor. Ich hab's quasi im Urin gehabt, dass mit dem Peter etwas nicht stimmt. Der Bursche ist ganz schön aggressiv, und sind wir doch mal ehrlich, sein Alibi ist doch erstunken und erlogen. Ist doch klar, dass seine Freundin ihn deckt, aber nicht mehr lang, dann wird die Betti schon die Wahrheit sagen, das ist doch nur noch eine Frage der Zeit. Immerhin ist sie mit ein Grund, warum der Lerpscher überhaupt tot ist. Das Ehepaar Bechtelmeier hat ganz klar ausgesagt, dass der Peter nie und nimmer bei ihnen zu Hause gewesen sein kann, weil ein Lerpscher dem Hans nicht ins Haus kommt. Die Betti war indessen aber sehr wohl zu Hause und lag mit Kopfschmerzen im Bett, das hat sogar ihr Bruder bestätigt. Und übrigens, Mama, das geht dich alles auch einfach gar nix an. Wage es nicht, dich schon wieder in meine Ermittlungen einzumischen. Der Fall ist so gut wie gelöst. Basta«, meckert er, und ich frage mich inständig, ob mein Sohn sich für seinen errungenen Beamtenstatus bei seiner Vorgesetzten eventuell hochgeschlafen haben könnte.

»Nix ist geklärt, gar nix«, zische ich fassungslos, knalle den Hörer heute schon das zweite Mal auf die Gabel und verwerfe in Lichtgeschwindigkeit die entsetzliche Vorstellung, in der mein Sohn, nur mit Polizeihut, Schlips und Einsatzgürtel, an dem seine Handschellen baumeln, an der Bettkante der Polizeipräsidentin kratzt. Nachdem ich mich von der Horrorvorstellung eines liebestollen Wolfis befreit habe und endlich wieder einen klaren Gedanken fassen kann, beschließe ich, der Inge einen Besuch abzustatten. Wollen wir doch mal sehen, ob die Jägerwitwe mich ebenso schnell von Ihrer Unschuld überzeugen kann wie meinen blindfischigen Sohn, der meint, anhand seines Harns einen kaltblütigen Mörder aufspüren zu können.

15

KRISENINTERVENTION À LA SCHIMMEL

In der Garage fällt meine heutige Wahl der Fortbewegung auf mein neues ultraschickes Highend-Elektrorad. Nachdem ich neulich in einem Magazin einen Artikel über CO_2-Emissionen und den eigenen ökologischen Fußabdruck, den jeder von uns unweigerlich hinterlässt, gelesen habe, habe ich sofort gehandelt und mir eben eines dieser wunderbaren Wunderwerke der Technik zugelegt. Um das schlichte pinke Rad noch etwas aufzumotzen, habe ich den Akku mit 3793 Swarovski-Steinchen eigenhändig beklebt. Die Mühe und die tagelang verklebten Finger waren es wert, denn egal von welcher Seite ich mein Zweirad nun betrachte, es funkelt, glitzert und schimmert einfach nur herrlich. Und weil mein pinkes Glitzerrad nicht nur optisch ein Hingucker ist, sondern dazu auch noch richtig was drauf hat, habe ich mir ab sofort vorgenommen, Wege, die unter 500 Meter liegen, anstatt mit dem 6-Zylinder in Zukunft nun mit dem Radl zu fahren. Google Maps war so freundlich, mir den schnellsten Weg zur Lerpscher Inge zu berechnen. 473 m, wunderbar. Wegen der Baustelle an der

Brücke bräuchte ich mit dem Mustang sogar länger als mit dem Rad. Zweieinhalb Minuten gesparte Lebenszeit, freue ich mich und überlege angestrengt, was ich damit anfangen werde. Ein Instrument erlernen vielleicht oder bildende Kunst wäre ebenfalls eine Option. Um vielleicht noch weitere dreißig Sekunden der gesparten Lebenszeit herauszuholen, trete ich wie eine Wilde in die Pedale. In einem Affenzahn schieße ich aus der Garage, quer über den Dorfplatz und hinein in die enge Seitengasse, die mich direkt zum Ziel führt. Blöderweise bin ich sogar schneller, als die freundliche Dame der Google-Maps-Ansage den Weg weisen kann, und so rausche ich in einem Affenzahn am Haus der Lerpschers erst einmal vorbei. Die Fahrt auf dem Hightechdrahtesel mit extra komfortabler Sitzpolsterung macht mir dermaßen Spaß, dass ich mir durchaus vorstellen könnte, in Zukunft sogar Wege bis zu einem ganzen Kilometer mit dem Rad zurückzulegen. Die Greta würde das auf jeden Fall begrüßen, denke ich mir zufrieden, drehe einen scharfen U-Turn, das gleich ein schwarzer Streifen auf dem Asphalt kleben bleibt, und manövriere uns beide durch das halb offene klapprige Einfahrtstor des Lerpscher Grundstücks.

»Sie haben Ihr Ziel erreicht«, tönt es zufrieden aus dem Lautsprecher meines Telefons, während ich mein Rad etwas unsicher über das holprige Kopfsteinpflaster der Auffahrt schiebe. Zwischen den Steinen wächst Moos, und bunte Blumen säumen den Weg. In der offenen Garage parkt der dunkelgrüne Jeep vom Georg, und eine gescheckte Katze stromert um den Reifen des Fahrzeuges und glotzt mich neugierig an. Das urige, mit Efeu bewachsene Häuschen sieht sehr idyllisch aus, und im Garten plätschert sogar ein Teich vor sich hin. Da Burglbach wirklich nicht sehr groß ist, müsste man meinen, jede Ecke und jeden Winkel dieses Kaffs in- und auswendig zu kennen, aber da das Häuschen am Ende einer Sackgasse sogar noch etwas nach hinten versetzt steht, ist es mir nie zuvor aufgefallen.

Nachdem ich meine funkelnde Pink Lady neben den Mülltonnen an die Hauswand lehne und an die Eingangstüre herantrete, schiele ich auf das verblichene Namensschild, das etwas schief an einem Nagel hängt. *G. und I. Lerpscher* lese ich und rücke das Schild gerade. G. und I. stimmt jetzt nicht mehr ganz, überlege ich und spiele ernsthaft mit dem Gedanken, das G mithilfe eines Filzstifts in ein P zu verwandeln, schließlich ist der Peter jetzt doch der einzig verbleibende Mann im Haus.

Als ich ein Rascheln vernehme, das aus dem gekippten Fenster im oberen Stockwerk dringt, und ein Schatten hinter dem Vorhang erscheint, fühle ich mich plötzlich ertappt, lasse eilig vom Schild ab und stecke den bereits gezückten Filzstift so unauffällig wie möglich und noch bevor dieser überhaupt zum Einsatz kommen konnte, zurück in meine Tasche.

Wie lange ich wohl schon von der Inge beobachtet werde, frage ich mich und blicke ein weiteres Mal verstohlen hinauf. Diesmal werde ich von einer kurzen, aber sehr hellen Reflexion geblendet, die aber genauso schnell, wie sie aufgeblitzt ist, wieder verschwindet.

»Inge?«, rufe ich hinauf, doch am Fenster ist nur noch der träge schwingende Vorhang zu erkennen, der sich im Takt kaum sichtbar von links nach rechts bewegt. Die Witwe vom Schorsch ist bestimmt schon auf dem Weg zur Tür, denke ich zufrieden, und natürlich gewähre ich ihr einen Moment, um von oben herunterzulaufen, schließlich ist sie auch nicht mehr die Jüngste. Bis es so weit ist, gehe ich im Kopf noch mal alle meine Fragen durch. Doch auch nachdem ich bereits zum zweiten Mal meinen imaginären Fragenkatalog gedanklich abgestottert habe, blicke ich nach wie vor auf eine geschlossene Haustür. Meine Geduldsspanne ist nicht sehr groß, da bin ich ehrlich, aber so lahmarschig kann doch nie und nimmer jemand sein, ärgere ich mich und drücke die Klingel für mehrere Sekunden bis zum Anschlag durch. Das eindrückliche Surren der Glocke ist nicht zu überhören und dringt sogar bis vor die Tür, doch auch nach einer weiteren halben Ewigkeit passiert nichts.

»Inge? Jetzt mach schon auf«, rufe ich genervt. »Was soll das denn? Ich will doch nur mit dir reden. Es geht um den Peter. Inge …? Oder Frau Lerpscher, wie du oder von mir aus auch wie Sie wollen. Mir wurscht. Aber machen Sie doch endlich die Tür auf. Ich komme in Frieden«, rufe ich und klopfe zum Nachdruck mit der Faust gegen den Eingang. »Herrschaftszeiten, ich glaube, der Peter ist unschuldig.«

Als ich erneut zum Trommeln gegen die Türe ansetzen will, greift mir von hinten plötzlich etwas an die Schulter, und ich erschrecke fast zu Tode.

»Was veranstalten Sie hier eigentlich für ein Geschrei, wenn ich mal fragen darf?«, tönt es aus der kleinen zierlichen Frau mit fahlem Teint, in deren Gesicht ich erschrocken blicke.

»Inge? Ehm … Du bist, hä? Sie sind doch … da im Haus.

Also wie zum Teufel …?«, stottere ich sichtlich verwirrt und schaue mehrmals von meinem Gegenüber zum Haus und wieder zurück.

»Offensichtlich ja nicht, wie Sie sehen«, meint sie schnippisch. »Verraten Sie mir, was Sie auf meinem Grundstück, dazu noch so lautstark, verloren haben?«, wiederholt die frisch gebackene Witwe und taxiert mich argwöhnisch.

»Ich wollte mit Ihnen reden. Es geht um Ihren Sohn, den Peter. Wegen seiner Verhaftung und …«

»Sie wagen es, hier bei mir aufzutauchen, um über den Peter zu reden? Ich weiß ganz genau, wer Sie sind. Diese … diese … Schicki-Micki-Tante, die Mutter vom Wolfgang, diesem Möchtegern-Polizisten, der erst so nett beim Verhör nachgefragt und im Anschluss meinen Sohn, der übrigens unschuldig ist, des Mordes bezichtigt und verhaftet hat. Mit Ihnen red ich erst gar nicht. Und jetzt machen Sie sich vom Acker, und zwar schnell«, mault sie aufgebracht, knallt ihren prall gefüllten Einkaufskorb direkt vor meine Füße und zeigt mit ihrem Finger zur Grundstückseinfahrt.

»Inge, jetzt lassen Sie mich bitte doch kurz ausreden. Ich habe mich mit Ihrer Schwiegertochter in spe unterhalten. Die Betti hat mir von der ganzen Geschichte und den Umständen drum herum erzählt, und ich glaube ihr, dass sie mit dem Peter zur Tatzeit zusammen war. Ich kann mir auch nicht vorstellen, dass Ihr Bub für den Tod vom Schorsch verantwortlich sein soll. Ich habe …«

»Ist er auch nicht«, unterbricht sie mich schroff. »Aber … wie gesagt, mit Ihnen red ich nicht. Und jetzt schleichen Sie sich«, meckert sie erneut dazwischen, bückt sich nach ihren Einkäufen und lässt mich eiskalt stehen.

»Jetzt warten Sie doch, kruzifix.« Als sie den Schlüssel ins Schloss steckt, dringt plötzlich ein lautes Klirren aus dem zugewachsenen Einfamilienhaus. Erschrocken weicht sie ein Stück zurück und schaut entsetzt zu mir herüber. »Haben Sie das auch gehört? Was war das?«

»Haben Sie Besuch im Haus?«, frage ich irritiert, doch die Inge schüttelt den Kopf.

»Vielleicht wurde der Peter ja überraschend entlassen«, zwitschert sie plötzlich ganz aufgeregt und tritt näher an die Türe heran.

»Halt, warten Sie. Warum sollte der Peter einfach so entlassen werden. Es gibt ja noch nicht mal einen weiteren Verdächtigen, und er gilt doch immer noch als Hauptverdächtiger. Das macht überhaupt keinen Sinn. Ich hatte bereits vorhin schon das Gefühl, dass sich jemand im Haus befindet, und dachte erst, das wären Sie gewesen und Sie wollten einfach nicht mit mir reden«, flüstere ich und zeige verstohlen zu dem gekippten Fenster hinauf, von dem ich mir sicher war, vorher einen Schatten wahrgenommen zu haben.

»Wie kommen Sie denn darauf? Da oben ist das Arbeitszimmer meines Mannes. Das ist, seitdem die Polizei darin alles auf den Kopf gestellt hat, versiegelt. Da darf niemand rein, bis es wieder freigegeben wird, hat Ihr Sohn gesagt«, murmelt sie, und als wir uns unserer gegenseitigen Aussagen bewusst werden, läuft uns beiden ein eisiger Schauer über den Buckel. »Einbrecher!«, bricht es gleichzeitig aus uns heraus.

»Polizei! Ich ruf die Polizei!«, schreit sie plötzlich ganz aufgelöst und kramt hektisch in ihrer Manteltasche.

»Das dauert viel zu lange. Bis die da ist, ist der doch längst weg. Ich schau mal nach«, flüstere ich, schiebe mich seitlich an ihr vorbei und drehe den Schlüssel im Schloss. Mit einem Klicken springt die Türe auf.

»Halt. Gehen Sie da nicht rein. Das ist viel zu gefährlich. Bleiben Sie gefälligst …«, warnt sie und versucht mich am Ärmel zurückzuhalten. Von diesem halbherzigen Versuch, mich vorm Eintreten abzuhalten, lasse ich mich natürlich nicht abbringen, schüttel gekonnt ihre Hand ab und setze den ersten Fuß ins Haus. Da müsste die Inge schon härtere Geschütze auffahren, um mich jetzt noch aufzuhalten, denke ich aufgeregt, denn sollte es sich hier tatsächlich um einen Einbruch handeln, könnte es sich schließlich bei dem Eindringling um den Mörder vom Lerpscher handeln. Worauf also warten? Bis der Wolfi hier mit seiner lahmarschigen Truppe antanzt, ist der Täter doch längst über alle sieben Berge. Ehe ich den zweiten Fuß hineinsetze, lausche ich angestrengt, doch im Haus rührt sich nichts. Ganz im Gegenteil zu dem lauten Krach kurz zuvor ist es nun fast schon gespenstisch still. Hoffentlich ist der Eindringling nicht bereits geflüchtet. Viel erkennen kann man jedenfalls nicht, als ich ins Innere spähe. Nur durch den schmalen Spalt der Haustüre fällt Licht in den verwinkelten Gang. An einem Garderobenhaken baumelt eine einsame Jacke vor sich hin und direkt darunter stehen sauber aufgereiht drei Paar Filzpantoffel und warten geduldig auf ihre Träger. »Ist das das Gäste-WC?«

»Ja, aber gehen Sie da nicht rein«, erwidert die Witwe besorgt, als ich auf die angelehnte Tür zeige, die links vom Eingangsbereich abgeht. Was wird mich dahinter erwarten? Ein Einbrecher, der mal eben auf siebzehn sitzt, wohl kaum, dennoch darf ich keinen noch so kleinen Winkel außer Acht lassen.

»He, hallo? Bleiben Sie hier!«, warnt die Inge erneut vom Türabstreifer aus und winkt mich mit den Händen zurück.

»Psst …«, mahne ich sie, endlich still zu sein, und ziehe die Haustüre bis auf einen kleinen schmalen Spalt hinter mir zu, was allerdings suboptimal ist, da es im gesamten Flur nun noch dunkler wird. Mit einem Regenschirm bewaffnet, den ich vorsichtig aus dem Ständer neben der Türe ziehe, schiebe ich die Toilettentüre langsam auf. Mein Herz klopft mir bis zum Hals, aber außer dem ekelhaften Geruch eines billigen Raumsprays schlägt mir, Gott sei Dank, nichts Unvorhergesehenes entgegen, und ich atme erleichtert auf. »Einbrecher … Kommen Sie schnell …«, höre ich die verzweifelte Inge vor dem Haus ins Telefon flüstern. Lautlos schließe ich das Kämmerchen hinter mir und schleiche weiter den Gang entlang. Je tiefer ich ins Haus gelange, desto schwärzer wird es. Wie kann es sein, dass draußen der bayerische weiß-blaue Himmel strahlt und ich hier im Inneren kaum die eigene Hand vor Augen erkenne? Überlegt setze ich einen Fuß vor den anderen und taste mich vorsichtig an der Wand entlang. Natürlich kann ich nicht einfach den Lichtschalter betätigen. Das würde einem potenziellen Einbrecher womöglich noch in die Hände spielen, und ich wäre eine leichte Beute für jeden Angreifer.

Die Anspannung in meinem Körper wächst mit jedem Schritt, je weiter ich den Gang entlangschleiche. Als ich um die Ecke biege, erkenne ich zwei weitere Türen und einen Rundbogen mit einem schweren Vorhang dahinter, von wo aus man wohl ins obere Stockwerk gelangt. Als sich meine Augen etwas an die Dunkelheit gewöhnt haben, erkenne ich das Problem, als ich vorsichtig um den Türrahmen des ersten Raumes spitzle. Der Rollladen vor dem Fenster ist fast vollständig geschlossen. Es scheint, als wäre die Inge in ihrer Trauer dermaßen durch den Wind, dass sie wohl völlig vergessen hat, sämtliche Jalousien im Haus zu öffnen, bevor sie heute Morgen zum Einkaufen aufgebrochen ist. Nur durch ein paar kleine Lichtschlitze lassen sich die Umrisse der Küchenmöbel erahnen. Die kleine Küche scheint sonst aber leer zu sein, was meiner Anspannung keinen Abbruch tut. Den Schirm immer noch fest umklammert, drehe ich ab und arbeite mich weiter voran. Mein Puls rast, und ich frage mich langsam, ob es nicht doch vernünftiger wäre, umzudrehen und draußen auf Hilfe zu warten. Wäre ich nicht so unglaublich neugierig und meine Risikobereitschaft dermaßen gewaltig, wäre das wohl auch die schlauere Option. Ich höre schon die Friedl schimpfen, wie unglaublich dumm meine Aktion hier ist. Trotzdem muss ich dem mysteriösen Treiben auf den Grund gehen.

Motiviert schiebe ich den Anflug eines Zweifels beiseite und konzentriere mich auf die nächste Tür, die dunkel, geschlossen und angsteinflößend vor mir liegt. Als ich meine Hand auf die kalte Metallklinke lege, durchfährt mich ein eisiger Schauer, der sich durch meinen gesamten Körper zieht.

Mit einem kräftigen Ruck drücke ich gegen den Widerstand der Türe an. Als das Türblatt aufspringt, werde ich von einem grellen Lichtblitz geblendet, und gleichzeitig raubt mir ein orkanartiger Windstoß meinen Atem. Bevor ich überhaupt reagieren kann, überschlagen sich die Ereignisse, denn plötzlich gibt es einen ohrenbetäubenden Knall, der die Wände des Hauses nur so beben lässt und mit einem Schlag erneut alles in eine beängstigende Dunkelheit taucht. Panisch reiße ich herum, schlage und trete blindlings in die Finsternis, die mich umgibt. »Nicht schießen«, schreie ich verzweifelt und schwinge den Regenschirm ziellos umher. Als ich mit dem Knauf meines Knüppels auf einen Widerstand treffe, bin ich nicht mehr zu halten. Mehrmals hole ich aus, schlage und prügle mechanisch wie im Wahn gegen alles und jeden, der mir in die Quere kommt. Es klirrt und kracht, und als ich mit dem hinteren Fuß auf einen scharfkantigen Gegenstand trete, schlittere ich wie auf Glatteis rückwärts nach hinten. Verzweifelt versuche ich, mein Gleichgewicht zu halten, doch da fällt plötzlich etwas über mich her und reißt mich zu Boden. Hysterisch trete und schlage ich nach allen Seiten, aber meine Tritte werden jäh abgebremst. Es scheint, als hätte jemand einen Sack über mich gezogen, denn je mehr ich mich winde und strample, desto enger zieht sich das gewebeartige Gefängnis um mich. Mit Armen und Händen an meinen Körper gepresst rolle ich über den Boden, um dem Angreifer keine Gelegenheit zu geben, mich auszuschalten. Lange halte ich nicht mehr durch. Wo in drei Teufels Namen bleibt die Hilfe, die die Inge schon vor einer halben Ewigkeit angefordert hat, frage ich mich verzweifelt, als ein schallendes Läuten die unheimliche Stille durchbricht und mich erschrocken innehalten lässt. Welcher Idiot klingelt denn bitte schön an der Türe, während ich hier drinnen mit einem Einbrecher um mein Leben kämpfe?

»Hier ist die Polizei. Das Haus ist umstellt. Lassen Sie die Geisel frei und kommen Sie mit erhobenen Händen heraus«, schallt es blechern von draußen herein, und ich erkenne die Stimme sofort. Na bravo, der Wolfi höchstpersönlich leitet den Einsatz. Wunderbar, dann kann ich mich auch gleich selbst erschießen, denke ich hoffnungslos. Von welcher Geisel redet der überhaupt, die Inge ist doch schließlich draußen geblieben, frage ich mich, als er erneut durchs Megafon brüllt.

»Hier spricht Wolfgang Schimmel, Oberkommissar der Kemptener Kriminalpolizei, und ich leite diesen Einsatz. Ich bin auch ausgebildeter Krisenmanager und erster Ansprechpartner, wenn es um die Verhandlungen Ihrer Forderungen geht. Lassen Sie die Geisel, frei und es muss niemand verletzt werden. Über die 11 24 08, ich wiederhole die 11 24 08 können Sie direkt Kontakt zu mir herstellen. Ich sage es gern noch einmal, es muss niemand verletzt werden.«

Krisenmanager? – der Wolfi? Der ist doch schon mit seiner eigenen Mutter überfordert. Ganz im Gegensatz zu dem, was sich anscheinend draußen vor dem Haus abspielt, ist es hier drinnen beängstigend still. Außer meinem eigenen Atem vernehme ich nicht das geringste Geräusch. Ist der Angreifer überhaupt noch hier, frage ich mich, als der Irre von draußen erneut zu einem Monolog ansetzt und die unheimliche Stille hier im Inneren unterbricht.

»Hier spricht noch mal Oberkommissar und Krisenmanager Schimmel. Meine Geduld ist am Ende. Ich rate Ihnen, geben Sie auf. Wir sind schwer bewaffnet und schrecken auch nicht davor zurück, diese Waffen zum Einsatz zu bringen, sollten Sie uns dazu zwingen. Lassen Sie es in Ihrem eigenen Interesse nicht so weit kommen. Wir sind bereit zu stürmen! Nutzen Sie die Chance, und geben Sie auf! Carpe diem.« Ist der Wolfi eigentlich komplett verblödet, und ist das das Ergebnis seines Fortbildungskurses in Verhandlungsstrategie? Ich kann es nicht fassen. Wäre ich der Geiselnehmer, ich würde tatsächlich freiwillig aufgeben, nur um dem Wolfi seinem bescheuerten Geschwafel zu entgehen. Erst einen auf verständnisvoll zu machen, um im Anschluss gleich mit der Stürmung zu drohen und einen Schwerverbrecher mit maximal bescheuerten lateinischen Floskeln zu bekehren? Anstatt Krisenintervention beschwört er doch erst eine Katastrophe herauf. Es scheint, als wäre die Geduldsspanne meines Sohnes ähnlich kurz wie die meinige, was in dieser Situation aber mehr als fragwürdig ist. Ist so was eigentlich genetisch bedingt, frage ich mich, als es plötzlich erneut kracht. Der Krisenheini da draußen fackelt wohl tatsächlich nicht lange, denn für einen kurzen Moment erhellt ein Lichtblitz alles um mich herum und kurz darauf zieht sich ein ohrenbetäubendes zischendes Geräusch durch den Gang, als hätte jemand eine

Rakete ins Haus gejagt. Mein Gefühl hat mich jedenfalls nicht getäuscht, denn das kurze aufflackernde Licht hat gereicht, um festzustellen, dass ich wie ein Rollmops eingewickelt und bewegungsunfähig in dem schweren Vorhang liege, der vorhin noch im Durchgang hing. Nicht nur die Luft hier drinnen wird scheinbar immer dünner, sondern auch meine Paranoia in Sachen Platzangst nehmen zu.

»Geben Sie auf. Wir kommen jetzt rein. In fünf, vier, drei, zwei, eins …«, brüllt der Wolfi durchs Megafon, als auf Kommando die Haustür aufspringt und mehrere Personen mit schweren Schritten hereinstürmen.

»Kann ich auch was anderes haben? Einen Cappuccino vielleicht?«, frage ich die Friedl, wohl wissend, dass ich meine Freundin damit bereits, bevor sie überhaupt die frisch gebrühte Kanne Tee vor mir auf dem Küchentisch platziert, auf die Palme bringe. Als hätte ich nichts gefragt, übergeht sie mein Anliegen und schenkt mir ungefragt von dem geschmacklosen Wasser ein, das ich nicht ausstehen kann.

»Jetzt erzähl erscht a'mol. Wie kam denn dis übererhaupt zur derer Geiselnahme?«, will sie neugierig wissen und lupft ein großes Stück des frisch gebackenen Zwetschgendatschis auf meinen Teller.

»Also eine direkte Geiselnahme gab es eigentlich überhaupt nicht.«

»Gabs gar itter?«

»Nein. Da hatte der Wolfi wohl am Telefon irgendwas falsch verstanden.«

»Also a Missverständnis moinsch du?«

»Ja, Friedl, so kann man es nennen. Aber ich fang am besten mal ganz von vorne an.«

»Mach des Walli, schieß los.«

»Also wie du weißt, glaube ich nicht, dass der Peter seinen Vater erschossen hat, auch wenn meine erste Vision mir etwas anderes gedeutet hat.«

»I woiß, aber wie kommschn da überhaupt drauf?«

»Zum einen Gefühlssache und zum anderen von dem, was mir die Betti Bechtelmeier erzählt hat.«

»Ja und was hot die Betti direr verzählt, wenn i frager derf?«

»Mensch Friedl, jetzt lass mich halt endlich mal ausreden. Wenn du mich ständig unterbrichst, komme ich ja auch nie zum Punkt.«

»Au recht, dann sag i halt ab jetzat nix meeh.«

»Ach ja! Und jetzt auch noch einen auf beleidigte Leberwurst machen. Das ist doch immer das Gleiche mit dir …« Mit einer flapsigen Handbewegung deutet mir die unwillig Schweigende fortzufahren, was ich auch gerne tue, aber erst nachdem ich mir noch schnell ein großes Stück des saftigen Datschis auf meine Gabel packe und mir in den Mund stopfe. »Also Friedl, lange Rede, kurzer Sinn«, schmatze ich mit vollem Mund, »die Betti behauptet felsenfest, der Peter wäre zur Tatzeit bei ihr daheim gewesen. Mein Gefühl sagt mir, dass sie die Wahrheit spricht. Frag mich nicht, warum, das ist halt so. Daraufhin habe ich mich gefragt, wer denn sonst noch für die Tat infrage kommen könnte, und da ist mir die Inge in den Sinn gekommen. Schließlich hat sie angegeben, den lieben langen Tag mutterseelenallein daheim gewesen zu sein und brav gebügelt zu haben. Was wiederum aber niemand, jedenfalls laut dem Aussageprotokoll vom Wolfi, das mir zufällig in seinem Büro in die Hände gefallen ist, bezeugen kann. Ein Motiv hätte sie doch auch, so schlecht, wie der Schorsch sie angeblich über Jahre hinweg behandelt hat.«

»D'Inge! Jetzat spinnsch du doch komplett. Des würd' die niemols …«, prustet die Friedl empört hervor und verstummt zugleich, als meine Kuchengabel gefährlich nah vor ihrer Visage kreist.

»Jedenfalls bin ich zu ihr gefahren, um mit ihr zu reden, um so vielleicht mehr zu erfahren. Als ich bei den Lerpschers also vor der Tür stand und mir sicher war, im oberen Stock jemanden am Fenster gesehen zu haben, aber trotz aller Klingelversuche niemand geöffnet hat, bin ich davon ausgegangen, dass die Inge es bevorzugt, mich zu ignorieren.«

»Da verstoh i d'Inge vollkommer. Hot doch dei Spross högscht persönlich ihren Bua ei'buchtet. Dir hätt i au it aufgmacht, sag i dir, hätt d'Wolfi, d'Babette oder d'Flitzi in'd U-Haft gnommer«, kommt es von meiner Freundin, die scheinbar über das Kurzzeitgedächtnis eines Goldfisches verfügt, warum auch sonst sollte sie mich verbotenerweise schon wieder unterbrechen und so womöglich ihrer Gesundheit schaden. Ich ramme die Gabel anstatt in ihr Gesicht in das verbliebene Stück Teig auf meinem Teller und atme tief durch.

»Augenscheinlich …«, übergehe ich ihren letzten Fauxpas.

»Die Inge ist ja dann doch noch aufgetaucht. Und jetzt wird's spannend, hör zu, Friedl. Die Lerpscherin war gar nicht, wie von mir angenommen, im Haus. Sie kam gerade vom Einkaufen und stand plötzlich hinter mir. Mit Einkaufskorb und ziemlich schlechter Laune. Aber das ist nicht der springende Punkt. Es war tatsächlich jemand im Haus, jemand Fremdes, denn als wir gerade ein paar Worte gewechselt hatten und sie mich schon vom Grundstück jagen wollte, gab es im Inneren plötzlich einen riesigen Krach. Mittlerweile weiß ich, dass der Einbrecher auf der Flucht durchs Treppenhaus zwei Vasen und eine geschmacklose Clownspuppe aus Porzellan umgerissen hatte. Ist das nicht ein Ding«, sage ich, und die Friedl hält gespannt den Atem an. »Was hätte ich tun sollen? Bis die Polizei da gewesen ist, wäre viel zu viel Zeit vergangen. Also habe ich reagiert und bin ins Haus geschlichen, während die Inge die Polizei oder besser gesagt ein ganzes Sondereinsatzkommando alarmiert hat. Ich sage dir, die Hütte der Lerpschers ist ein elendiges dunkles Labyrinth. In dem ewig langen Gang hatte ich ganz schön Muffensausen, jeden Moment von dem Ganoven angegriffen zu werden. Da ist mir der Arsch ganz schön auf Grundeis gelaufen, muss ich gestehen. Als ich mich im Wohnzimmer umsehen wollte, ist wegen der offen stehenden Terrassentür ein dermaßener Luftzug entstanden, dass wie auf Kommando alle Türen im Haus zeitgleich zugedonnert sind. Da habe ich dann einen richtigen Schreck bekommen. Natürlich wusste ich da noch nicht, dass der Einbrecher bereits durchs Wohnzimmer und über die Terrasse geflohen war, und dachte, dass auf mich geschossen wird und nur deswegen bin ich dann auch in Panik geraten und durchgedreht«, erzähle ich aufgeregt, und die Friedl hängt wie gebannt an meinen Lippen. »Was ist mir denn auch anderes übrig geblieben, als mich in völliger Dunkelheit selbst zu verteidigen? Ja und nur deswegen habe ich dann auch den Regenschirm geschwungen, so wie wir es im Selbstverteidigungskurs damals in der Turnhalle eingebläut bekommen haben, erinnerst dich?«

»Dunkel, Walli«, antwortet sie ehrfürchtig.

»Mei, dass ich dabei alles kurz und klein geschlagen habe, was mir in die Quere kam, war keine Absicht, schließlich wollte ich ja nur den Einbrecher vermöbeln. Ich denke, das läuft unter Kollateralschaden, und meine Versicherung wird den Schaden schon übernehmen. Wer hängt denn auch bitte schön mehrere Dutzend Bilderrahmen und etliche ausgestopfte Tierkadaver in seinem Hausgang auf. Das ist doch so was von 1980, oder?«, sage ich und hoffe auf Friedls Zustimmung. »Ein riesiger Spiegel ist mir auch zum Opfer gefallen, genauso wie der schwere Vorhang zum Treppenaufgang.« Die Friedl staunt mit offenem Mund und hat endlich gecheckt, dass man mich während meinen sehr ausführlichen Ausführungen nicht ständig unterbrechen darf. Und so erzähle ich weiter, wie ich mich in Todesangst über den Boden gewälzt und immer enger in dem schweren Vorhangstoff verheddert habe, den ich versehentlich in völliger Dunkelheit von der Decke gerissen habe. Als ich erwähne, dass das Einsatzteam kurz vor der Erstürmung dann auch noch eine Blendgranate ins Haus geworfen hatte, ist die Friedl fertig mit den Nerven. Viel schlimmer als ihr nun folgendes Geschimpfe über mein unüberlegtes Handeln war aber dieses Mal die Standpauke vom Wolfi nach meiner Befreiung aus dem elendigen Wickelstoff. Wobei Standpauke noch bei Weitem untertrieben ist. Einen Einlauf par excellence habe ich von meinem Sohn kassiert, als feststand, dass ich weder eine Geisel war noch zu irgendeinem Zeitpunkt in akuter Lebensgefahr geschwebt habe. Zur Zeugenaussage hat er mich sogar mit auf die Wache nehmen lassen. Drei Stunden hat er mich in einer Einzelzelle schmoren lassen. Warum in einer Zelle, fragt ihr euch? Ich mich auch! Laut dem einsatzleitenden Krisenheraufbeschwörer und Oberkommissar Wolfgang Schimmel muss bei mir, seiner Meinung nach, von einer erheblichen Gegenwehr ausgegangen werden, denn als ich von zwei Beamten ins Präsidium geführt wurde, hatte ausgerechnet der gleiche blöde Futzi Dienst, der mich nur ein paar Tage zuvor schon so fuchsteufelswild gemacht hatte. Auf sein saudummes Geglotze hin musste ich nämlich meinen Stinkefinger auspacken, was diesem aufgeblasenen Wichtigtuer hinter seiner Scheibe mächtig aufgestoßen ist. Tja, und neben meiner Aussage zum Vorfall bei den Lerpschers saß ich plötzlich auch noch wegen einer Anzeige da. Zwei Fliegen mit einer Klatsche, könnte man meinen. Aber weit gefehlt, denn nicht ich hatte die Anzeige gestellt. Nein, dieser unsäglich blöde Türsteher in Uniform wollte mich ab da wegen Beamtenbeleidigung drankriegen.

»Mensch, Walli, bist du irre? Das kann wirklich teuer werden«, äffe ich den Freirer Harald nach, der mir durch die kleine Luke der Zellentüre einen Becher Wasser gereicht hatte, um meine Ausführung für die Friedl anschaulicher darzustellen. »Bis zu 4000 Euro, wenn der Siebzehnrübl vor Gericht recht bekommt, sag ich dir«, hatte der Harald gemeint. Allein für diesen bescheuerten Namen sollte er und nicht ich hier sitzen, habe ich dem Harald gesagt und mich beleidigt auf die unverschämt harte Matratze verzogen, erzähle ich der Friedl weiter und lange mir zum Ausdruck meiner Qualen an den schmerzenden Rücken.

»Mei, Walli, du bisch auch so a elendige Krawallnudel. Überall, wo du na kommsch, sorgsch du für a heilloses Durchanand. I moins ja überhaupt it bös, aber hasch du direr scho a mal g'danker g'macht, wie der Wolfi vor soiner Kolleger do stoht.«

Empört schnappe ich nach Luft, um zu meinem Verteidigungsplädoyer anzusetzen, aber die Friedl lässt mich überhaupt nicht zu Wort kommen. »Durch deine dauernder Rumschnüfflereier in Sacher, die di überhaupt nix a gohnt, bringsch du dein Sohn schtändig in d'Bredouille. Des isch doch ganz klar, dass den niemand meeh ernscht nimmt. Weder d'Burglbacher no soine Kolleger. Du machsch den Wolfi zum Gspött d'Leut«, rügt sie mich hart, und jetzt bekomme ich auf einmal richtig schlechte Laune. Dass mir hier dermaßen der Kopf gewaschen wird, war mir vor meiner Ankunft auf dem Moosbachhof nicht klar. Im Ernst. Diesen Ausflug hätte ich mir getrost sparen können. Nicht einmal der leckere Datschi samt Hagelzuckerfirlefanz on top lässt mich über diesen unverschämten Vortrag meiner Freundin jetzt noch hinwegkommen. Bevor ich wie eine rauschende Dampflock aus der Küche stürme, muss ich meinem Ärger aber noch Luft machen. »Und übrigens ... Dank meiner Recherche ist der Wolfi nun auf eine Spur gestoßen. Wäre ich nicht zur Inge gefahren, um mit ihr zu reden, wäre sie dem Einbrecher nämlich direkt in die Hände gelaufen. Und was, wenn sich herausstellen sollte, dass der Einbrecher auch der Mörder vom Lerpscher ist, häh? Dann hätte es vielleicht sogar noch eine zweite Leiche gegeben.« Schallend fällt die Küchentüre hinter mir ins Schloss. So ein undankbares Volk. Erst der Wolfi und jetzt auch noch die Friedl. Diese Burglbacher Bagage kann mir gestohlen bleiben, denk ich böse und stürme aus dem Bauernhaus. Auf dem Absatz kommt mir die Babette mit Anhang entgegen. Auch das noch! Für Alok und Blümchentee samt Muttertier habe ich jetzt nämlich keinen Nerv. Zu tief sitzt noch der Schmerz über das missgönnte Dinoschnitzel. Ohne ein »Servus« rausche ich an den dreien vorbei, drücke mich hinters Lenkrad und gebe Gas.

Interessiert es denn niemanden, wer bei den Lerpschers ins Haus eingestiegen ist und nach was derjenige überhaupt gesucht hat, frage ich mich. Am helllichten Tag in einer Wohnsiedlung in ein Einfamilienhaus einzudringen, ist doch wohl ziemlich riskant. Laut der Inge wurde auch nichts Wertvolles gestohlen, das hat sie mir gestern Abend am Telefon noch berichtet, nachdem sie sich vergewissern wollte, dass es mir gut geht. Schmuck und etwas Bargeld lagen immer noch unangerührt an Ort und Stelle. Außer im Büro vom Schorsch. Da standen sämtliche Schubladen offen, und deren Inhalt lag am Boden kreuz und quer verteilt. Der Eindringling hatte ganz klar nach etwas Bestimmtem gesucht. Was, ist aber weiterhin unklar. Auch bei wem es sich um den mysteriösen Einbrecher handeln könnte, weiß die Inge nicht und ist vor lauter Angst zu ihrer Schwester geflüchtet. Klar, in Burglbach steppt jetzt nicht gerade der Bär, aber das Risiko für einen Einbrecher, von einem neugierigen Nachbarn dabei beobachtet zu werden, ist meiner Meinung nach doch ziemlich hoch, und so muss der Täter etwas ganz Bestimmtes im Auge gehabt haben. Etwas, das es sogar wert ist, im schlimmsten Fall dabei erwischt zu werden. Nachdem ich gestern von den Einsatzkräften aus der Wohnung geführt wurde, konnte ich sehen, wie die Inge im hinteren Teil eines Krankenwagens auf der Pritsche saß und ziemlich mitgenommen ausgesehen hat. Der Mann ermordet. Der Sohn in U-Haft und obendrauf noch ein Einbruch in den eigenen heiligen vier Wänden. Kann es da jetzt noch schlimmer kommen? Auf jeden Fall kann ich die Inge nun von meiner Verdächtigenliste streichen. Was für die Witwe wohl ganz erfreulich sein wird, für mich aber ärgerlich ist. Denn solange nicht geklärt ist, wer bei den Lerpschers eingestiegen ist, stehe ich ohne einen weiteren Verdächtigen da. Meinen gut gemeinten Rat, der Wolfi möge doch im Haus an sämtlichen Gegenständen DNA-Proben entnehmen, um so eventuell auf einen Treffer in der Datenbank zu kommen, hat dieser nur mit einem Vogelzeig quittiert und böse auf das Abzeichen seiner Uniform getippt. Oberkommissar, schon recht, aber dann soll er verdammt noch mal auch seinen Job machen, anstatt mich, als ehrenvolle Bürgerin von Burglbach, für eine halbe Ewigkeit in eine Einzelzelle zu sperren. Es wäre nicht schlecht, wenn er endlich seinen Allerwertesten hochbekommen und den wahren Mörder vom Lerpscher fassen würde. Das einzig Gute am gestrigen Tag war, dass ich außer ein paar kleineren Kratzern glücklicherweise keine weiteren Blessuren von dem Intermezzo im Casa Lerpscher davongetragen habe. Ein Wunder, dass mir bei meinem Rundumschlag im Flur nichts Heikles auf den Kopf gedonnert ist. Nach meiner Gehirnerschütterung von neulich wäre das nämlich mit Sicherheit der Super-GAU gewesen. Ich bin völlig genervt. Vom Wolfi, von der Friedl und den ganzen grässlichen Umständen drum herum. »Das Leben ist manchmal ganz schön beschissen«, murmle ich vor mich hin. Weil ich bereits ahne, was mich nach Schichtende vom Wolfi zu Hause erwartet, habe ich auf mein heimeliges Kanapee auch keinen Bock. Nicht einmal der Gedanke an ein paar neue High Heels lässt mein gekränktes Herz höher schlagen, und ich glaube fast, ich stecke knietief in einer fürchterlichen Depression. Angestrengt überlege ich, wie ich aus dieser Situation rauskomme. Ich brauche einen Lichtblick. Erholung und etwas, das meine Seele streichelt, denke ich mir, als ich mit hundertachtzig Sachen über die Landstraße pese.

17

GOTTES GABEN UND GANZ VIEL ÖL

Dass die König-Ludwig-Suite einen fabelhaften Ausblick auf die von Bergen umgebenen Königsschlösser bietet, ist einfach nur fantastisch. Walt Disney hatte nicht ohne Grund das pompöse und herrschaftliche Neuschwanstein als Vorlage für sein Firmenlogo, sondern auch gleich für zwei märchenhafte Spielfilme gewählt. Wäre ich doch nur ein paar Jahrhunderte früher geboren, in diesen opulenten Kleidern hätte ich die perfekte Prinzessin abgegeben, träume ich vor mich hin, als ich aus dem Fenster blicke und es zaghaft an der Zimmertür klopft. Eine kleine rundliche Mitarbeiterin bittet mich in den Spa-Bereich des Hotels, in dem ich gleich in den Genuss einer wunderbaren Entspannungsmassage kommen werde.

»Nehmen Sie doch bitte noch einen kleinen Moment Platz. Ihr persönlicher Masseur ist gleich für Sie da«, säuselt die Rezeptionistin und zeigt freundlich auf das schicke Sofa, das inmitten des großzügigen und geschmackvoll eingerichteten Wartebereichs steht. Es riecht nicht nur wunderbar nach Zitrusfrüchten und ätherischen Ölen, sondern auch die

Singsang-Musik, die dezent aus den Lautsprechern an der Decke dringt, wirkt überaus beruhigend auf mich. Genau das Richtige für mein geschundenes Gemüt, denke ich begeistert, und mir gefällt die Vorstellung, mich hier, in diesem Luxustempel, für die nächsten drei Tage rundum verwöhnen zu lassen. Schräg gegenüber sitzt ein verliebtes Paar, das kaum die Hände voneinander lassen kann, wie süß. »Flitterwochen?«, frage ich amüsiert und schaue die beiden neugierig an.

»So was Ähnliches«, antwortet der Mann, der um ein Vielfaches älter zu sein scheint, mit einem überheblichen Grinsen im Gesicht. Irgendwie unangenehm, wie der alte Sack an der durchaus attraktiven jungen Blondine herumfummelt, denke ich mir, als das Tête-à-Tête mir gegenüber noch intensiver wird. Ich frage nicht weiter und konzentriere mich stattdessen auf die Lektüre vor mir, in der öffentlich darüber diskutiert wird, bis zu welchem Alter die Frau von heute eigentlich Leggins tragen darf. Ab dreißig sollte demnach Schluss mit den engen Höschen sein. Ein Skandal. Mit Mitte sechzig fühle ich mich um keinen einzigen Tag zu alt, pinke Neon-, Leder- oder auch Latexleggins in ihrer vollen Pracht zu tragen. Für einige, mich eingeschlossen, ist das auch kurz nach den weihnachtlichen Festtagen die einzige Möglichkeit, um überhaupt ein passendes Beinkleid zu finden. Leggins sind eine Lösung! So eine unsagbare Unverschämtheit. Ein Aufruf zum kollektiven Bodyshaming ist das. Schwarz auf weiß in diesem ekelhaften Schundmagazin abgedruckt. Die verantwortliche Autorin sollte für diesen maximal bescheuerten Artikel fristlos entlassen werden! Kurzerhand fische ich mein Telefon aus dem Bademantel, fotografiere den Artikel ab und verfasse einen Tweet, der sich gewaschen hat. Fast hätte ich vergessen, die Autorin selbst und obendrauf noch den Verlagschef des Schmierenblatts zu taggen. Jetzt nur noch auf Senden. Das blaue Vögelchen fliegt einmal quer übers Display, und raus ist er. Mein Beitrag für alle Frauen über dreißig oder einem BMI über 25, und das für jedermann sichtbar. Tue jeden Tag eine gute Tat, hat meine Mutti immer gesagt, und das tue ich. Ich hoffe, ein öffentlicher Aufruf zum Boykott der Zeitschrift zählt auch dazu. Sichtlich stolz stecke ich mein Handy zurück in meinen Bademantel und schmeiße das zusammengeknüllte Blatt, das mir zum Hinternabwischen noch zu unwürdig erscheint, in den Müll. Als ich den Wellnessbereich gerade verlassen will, steht plötzlich ein unheimlich gut aussehender Sunnyboy vor mir.

»Frau Schimmel?«, meint der junge Mann mit Oberarmen aus Stahl und schaut fragend von seinem Klemmbrett auf.

»Ja bitte?«, antworte ich etwas verwirrt.

»Guten Tag, ich bin …«

»Adonis!«, falle ich ihm schmachtend ins Wort und mustere diesen anmutenden Burschen einmal von oben bis unten.

»Nicht ganz, aber danke fürs Kompliment«, erwidert er etwas verlegen, und ich bilde mir ein, dass seine Bäckchen leicht erröten. »Ich bin Adam, ihr heutiger Massagetherapeut.«

Zugegeben, ich müsste lügen, wenn ich behaupten würde, über diesen massierenden Leckerbissen nicht erfreut zu sein. Nur sollte das der Adalbert da oben natürlich nicht mitbekommen. Schließlich ist und bleibt er meine ewige Nummer eins.

»Sehr erfreut, Adam. Wo geht's lang?« In freudiger Erwartung streife ich meinen Bademantel ab und schmeiße mich auf die vorbereitete Massageliege. Als der hübsche Adonis, äh Verzeihung, der Adam anfängt mit seinen eingeölten Händen meine verhärtete Rückenmuskulatur zu bearbeiten, bin ich nach kürzester Zeit tiefenentspannt. Einfach nur fantastisch. Nahezu gottesgleich gleitet er über meinen Rücken, und jegliche Verspannungen lösen sich in Luft auf. Mit einem wohligen Seufzer gebe ich mich ihm bereitwillig hin. Vergessen ist das Legginsärgernis von eben, und auch die ungerechtfertigten Zurechtweisungen und Vorwürfe vom Wolfi und seiner neuesten Verbündeten, der Friedl, sind mir schnurzpiepsegal. »Phh, die können mir gestohlen bleiben«, nuschle ich gerade noch vor mich hin, als ich langsam, aber sicher einschlafe.

Eine schreiende Möwe kreist über dem Sonnendeck der Santa Lucia vor der Küste Barbados und reißt mich aus meinem Dämmerschlaf. Als ich an mir herunterblicke, bemerke ich die vielen kleinen Sandkörnchen, die sich in meinem Bauchnabel zu einem Kollektiv versammelt haben. Lieber Sand als Wäscheflusen, denke ich amüsiert und pule den Klumpen heraus. Bestens gelaunt und zufrieden lasse ich meinen Blick über das kristallklare Wasser gleiten. »Ei, jei, jei, die karibische Sonne hat ganz schön Power«, rufe ich entsetzt, als mein Blick am Adalbert hängen bleibt, der hummerrot gefärbt friedlich auf seinem Handtuch duselt. »Schatzilein, wach auf!

Du musst sofort aus der Sonne.« Verschlafen rollt er sich auf die andere Seite und präsentiert mir seine weißwurstfarbene Heckansicht. »Himmel, Adalbert. Steh auf. Los!«, entfährt es mir schockiert, als ich meine Sonnenbrille von der Nase ziehe. Erst jetzt bemerke ich das ganze Ausmaß seiner maximal pigmentierten Vorderseite. Hummerrot ist absolut untertrieben. Mein Mann schillert im auffälligsten Neonpink. Jeder, der mich kennt, weiß, dass ich die Achtzigerjahre mit ihrem angesagten Neonhype vergöttert und diesen Trend in meinen Outfits wie kaum eine andere regelmäßig abgefeiert habe und das ab und zu noch heute tue. »Ins Wasser! Du musst dich abkühlen«, stöhne ich und schubse den immer noch müden Adalbert über die Reling unserer Yacht. Wie eine rote Boje treibt er da in dem türkisblauen Ozean umher, und als ich ihm meine Hand reiche, um ihm zurück an Bord zu helfen, zieht er mich ins kühle Nass, taucht mich zur Revanche mehrmals hintereinander unter, und wir blödeln wie alberne Teenager herum. Jedes Mal, wenn ich erneut in sein puterrotes Gesicht schaue, muss ich losprusten. Am Abend ist uns dann aber gar nicht mehr nach Lachen zumute, denn dem Adalbert seine Vorderseite glüht wie heiße Lava. Die Nacht in der Kajüte ist dann auch dementsprechend unruhig. Der Backofen neben mir bollert auf Hochtouren und jammert vor Schmerz. Hätte ich gewusst, dass in meinem Ehemann ein verkappter Albino steckt, ich hätte dafür gesorgt, dass er die zwei Wochen an Bord unserer Santa Lucia ausnahmslos unter Deck verbringt. »Da überlebst du unbeschadet die Durchsegelung des Bermudadreiecks und wirst dann von der karibischen Sonne fast bis zur Unkenntlichkeit gegrillt. Der Adalbert hat sich gehäutet wie eine Schlange«, erzählte ich Freunden bei einem guten Glas Wein, als wir endlich nach Good-old-Germany zurückgekehrt waren …

»Autsch«, stöhne ich, als ich unsanft aus meinem Traum erwache und das Herumgeknete an meiner Rückseite deutlich härter geworden ist. »Was ist denn los?«, brabbel ich und wundere mich, warum Adonis' sanfte Hände sich plötzlich wie Schmirgelpapier über meinen Rücken ziehen. »Also Adam, ich muss sagen, jetzt wird's aber ein bisschen – aua, das ist zu fest«, schreie ich und drehe meinen Kopf zur Seite. Ich erschrecke fast zu Tode, als ich dicht über mir eine wildfremde Frau mit fleischigen roten Wangen und unübersehbarem dunklem Damenbart erblicke.

»Entschuldigung, ich hab mich noch gar nicht vorgestellt. Ich bin die Gertrud oder auch Trudi genannt und für den Adam eingesprungen. Sie haben so tief und fest geschlafen, dass wir Sie nicht wecken wollten«, meint sie unbekümmert, spritzt eine weitere Ladung Öl auf mein Heck, dass es nur so trieft, und kommt mir mit ihren wurstigen Fingern gefährlich nah.

»Äh … Moment mal. Stopp. Wo ist denn bitte schön der Adam hin?«

»Ein kleiner interner Notfall, Frau Schimmel. Deswegen darf ich Sie nun übernehmen«, erklärt die robuste Masseurin bereitwillig und reibt ihre Handflächen in kreisenden Bewegungen aneinander. »Kann's weitergehen? Als Nächstes wäre Ihr oberes Gesäß an der Reihe.«

»Äh danke, nein … Nicht nötig, ich ehm …«, erwidere ich hastig und rolle herum, um schleunigst der Schlachtbank zu entfliehen.

»Momentchen …«, ruft die Gertrud eilig, doch da rutsche ich bereits wie ein glitschiger Fisch von der Pritsche. Es geht so schnell, dass weder ich noch die Hummelpummel über mir reagieren kann.

»Oweija, Frau Schimmel! Geht es Ihnen gut?«

»Ohhh, aua«, maule ich und reibe meinen gepeinigten Körper. Nur mit einem lächerlichen Einmalhöschen aus Plastik bekleidet, was muss das für ein schauderhafter Anblick sein, versuche ich mich mehrfach an der Liege hochzuziehen. Gott sei Dank muss sich der schöne Adam dieses schaurige Spektakel nicht mit ansehen, denke ich verzweifelt, als die Gertrud mir zu Hilfe eilt. Aber auch ihre Versuche, mich zurück auf die Bahre zu hieven, scheitern vergeblich. Jedes Mal, wenn sie nach mir greift, flutsche ich ihr aus der Hand. Irgendwann schmeißt sie den Bademantel über mich, umklammert mit beiden Armen meinen Oberkörper und zieht mich zurück auf die Liege. »Was machen Sie denn für Sachen«, keucht sie angestrengt und wischt sich eine verirrte Locke aus dem Gesicht, während ich ebenfalls schwer stöhnend und vornübergebeugt über der Massageliege hänge. Nicht nur der Gertrud steht der Schweiß buchstäblich auf der Stirn. Anstatt relaxed und wohlerholt den Wellnessbereich zu verlassen, bin ich körperlich und mental fix und fertig.

18

FEUCHTFRÖHLICHE GESTÄNDNISSE

Als ich endlich auf meinem Zimmer ankomme, verkrieche ich mich in meinem riesigen Kingsizebett. Mit der Entspannung und der guten Laune über den wunderschön anmutenden Ausblick auf den Tegelberg ist es ein für alle Mal vorbei. Zwar wird der Adam mich morgen auf Hotelkosten noch einmal durchkneten, das hatte mir die Gertrud vorm Verlassen des Wellnessbereichs versprochen und mir noch eilig einen Massagegutschein zugesteckt, trotzdem kann auch das meine miese Stimmung nicht mehr heben. Es scheint, die Friedl hatte recht. Mit allem. Egal, wohin ich mich drehe und wende, es endet alles in einem riesigen Fiasko. Der Wolfi ist stinksauer. Nicht nur wegen meinen eigenständigen Ermittlungen in seinem Mordfall, sondern auch wegen der Anzeige seines Kollegen, dem Siebzehnrübl, diesem Korinthenkacker. Ich kann den Wolfi in gewisser Hinsicht irgendwie verstehen. Seitdem die Friedl mir so dermaßen den Kopf gewaschen hat, habe ich auch teilweise eine andere Sicht auf die Dinge. Zu meiner Verteidigung wäre aber zu sagen, dass ich ihm keineswegs und zu keinem Zeitpunkt mit meinen eigenmächtigen Ermittlungen schaden wollte, sondern nur den wahren Mörder seiner gerechten Strafe zuführen wollte. Mit dem Ermitteln ist jetzt Schluss, das nehme ich mir vor. Wenn ich irgendwann nach Burglbach zurückkehren werde, werde ich mich im Strickkurs, bei den Landfrauen zum sonntäglichen Backen und von mir aus auch im Kirchenchor anmelden. Irgendwo werde ich da schon reinpassen, jedenfalls wenn die anderen Damen sich mir anpassen. So kann es jedenfalls nicht weitergehen, schließlich will ich auf gar keinen Fall in den Burglbachern Geschichtsbüchern als Chaosqueen eingehen. Ich hab es auch satt, von meinen Mitdörflern ständig schräg angeschaut zu werden. Soll doch der Mörder vom Lerpscher weiterhin frei herumlaufen, mir wurst. Der Wolfi und der Bürgermeister scheißen sich auch nicht drum, so wie es scheint, und man buchtet lieber unschuldige Nachkommen wie den Peter ein. Irgendwann piepst mein Telefon und reißt mich aus meiner depressiven Stimmung. Unter einem der unzähligen weißen Kissen werde ich fündig.

»Walli, s'duat ma leid. I hob's it so gmeint! Verzeihsch mir no a mal? Dei ewige Freindin, Friedl«, lese ich laut vor mich hin. Freindin? – wohl eher Feindin, denke ich niedergeschlagen, und ohne zu antworten schiebe ich das Handy zurück unter den Kissenhaufen. Als etwas später mein Magen nach Nahrung schreit, überwinde ich mich und schäle mich missmutig aus dem kuschlig warmen Bett. Normalerweise liebe ich es, mich so richtig in Schale zu werfen, und sollte mich sputen, immerhin wartet ein Fünf-Gänge-Menü von einem sehr talentierten Sternekoch auf mich. Dennoch greife ich lustlos in den Schrank und ziehe das Nächstbeste heraus. Meine vom Massageöl fettige Matte binde ich notdürftig zu einem Dutt, schlüpfe in die nächstbesten Klamotten, behänge meine Ohren mit übergroßem Geschmeide und betrachte mich vorm Verlassen der Suite etwas argwöhnisch im Spiegel neben der Türe. Oben hui und unten pfui, denke ich selbstkritisch und bessere dann in Sachen untenrum doch noch einmal kräftig nach. Im Speisesalon angekommen, fragt die eifrige Bedienung nach meiner Zimmernummer.

»Darf ich Ihnen einen Tisch in Gesellschaft anbieten, oder speisen Sie lieber allein?« Unschlüssig schaue ich mich um. »Es gibt da einen ganz netten Herren, Fensterseite dritter Tisch«, überfährt sie meine Unentschlossenheit und zeigt verstohlen mit dem Daumen in seine Richtung.

»Puh, also auf Gesellschaft hab ich eigentlich so gar keine …«

»Kommen Sie. Versuchen Sie es. Ein nettes Gespräch, gutes Essen, und falls er sich als Niete entpuppt, geben Sie mir einfach ein Zeichen. Ich gebe dann vor, dass ein Anruf für Sie an der Rezeption eingegangen ist, und Sie sind ihn los. Ehrenwort«, flüstert sie und kreuzt verschwörerisch ihre Finger.

»Na gut, wenn's unbedingt sein muss.«

»Prima. Hier entlang, bitte«, trällert sie zufrieden und geleitet mich zu meinem unverhofften Blinddate. »Herr Bierbauer. Darf ich vorstellen?«

»Walli Schimmel, hallo«, seufze ich und hebe ihm meine Hand hin.

»Habe die Ehre, sehr angenehm. Gerhard Bierbauer. Trinke aber weder welches noch bin ich Bauer«, plaudert er mit einem unverkennbaren österreichischen Dialekt und zeigt auf das Glas Rotwein vor sich. Der Bierbauch passt allerdings, aber das spreche ich natürlich nicht aus. Er greift nach meiner Hand und drückt ihr ganz nonchalant einen Handkuss auf.

»Die alte Schule«, bemerke ich anerkennend, und als der Gerhard mir den Stuhl zurechtrückt, nehme ich positiv überrascht Platz.

»Rotwein?«

»Gerne«, erwidere ich entzückt. Im Verlauf des Abends erfahre ich eine Menge über ihn. Der Gerry kommt aus Wien, macht in Solaranlagen und ist geschäftlich im Allgäu. »Jetzt, wo du's sagst. Ah geh, a Wiener Schmäh«, scherze ich fröhlich und proste ihm dabei zu. Nach dem dritten Glas stellt sich sogar heraus, dass meine abendliche Begleitung die gute Dascha aus München kennt. »Ach was. Wirklich?«, frage ich und kann's kaum glauben.

»Ja doch, wenn ich's doch sag. Die Welt ist kloa«, witzelt er und verrät mir, dass seine Ex-Frau gleich zwei grottenhässliche Kunstwerke für einen exorbitanten Preis aus ihrer Galerie erstanden hat. Ihm sei es nur recht gewesen, dass sie nach der Trennung auf die beiden wüsten Bilder bestanden hatte.

»Und warum macht so eine hübsche Frau, wie du es bist, ganz allein Urlaub?«, will er während der Nachspeise ein bisschen flirty von mir wissen.

»Na ja, also mein Sohn ist sauer, weil ich seinen Job besser mache als er, und meine beste Freundin behauptet, dass ich, egal wo ich auftauche, für ein heilloses Durcheinander sorge«, antworte ich betrübt und leere mein Glas zum wiederholten Male.

»Ich dachte, das war alles nur ein Scherz. Das mit der Anzeige wegen Beamtenbeleidigung stimmt also auch?«, staunt er ungläubig und schaut etwas verwirrt.

»Sehe ich etwa aus wie eine Wichtigtuerin?«

»Der war guat, Walli. Richtig guat«, meint der Gerry und bricht in schallendes Gelächter aus. Was er damit jetzt genau meint, weiß ich nicht, will aber auch nicht weiter nachhaken, da mir das ganze Thema durchaus unangenehm ist. Jedenfalls der Teil meines Geständnisses, der mich als Femme fatale des Chaos hinstellt. Verunsichert lächle ich also zurück und hoffe, er bekommt sich schnellstmöglich wieder ein.

Wir beenden den Abend vor meiner Zimmertüre und verabreden uns für den nächsten Morgen zum Frühstück.

»Bevor ich gehe, musst du mir aber noch eines verraten«, säuselt der Gerry sichtlich angeschickert und lehnt sich gegen den Türrahmen. »Warum machst du oben einen auf freche Matrosin, mit diesem … wie nennt man das …?«, sagt er und zupft an dem überdimensionalen blau-weiß gestreiften Kragen, macht eine kleine Pause, als würde er nach den richtigen Worten suchen, »… und untenrum auf radikale Domina?« Zu meiner völligen Überraschung werte ich seine dämliche Frage nicht als Kritik, sondern kichere nur albern, was eindeutig auf meinen viel zu hohen Alkoholpegel schließen lässt.

Angestrengt blicke ich auf meine Protestleggins aus Lackleder herab und überlege einen Moment. »Weil ich's tragen kann!«, hauche ich und beende damit unseren feuchtfröhlichen Abend.

19

DER ZAHN DER ZEIT NAGT ÜBERALL

Als mein Wecker am nächsten Morgen klingelt, fällt es mir schwer, die Augendeckel zu heben. Ein flauer Magen gepaart mit pulsierenden Kopfschmerzen ist da nur die Spitze des Eisbergs. Die Nachwehen des gestrigen Abends wiegen schwer, und ich muss mir eingestehen, dass ich eindeutig zu tief ins Glas geschaut habe. Natürlich kippe ich mir mit der Friedl ab und zu einen hinter die Binde, gerade wenn sie mal wieder ein frisches 5-Liter-Fässchen ihres Selbstgebrannten vom Keller heraufzieht, und auch mal ein Gläschen Wein zum Abendessen ist drin, aber das mit dem Gerry gestern Abend war einfach zu viel des Guten. Ich bin eben keine fünfzig mehr.

Nach einer ausgiebigen Dusche fühle ich mich Gott sei Dank schon spürbar besser, auch wenn mein Gesicht im Badezimmerspiegel aussieht, als wäre eine Pistenraupe rückwärts darübergefahren. Ich brauche dringend einen Termin bei der Kosmetikerin, besser wäre noch ein plastischer Chirurg, stelle ich ernüchtert fest, als ich meine labbrigen Augenringe über die Schläfen bis zur Stirn ziehe. Als ich loslasse, sackt alles wieder eine Etage tiefer. Na bravo. Jetzt hilft wirklich nur noch Trick siebzehn, und so ziehe ich mein strengst gehütetes Geheimnis aus dem Kulturbeutel, der neben dem Waschbecken steht. Ein kleiner Tupfer links, ein kleiner Tupfer rechts. Gut verteilen, aber aufpassen, dass nichts wortwörtlich ins Auge geht. Das wäre dann nämlich nur suboptimal. Die Geheimwaffe kurz einwirken lassen, warten, und … Trommelwirbel … die Hämorrhoidencreme hat tolle Arbeit geleistet. Natürlich klingt es im ersten Moment etwas befremdlich, sich Salbe für den Allerwertesten ins Gesicht zu klatschen. Aber wenn's schee macht, darf's gern auch a mal ein bisschen mehr davon sein.

Mit einer kleinen Verspätung treffe ich im Frühstückssaal ein. Der Gerry wartet bereits und sieht um einiges fitter aus als ich.

»Griaß di, Walli. Nimmst Platz«, sagt er und schiebt mir ganz gentlemanlike den Stuhl zurecht.

»Morgen, Gerry. Na, wie war die Nacht?«

»Einwandfrei!« Er habe nie besser geschlafen, erklärt er und ordert nebenbei zwei Verlängerte.

Als die Kuppeltante des gestrigen Abends ihm den Kaffee und mir den Cappuccino mit laktosefreiem Milchschaumberg serviert – ich hatte noch kurz umdisponiert –, freut sie sich wie ein Honigkuchenpferd, uns gemeinsam am Frühstückstisch zu sehen.

»Hab ich's doch gesagt«, flüstert sie und zwinkert mir abermals verschwörerisch zu. »Darf's für die Herrschaften vielleicht ein Glas Champagner sein?«

So viel Hämorrhoidensalbe könnte ich mir gar nicht ins Gesicht schmieren, um das auch noch auszubügeln, denke ich und lehne ab, während es beim Gerry nicht aussieht, als wäre er gegen ein Glas Kristallwasser abgeneigt gewesen.

»Wie läuft's mit den guten Vorsätzen?«, fragt er mit einem verschmitzten Lächeln im Gesicht, und ich muss tatsächlich erst einmal überlegen, was er mit dieser Anspielung überhaupt meint. »Du hast doch erzählt, deine Freundin würde behaupten, dass, egal wo du auftauchst, das reinste Chaos ausbricht«, hilft er mir auf die Sprünge, als er bemerkt, dass ich keine Ahnung habe, wovon er redet.

»Das habe ich erzählt?«, frage ich nicht unerheblich peinlich berührt und kann kaum glauben, dass mich fünfeinhalb Gläser Wein zu einem derartigen Geständnis getrieben haben.

»Na ja, du meintest, dass sie damit schon irgendwo ein kleines bisschen recht hätte und du dir vorgenommen hast, das Durcheinander um dich herum in Zukunft auf ein Minimum zu reduzieren.«

»Puh, also … Ich glaube, da habe ich gestern aber ganz schön übertrieben … Der Alkohol, Gerry, das war der Alkohol …«

»Habe ich mir schon gedacht, dass die Geschichte mit dem Sondereinsatzkommando und der Rauchbombe nicht ernst gemeint war. Aber eine blühende Fantasie hast du, das muss man dir lassen«, fügt er lächelnd hinzu und prostet mir mit seinem Haferl zu.

»Genau, da ist die Fantasie wieder einmal mit mir durchgegangen …«, versuche ich die Situation in den Griff zu bekommen und beiße pikiert in mein Vollkornbrötchen. Am Nebentisch erscheint das ungleiche Pärchen aus dem Spa-Bereich, mit dem ich gestern schon Bekanntschaft gemacht hatte. Die junge Frau mit den langen Haaren, dem vollen Schmollmund und dem rosigen Teint auf den Wangen sieht super aus, was man von dem alten Dackel neben ihr nicht gerade behaupten kann. Er trägt zu meiner Verwunderung einen dicken Nasenverband im Gesicht. Zudem ist ein Auge ziemlich angeschwollen und schillert im schönsten Blauviolett. Dass sich auch der deutsche Durchschnittsmann immer öfter unters Messer legt, habe ich erst neulich in irgendeinem Magazin gelesen. Neben Fettabsaugung steht die Nasenkorrektur bei Männern auf Platz drei, wenn ich mich richtig entsinne. Mit Sicherheit erlebt unser Sitznachbar gerade seinen zweiten Frühling und meint mit einer Schönheitsoperation den eindeutig sichtbaren Altersunterschied zwischen den beiden wenigstens optisch so minimieren zu können. Wäre ich seine behandelnde Chirurgin gewesen, hätte ich ihm erst einmal zu einer Hirntransplantation geraten, so überheblich und arrogant, wie der gestern war, denke ich, als ich unverhohlen zu den beiden herüberstarre.

»Also, ich ziehe es ja vor, in Würde zu altern, und du, Gerry?«, frage ich absichtlich gut hörbar und sorge dafür, im gesamten Umkreis von mindestens fünf Tischen in dem großen Frühstücksraum nicht überhört zu werden.

»Ich finde auch, dass man zu seinem Alter stehen sollte«, steigt der Gerry auf meine Anspielung mit ein und betont das »Man-Mann«-Wortspiel extra scharf. Der Gerry gefällt mir.

Nein, nicht so, wie ihr jetzt vielleicht denkt. Der Adalbert lässt sich nämlich niemals ersetzen, sondern eventuell als Entschädigung für meine ungehaltene Freundin. Apropos Freundin, da fällt mir ein, dass ich der Friedl auf ihre Entschuldigungs-SMS noch gar nicht geantwortet habe. Ich lass sie noch ein bisschen schmoren, die Gewissensbisse sollen sie ruhig noch etwas länger plagen, denke ich, als ich mir zum krönenden Abschluss unseres Katerfrühstücks noch ein dick mit Nutella bestrichenes Croissant einverleibe.

20

EINE KUTSCHFAHRT, DIE IST LUSTIG, ABER VOR ALLEM TEUER

Weil eine für heute erwartete Bauteillieferung für Gerrys Solar-Dingsdabumsda von Richtung Italien auf dem Brenner feststeckt, ist mein neuer Busenfreund quasi arbeitslos. Wir verabreden uns für den späten Vormittag, und ich habe eingewilligt, ihm, als gebürtige Allgäuerin, ein paar der schönsten Ecken des Ostallgäus zu zeigen. Dass ich mich hier ebenfalls nicht so wirklich gut auskenne, verrate ich dabei nicht, woher auch, immerhin habe ich mehr als zwei Drittel meines Lebens in München gewohnt. Mein Wissen beziehe ich deswegen aus einem Touri-Prospekt, den ich heimlich an der Rezeption eingesteckt habe. »Wir starten am Fuße des Tegelbergs«, lasse ich ihn wissen, und der Gerhard ist auch Minuten nach unserer Ankunft immer noch ganz aus dem Häuschen. Weniger über den imposanten Ausblick über die wunderschön daliegende Allgäuer Alpenkette, sondern von meiner irren Performance, die ich mit meinem Mustang auf dem fast leeren Besucherparkplatz extra für ihn dargeboten habe.

»Wie du gedriftet bist, Walli. Eine Show, Respekt! So was

Ähnliches habe ich nur mal bei einer Autoshow in Las Vegas gesehen«, flötet er begeistert, und ich muss sagen, ohne mich hier in Selbstlob aalen zu wollen, ist mir die heutige Zirkelkombination in meiner Ausführung ziemlich gut, ach, was sag ich, nahezu perfekt gelungen. Die Reifenspuren in Form einer riesigen Acht lassen sich sogar hier oben vom Gipfel noch wunderbar bestaunen, bemerke ich, nachdem wir mit der Gondel an der Bergstation oben ankommen. Nach einem kleinen Spaziergang zum Gipfelkreuz, der Weg war glücklicherweise angeschrieben, setzen wir uns auf eine der freien Holzbänke und genießen bei einem spritzigen Almdudler die atemberaubende Aussicht. »Mehr Proviant habe ich leider nicht«, sage ich und halte ihm die bunten Bonbons in meiner Hand hin, die ich mit größter Mühe aus dem Glas mit der kleinen Öffnung an der Rezeption gefischt habe, während die Rezeptionistin durch einen anderen Gast kurz abgelenkt war.

»Boah, schau mal, Walli. Is das nicht geil?«, meint der Gerhard wie ein kleines Kind und zeigt auf den Gleitschirmflieger, der meterhoch und direkt über uns kreist.

»Die Thermik muss heute bombastisch gut sein«, antworte ich und schaue auf den Startplatz am Rande des Abhangs, wo sich neben einem Haufen schaulustiger Touristen einige Gleitschirmpiloten auf ihren waghalsigen Flug vorbereiten. »Hättest du Lust auf ein Abenteuer?«, fragt er mit glitzernden Augen. Auch das noch! Nicht dass es mir nicht schmeicheln würde, dass vom Gerry seinerseits Interesse an mir besteht, aber ich suche eher einen guten Freund als eine wilde Romanze.

»Gerry … es tut mir wirklich leid, aber der Adalbert und ich … Da ist im Moment einfach kein Platz für …«, setze ich an, als mein Begleiter erst ziemlich verwirrt dreinschaut, sich dann verschluckt und daraufhin die Kräuterlimo in einem feinen Sprühregen über mir verteilt.

»Entschuldigung, Walli«, meint er und tupft mit seinem Ärmel die süße Limo von meiner Stirn. Ob er sich jetzt ausschließlich für die Zuckerdusche oder auch für den Versuch, mich anzubaggern, entschuldigt, kann ich seiner Mimik nicht entnehmen. Es tut mir auch leid, dem Gerry einen Korb geben und somit sein Herz brechen zu müssen, aber im Moment jedenfalls hat noch kein anderer Mann neben dem Adalbert Platz in meinem Herzen.

»Ich meinte eigentlich, ob du Lust auf einen Gleitschirmflug hättest und nicht, ob du die nächste Frau Bierbauer werden möchtest«, reißt er mich aus meinen Überlegungen und lächelt dabei schief. Gut. Nachdem das also geklärt wäre, will ich nur noch runter vom Berg, und das ausschließlich auf konventionellem Wege, und so ist die nächste Gondel ins Tal für uns reserviert.

»Hier links sehen wir die Sankt-Colomans-Kirche. Liegt sie nicht traumhaft? Von Hieronymus Vogler um 1700 umgebaut …«, referiere ich vorgebend selbstbewusst und schiele immer wieder verstohlen auf die rot unterlegten Informationskästchen des Touristenführers, die ruhig etwas leserlicher abgedruckt hätten werden können. Erst beim Betreten des wunderschönen Gotteshauses fällt auf, wie besonders schön diese Kirche ist. Der rustikal gepflasterte Steinboden steht im klaren Gegensatz zu dem opulent verzierten Altar. »Der barocke Stil …«, erkläre ich weiter, doch der Gerry hört mir gar nicht zu. Er scheint schwer beschäftigt damit zu sein, jeden noch so kleinen Winkel des reich verzierten Deckengewölbes in Hunderten von Fotos dokumentarisch festzuhalten. Damit und mit der christlichen Ruhe hier drinnen ist es dann aber schnell vorbei, als ein großer Reisebus vorm Eingang hält und ein Schwarm asiatischer Urlauber das Gotteshaus stürmt. Bevor wir ungewollt zu deren Fotomodels mutieren, ergreifen wir die Flucht und nehmen Kurs auf das Highlight unserer heutigen Expedition. Mit einer Kutschfahrt bis knapp vor die Tore des Schlosses Neuschwanstein kann ich den Gerry abermals beeindrucken. Dass ich dafür eine fünfköpfige Familie aus dem Sauerland bestechen musste, mir zwei ihrer schon lange im Voraus gebuchten Tickets für den Eintritt zu überlassen, war aber alles andere als einfach. Erst nachdem ich zu den doppelten Ticketkosten dem einen Teenagersohn meine kabellosen Kopfhörer und der Großmutter eine noch fast volle Flasche Klosterfrau Melissengeist anbot, die ich sonst zum Schutz vor Moskitos nütze, haben diese verständlicherweise eingewilligt. »Wir müssen uns etwas sputen, Gerry, sonst verpassen wir noch die nächste Führung«, sage ich streng und ziehe den fotobegeisterten Wiener hinter mir her, schließlich habe ich später noch meinen Ersatztermin für die verpatzte Massage beim Adam, die ich mir unter gar keinen Umständen entgehen lassen will. Davon können mich weder der Gerry noch die geschichtsträchtigen ehemaligen Gemächer unseres einstigen bayerischen Herrschers abhalten. Dummerweise konnte ich nicht einkalkulieren, dass der Schnarchzapfen von der Museumsführung es mit den Daten und Fakten zum Schwanenkönig allzu genau nimmt. Nach einer geschlagenen Dreiviertelstunde befinden wir uns gerade mal in Raum vier von gefühlten zweihundert. Es hilft alles nichts, Hufe scharrend muss ich das monotone Gelaber des Führers über mich ergehen lassen. In Raum sieben, ich hatte wirklich meinen guten Willen gezeigt, aufmerksam zugehört und auch die roten mit Goldfäden bestickten Vorhänge ehrfürchtig bestaunt, rufe ich dem Chefmoderator zu, er möge sich doch bitte mit seiner Informationsflut etwas ranhalten, was dieser jedoch demonstrativ ignoriert und mich somit in ein echtes Zeitproblem stürzt.

»Lass uns hier verschwinden. Ich muss zurück. Meine Massage wartet nicht«, flüstere ich dem Gerry zu und zeige auf die Armbanduhr an meinem Handgelenk.

»Ruf doch einfach im Hotel an und verschieb den Termin auf später. Ich würde die Führung gerne bis zum Schluss …«

Mit einem zischenden »Psssst …« werden wir gleich von mehreren Besuchern mit oberlehrerhaftem Verhalten unschön unterbrochen. »Streber«, zische ich zurück und ziehe nur zähneknirschend mein Telefon hervor.

»Entschuldigen Sie, aber hier ist Telefonieren nicht erlaubt«, meckert eine Frau neben mir, und die halbe Gruppe dreht sich zu mir herum und mustert mich abschätzig. Um nicht weiter unangenehm aufzufallen, formen meine Lippen ein lautloses »Bin gleich wieder da«, was der Gerry mit einem freudigen Nicken absegnet.

Als plötzlich eine laute Sirene aufheult und den gesamten Palast in einen dröhnenden Alptraum verwandelt, verstehe ich mein eigenes Wort nicht mehr. »... Termin verschieben? Hallo ...? Adam ...? Bist du noch dran?«, versuche ich gegen das gellende Warnsignal anzubrüllen, aber keine Chance. Ich lege auf und halte beide Hände zum Schutz über meine Lauscher. »Herrgott noch mal, stellt das aus! Mir platzt gleich das Trommelfell ...«, schreie ich, doch mein Ruf wird von dem unüberhörbaren Alarm einfach verschluckt. »Achtung! Achtung! An alle Einheiten: Code siebenundreißig. Ich wiederhole, Code siebenunddreißig. Alle Führungen werden umgehend zum Ausgang gebeten«, unterbricht eine nervöse Stimme das schrille Geläut, und ich frage mich, was Code siebenunddreißig bedeuten könnte. Ein Raubüberfall, hier, am helllichten Tag an einem der meistbesuchten Sehenswürdigkeiten Deutschlands? Schwer vorstellbar, aber wenn ich an die Lerpscher Inge und vorgestern denke, vielleicht nicht ausgeschlossen. Oder ein Feuer. Irgendwo in einem der vielen Zimmer, denke ich plötzlich und bin schlagartig um meine eigene Sicherheit besorgt. Aufgeregt spähe ich durch eines der kleinen Fenster, die auf den Innenhof abgehen, von wo aus ich einen guten Überblick auf den Rest des quadratisch angelegten Schlossbaus habe. Doch auch von hier ist keine drohende Gefahr in Form von Rauch oder Qualm erkennbar. Wenigstens haben sich meine Ohren endlich an die Lautstärke des Warnsignals gewöhnt, und ich kann die Hände wieder herunternehmen. Sobald es ruhiger wird, versuche ich es noch mal beim Adam, denke ich mir, aber in der Zwischenzeit sollte ich mich besser aufmachen, um den Gerry zu finden, bevor das in dem zu erwartenden Gewimmel gleich ein Ding der Unmöglichkeit werden wird. Ich verlasse das kleine schnuckelige Turmzimmer mit dem riesigen Kronleuchter über dem imposanten Bett, dessen goldbestickten Überwurf ich einfach nur grandios finde, und verschwinde durch das kleine versteckte Türchen hinter dem Vorhang, durch das ich nur ein paar Minuten zuvor in der Hoffnung auf ein ruhiges Plätzchen geschlüpft war. Das Schloss ist das reinste Labyrinth. Nur meinem ausgezeichneten Orientierungssinn ist es zu verdanken, dass ich den Weg zurück in den großen Festsaal finde und noch rechtzeitig zu meiner Gruppe aufschließe, bevor diese mit dem Gerry über den Notausgang verschwindet.

»Wo warst du jetzt? Ich habe mir schon Sorgen gemacht. Wir müssen hier raus«, meint der nicht mehr ganz so entspannte Wiener und schiebt mich vor sich her.

»Bitte hier lang. Bewahren Sie Ruhe. Kein Grund zur Panik. Wir haben alles unter Kontrolle«, mahnt unser Oberbefehlshaber und wedelt dabei aber ganz kontrovers hektisch mit den Armen zum Ausgang. Als wir ins Freie gelangen, stürmt ein ganzer Trupp vom Sicherheitspersonal eilig an uns vorbei. Wie auf Kommando schießen unzählige Selfie-Sticks aus der dichtgedrängten Menschenmenge um uns herum empor und halten das filmreife Spektakel in digitalisierter Form für die Nachwelt fest.

»Hoppala …«, entfährt es mir, als ich von einem der Schaulustigen hinter mir angerempelt werde und meine Sonnenbrille zu Boden fällt. Gerade als ich mich danach bücken will, bekomme ich einen weiteren Schubs ab, verliere das Gleichgewicht und lande auf den Knien, inmitten der aufgeregten Menschentraube. Als der Gerry meinen Sturz bemerkt, zieht er mich eilig hoch. »Vergiss die Brille, Walli. Hier wird es zu voll. Wir sollten schleunigst hier verschwinden«, meint er und schaut besorgt auf die immer dichter werdende Menschenmenge hinter uns.

Als wir endlich am Parkplatz unten ankommen, bin ich zwar geschafft von dem langen Fußmarsch, aber dennoch glücklich darüber, dass die unerwartete Evakuierung aus dem Schloss mir zeittechnisch sehr entgegenkam. Mein Massagetermin kann also wie geplant stattfinden, und ich kann es kaum erwarten. Der Gerry muss eh noch ein paar geschäftliche Dinge klären, und so verabreden wir uns erneut zum Abendessen.

21

WER SICH ZU FRÜH FREUT …

»Jep, auf dem Tegelberg waren wir oben, die Sankt-Colomans-Kirche haben wir uns angeschaut und zum Schluss eine Kutschfahrt zum Schloss raufgemacht. Ich muss schon sagen, der Gerry ist mir schon richtig ans Herz gewachsen in der kurzen Zeit. Er ist witzig und charmant, und du wirst es kaum glauben, aber er hat mir bereits am zweiten Tag unserer Freundschaft das Leben gerettet«, trällere ich aufgesetzt fröhlich ins Telefon.

»Soso, an nuier Freund hasch«, antwortet die Friedl monoton.

»Jep, ich glaube, diese Freundschaft hält für die Ewigkeit. Eine Rettung in letzter Sekunde schweißt einfach zusammen«, lege ich nach. Die Friedl darf ruhig ein bisschen eifersüchtig werden, schließlich war sie es, die mich vor nicht einmal zwei Tagen bloßgestellt, dabei meine Gefühle verletzt und mich aufs Schärfste kritisiert hat. Ich lobe den Gerry noch ein bisschen weiter in den Himmel, und der Friedl ihre Antworten werden immer einsilbiger. Ich denke, sie hat's gecheckt, und ich habe sie endlich an dem reumütigen Punkt, an dem ich sie haben will. Jetzt, da sie freundschaftstechnisch am Boden liegt, ich kann es einfach nicht lassen, muss ich unbedingt fragen, ob es denn irgendwelche Neuigkeiten von den Lerpschers gibt.

»I woiß vo nix. Aber Walli, sag a mol, wann kommsch du denn wieder hoim?« Dass ich bereits geplant hatte, morgen im Laufe des Tages zurück nach Burglbach zu kommen, verrate ich nicht. Das schlechte Gewissen soll die Friedl ruhig noch eine weitere Nacht plagen.

»Ich hab's eigentlich nicht eilig, nach Hause zu kommen. Wartet doch eh niemand auf mich. Wie hattest du es formuliert? Überall, wo ich auftauche, bricht das reinste Chaos aus«, zitiere ich sie und gieße somit weiter Öl ins Feuer. »Nicht mal der Wolfi schätzt meine Expertise. Und laut dir würde ich meinen Sohn ständig und überall nur lächerlich machen … Da können die Burglbacher doch wohl ein paar Tage auf mich verzichten, meinst nicht?«, sage ich trotzig und fahre im gleichen Atemzug fort, ohne die Friedl überhaupt zu Wort kommen zu lassen: »Die Aussicht hier ist eine Wucht und das Essen erst. Bessere Kässpatzen habe ich noch nirgends bekommen. Und dann der Adam … mein Gott, dieser Adonis, mein persönlicher Masseur, ein richtig schnuckeliger Typ, sag ich dir. Was der mit seinen Händen anstellen kann, ist nicht von dieser Welt. Ich habe überhaupt kein Heimweh nach unserem elendigen Kaff, und überhaupt bin ich mit dem Gerry in bester Gesellschaft. Jetzt muss ich aber Schluss machen, Friedl. Der Adam ruft, du verstehst.«

»Jaja, i verstoh scho. No nirgends bessere Kässpatzen gesser … Also dann, Walli, bis irgatwann. Bass auf di auf, und mach koin Blödsinn net.«

»Friedl, fängst du jetzt schon wieder an!«

»'tschuldigung, war bloß so a bleder Spruch von mirer. Machs guat …«, sagt sie hörbar niedergeschlagen und hängt ein. Ich und Blödsinn? Nur fürs Protokoll möchte ich hier anmerken, dass ich seit mehr als achtundvierzig Stunden schlamasselfrei bin und um jedes noch so verlockende Fettnäpfchen einen riesigen Bogen gemacht habe. Die kleine glitschige Öleinlage im Wellnessbereich zählt nicht. Schließlich war es überhaupt nicht meine Schuld, dass der Adam plötzlich verschwunden war und mir die rustikale Gertrud mit ihren kratzenden Holzfällerhänden auf's Auge gedrückt wurde. Beschwingt ziehe ich meinen Bademantel vom Haken und nehme Kurs auf den Wellnessbereich, wo ich in wenigen Minuten tiefenentspannt und glücklich unter den Händen vom Adam auf der Pritsche liegen werde. »Und was fürs Auge gibt's dazu noch on top«, flüstere ich fidel vor mich hin, als ich den langen Hotelflur entlangwatschle und die quietschenden Flip-Flops unter meinen Sohlen den Takt vorgeben. Die Welt ist schön, und ich bin es auch, denke ich zufrieden, als sich mein Gesicht nahezu faltenfrei in der Eingangstüre des Spa-Bereichs spiegelt.

»Eine Evakuierung im Schloss?«

»Ja, wenn ich's doch sage, Adam. Ein Raubüberfall oder einen Brand schätze ich, ganz genau weiß ich's nicht, weil die Warnansagen durch die Lautsprecher verschlüsselt waren. Code siebenunddreißig. Wissen Sie vielleicht, was das bedeutet?«

»Code siebenunddreißig? Ne, noch nie davon gehört. Bestimmt steht morgen dazu etwas in der Zeitung«, sagt er und nimmt sich als Nächstes meine Schulterblätter vor. Bevor ich unter der angenehmen Behandlung wie tags zuvor wegdämmere, will ich aber noch wissen, warum der Adam gestern mitten unter meiner Massage verschwunden ist.

»Also eigentlich darf ich über interne Angelegenheiten nicht sprechen, das hat der Chef verboten ...«, meint der Masseur und räuspert sich etwas unsicher.

»Aber Adam, mir dürfen Sie es doch erzählen. Ich kann schweigen wie ein Grab. Ganz ehrlich, dafür bin ich bekannt. Also fürs Schweigen natürlich«, rede ich ihm gut zu und fahre zur Verdeutlichung meines Schweigegelübdes mit dem rechten Zeigefinger über meine geschlossenen Lippen.

»Okay, gut. Aber kein Wort zu irgendjemand, sonst bin ich am Schluss noch meinen Job los! Der Chef ist da rigoros.«
»Selbstverständlich nicht. Sie haben mein Ehrenwort«, flüstere ich gespannt wie ein Flitzebogen und bereit, dem Adam so gut wie alles zu versprechen.

»Also, Sie werden's wahrscheinlich nicht glauben, weil sich die Geschichte schon etwas verrückt anhört, aber so einen Tumult in unserem Haus, das gab's noch nie, und ich habe hier schon einiges erlebt, glauben Sie mir. Der Chef war auf einhundertundachtzig, als er davon erfahren hat, schließlich gehören wir zu den Top-Adressen weit und breit, und unsere Gäste kommen ausnahmslos aus besten Kreisen.«

»Jaja, Luxus-Hotel, die elitäre Gesellschaft, ich weiß schon … aber spannen Sie mich jetzt doch nicht so lange auf die Folter!«

»Gut, also. Die Ehefrau eines unserer Gäste, ich darf natürlich keine Namen nennen, ist gestern hier unerwartet aufgetaucht. Wie eine Furie ist sie ins Massagezimmer meiner Kollegin gestürmt und hat ihren Mann mitsamt Affäre, während die beiden gerade ihre Partnermassage genießen wollten, in flagranti erwischt.«

»Neiiin, wirklich …?«, sage ich überrascht und kann mir schon denken, von welchem Gast die Rede ist.

»Doch! Glauben Sie's oder nicht«, meint er aufgeregt. »Der Frau müssen sämtliche Sicherungen durchgebrannt sein, denn bis meine Kollegin mich zu Hilfe rufen konnte, hatte sie ihrem Ehemann bereits einen Faustschlag mitten auf die Zwölf verpasst.«

»Was? Das ist ja ungeheuerlich.«

»Aber wenn ich es doch sage, Frau Schimmel. Als ich ins Zimmer kam, hatte sie sich gerade die langen Haare der Affäre vorgenommen und ihr das heiße Wachs für die Haarentfernung, das auf der Ablage stand, in die Haare geschüttet. Ich sag Ihnen, die zwei wütenden Furien auseinanderzubringen war ein Ding der Unmöglichkeit. Zwei schwergewichtige Wrestler im Ring auseinanderzubringen wäre einfacher gewesen. Erst als die Angreiferin auch noch ein ganzes Büschel der falschen Extensions ihrer Kontrahentin herausgerissen hatte, ließ sie endlich von ihr ab. Die Dame war wie ein rasender Pitbull, sag ich Ihnen. Als ich dachte, sie hat sich endlich beruhigt und ich sie losließ, hat sie sich umgedreht und ist erneut auf ihren Ehemann losgegangen!«

»Ein Skandal«, rufe ich fassungslos. »Also war es keine Nasen-OP …«, murmle ich vor mich hin.

»Was meinen Sie?«

»Ach nichts … Und haben Sie die Polizei alarmiert?«

»Nein, dem Gast war der Vorfall verständlicherweise ziemlich unangenehm, und er hat uns gebeten, die Polizei rauszuhalten, was dem Big Boss ziemlich recht war. Weil bereits ein paar Gäste etwas von dem Vorfall mitbekommen haben müssen, ist er sehr besorgt um den guten Ruf unseres Hauses.«

»Verständlich«, sage ich und kann ein aufkommendes Gefühl von Schadenfreude nicht unterdrücken. Wir schweigen einen Moment, und ich gebe mich den kreisenden Handbewegungen auf meiner Muskulatur vollkommen hin. »Und wissen Sie auch, wie die Ehefrau überhaupt von dem Betrug erfahren hat und ihren Filou geradewegs hier aufgespürt hat?«, will ich nach ein paar Minuten des Grübelns wissen.

»Das kann ich Ihnen sagen. Eine ebenfalls unglaubliche Story. Ob die aber genauso stimmt, weiß ich natürlich nicht. So hat's mir jedenfalls die Isabella, meine Kollegin, heute Morgen erzählt«, redet er wieder erst um den heißen Brei, bevor er endlich meine Frage beantwortet. Angeblich wurde der Name der Betrogenen, sie soll Autorin bei einem großen Magazin sein, zu einem Twitter-Beitrag verlinkt, wo sich eine empörte Leserin über einen ihrer verfassten Modeartikel echauffiert habe. Neben der vernichtenden Kritik an ihrem Beitrag habe die Leserin noch dazu ein Foto des Artikels hochgeladen, auf dem bei genauerem Hinsehen eindeutig ihr Ehemann mit Gespielin beim Fummeln im Hintergrund zu sehen gewesen sei. Erst habe sie an einen bösen Scherz oder einen Rachefeldzug der empörten Leserin, wo es um irgendeine Altersbeschränkung für Leggins gegangen sei, gedacht, so genau habe er diesen Teil der Geschichte auch nicht verstanden, erzählt der Adam verwirrt. Doch dann, als die Betrogene, Schrägstrich Autorin, weder ihren Mann noch dessen Sekretärin erreichen konnte, wäre ihr ein längst vermutetes Lichtlein aufgegangen. Den Wartebereich unseres Spas habe sie sofort wiedererkannt, da sie selbst noch gemeinsam mit ihrem Ehemann Anfang des Jahres hier im Hotel ihren zwanzigsten Hochzeitstag gefeiert hatte. »Und der Rest ist Geschichte«, beendet der Adam seinen Infovortrag, schweigt und vergreift sich nun an meinem verspannten Nacken. So tue ich es auch, also das Schweigen. Man könnte auch sagen, ich bin sprachlos. Immerhin bin ich, entgegen der Annahme, seit gut zwei Tagen chaosfrei zu sein, zu mindestens fünfzig Prozent mitschuld an diesem desaströsen Vorkommnis. Noch vor wenigen Augenblicken war meine Walli-Welt noch in bester Ordnung. Geradezu perfekt.

»Verflucht noch mal. Die Friedl hatte schon wieder recht«, maule ich und steige halb nackt von der Liege.

»Äh, habe ich etwas falsch gemacht?«, fragt der Adam verdutzt.

»Duuuu nicht«, antworte ich, schnappe meinen Bademantel vom Stuhl und rausche aus dem Zimmer.

22

EIN SHITSTORM VOM FEINSTEN! – ABER BITTE MIT HUMMER

Zurück auf meiner Suite, logge ich mich bei Twitter ein. *flotte_schimmel_Biene* tippe ich in die obere Zeile. Mein Passwort, das ich darunter eingebe, gebe ich hier und jetzt natürlich nicht preis. Auf meinen Beitrag gibt es siebenhundertneunundachtzig Reaktionen. *Heilige Scheiße, Mutter Gottes!*, was habe ich da nur wieder angerichtet. Ich öffne meinen Tweet, und jetzt sehe ich es auch. Der arrogante Lüstling leckt seiner Sekretärin gut erkennbar und genüsslich am Ohrläppchen herum. Widerlich … Warum habe ich denn die zwei Zungenkünstler auf dem Foto nicht vorher bemerkt, frage ich mich und suche in meinem Hirnkastl nach Antworten. Ich muss wegen des Artikels derart in Rage gewesen sein, dass ich außer diesem Schmarrn in Schriftform nichts anderes mehr wahrgenommen habe. Gut, wer konnte auch ahnen, dass es sich bei den beiden Gspusis im Hintergrund auch ausgerechnet um den wollüstigen Ehemann der Autorin und dessen Affäre handelt. Der Teufel ist tatsächlich ein Eichhörnchen. Ich scrolle durch die Kommentare, die die

User auf meinen Beitrag hin hinterlassen haben, und ahne bereits Böses.

Sunshine94 schreibt: @*flotte_schimmel_Biene* hat recht, Leggins sind für alle da! Xoxo (Herzchen Herzchen Herzchen)

Hexe-99: Igitt, was macht der alte Dackel mit seiner Zunge denn da? (kotzender Emoji)

Barbie19-MUC: Hey Moppel, @*flotte_schimmel_Biene* speck einfach ab, dann passen dir auch normale Hosen!!!

Muffelo-tut-nix: Versprüh dein Gift woanders, @Barbie19 und geh mit Ken spielen!

Fiona_Furkel: OMG!!! Sind das nicht Thorsten und seine Sekretärin? @Moni_Hofbauer72

Puhh, ich weiß gar nicht, was ich sagen soll. Ganz schön harter Tobak, finde ich, und die ganzen Kommentare in Fäkalsprache und bösen Emojis gar nicht erst mitgelesen. Mein erster offizieller Shitstorm, überlege ich und frage mich, ob ich für so ein neumodisches Zeug überhaupt gemacht bin. Ich soll abspecken, rät mir Barbie19-MUC, das ist ja wohl der Gipfel der Unverschämtheit. Kritikfähigkeit gehört nicht unbedingt zu meinen Stärken, und plötzlich dröhnen der Friedl ihre harten Worte wiederholt an meine Ohren. Hat sich denn die ganze Welt gegen mich verschworen? Und wie viel Leid kann ein einzelner Mensch überhaupt ertragen? Dabei kann ich hervorragend Outfits zusammenstellen, bin eine liebende Mutter und war meinem Adalbert auch stets eine gute Ehefrau, und meine Skills, was das Aufspüren von Mördern angeht, sind auch nicht ohne, doch scheinbar interessiert das keine alte Sau, denke ich voller Selbstmitleid und lasse mich betrübt in mein Bett plumpsen, als es plötzlich an der Zimmertüre klopft. »Ich bin nicht da«, schluchze ich traurig.

»Ich bin's, der Gerry. Alles okay bei dir, Walli?«

»Ja! Nein! Ach, was weiß ich …! Warum?«, schmettere ich durch die geschlossene Zimmertüre.

»Na, weil wir um sieben verabredet waren, und das ist bereits eine Dreiviertelstunde her. Ich weiß ja, dass Frauen oft etwas länger brauchen. Meine Ex-Frau … also jedenfalls wollte ich nur nachsehen, ob bei dir alles in Ordnung ist. Kommst du jetzt?«

»Ich glaube … Nein!«, stammle ich, »Ich habe keinen Hunger!«

»Du glaubst, du hast keinen Hunger?«, der Gerry hört sich verwirrt an. Kann er auch, denn selbst ich weiß im Moment nicht recht, was ich will. Bei einem bin ich mir aber sicher. Dem Gerry erzähle ich nichts von der gehörnten und schlagfertigen Autorin und deren gefoltertem Ehemann, denn dann würde er womöglich noch eins und eins zusammenzählen und herausfinden, dass ich an dem ganzen Schlamassel nicht ganz unbeteiligt bin. Wollte ich ihm doch beweisen, dass die Friedl mit ihren nicht ganz so haltlosen Anschuldigungen, wie sich leider im Nachhinein herausgestellt hat, falschliegt. Für den Gerry gelte ich, zumindest seit den achtundvierzig Stunden, die er mich bis dato kennt, als die Frau mit weißer Weste, und so soll es gefälligst auch bleiben. In weniger als zwölf Stunden reisen wir beide ab. Der Gerry zurück nach Wien und ich an den Rand vom Nirgendwo. Da, wo die Balkongeranien akkurat und senkrecht in ihren Blumenkübeln nach oben wachsen. Über einen solch kurzen Zeitraum hinweg sollte es doch wohl möglich sein, ihn in der guten Annahme zu lassen, mit seiner neuen Bekanntschaft einen richtig guten Fang gemacht zu haben. Schließlich will ich ihn nicht gleich schon am Anfang unserer Freundschaft vergraulen, die, wie ich mir fest vorgenommen habe, ein Leben lang halten soll. Nachdem ich ihm vergewissere, dass bei mir so weit alles okay ist. »Nennen wir es monatliche Frauenprobleme, Gerry«, flunkere ich und sorge dafür, ihm und mir weiteres Nachbohren zu ersparen. Glücklicherweise hat er den Braten geschluckt, Angst vor »too much information« und dampft, ohne weiter lästig zu sein, ab. Und ich …? Ich ergieße mich weiterhin hingebungsvoll meinem Leid, schmeiße mich zurück aufs Kissen und bestelle telefonisch beim Zimmerservice, »Bitte einmal komplett, ja!«, was die Speisekarte zu bieten hat.

Wer denkt, dass es mir jetzt, wo ich eine Nacht über das ganze Schlamassel schlafen konnte, besser geht, liegt falsch. In meinem Bauch rumpelt und grummelt es gehörig. Mit Sicherheit war es auch nicht die beste Entscheidung, so spät am Abend sich neben einem ganzen Hummer, einer Portion Schupfnudeln mit Sauerkraut und zwei üppigen Schokoladendesserts auch noch ein indisches Linsen-Dal reinzupfeifen. Aber was hätte ich auch tun sollen, wo ich mich einfach nicht entscheiden kann und der Frust und das Leid mir die Vernunft rauben. Die bittere Abrechnung hat jedenfalls nicht lange auf sich warten lassen. Die halbe Nacht habe ich damit zugebracht, die edlen Marmorfliesen im Badezimmer meiner Suite zu bestaunen, wenn ihr versteht, was ich meine. Die Reue ist da, wenn auch zu spät. Was mir aber jetzt in meiner aufgeblähten Situation kein bisschen weiterhilft. »Auhh, ahh«, selbst meine dehnbare Tiger-Leggins spannt heute Morgen mordsmäßig. Es hilft alles nichts. »Rein da«, ermahne ich mich, schließlich kann ich weder zum Frühstück noch zum Checkout in der Lobby im Evakostüm erscheinen, und die Zeit drängt, bis elf muss die Suite geräumt sein, und der Gerry wartet auch schon mit scharrenden Hufen auf mich. Nur mit größter Mühe und Not habe ich die Hose überhaupt über meinen Ranzen bekommen. Dazu musste ich mich rücklings flach auf's Bett legen und so lange von links nach rechts rollen, bis sie endlich über meinen Bauch gerutscht ist. Ich fühle mich nicht nur essenstechnisch voll bis oben hin, sondern bin auch nervlich ein einziges Wrack.

»Guten Morgen, Walli, setz dich. Hast du gut geschlafen?«

»Morgen« und »Geht so«, antworte ich einsilbig und ordere statt einem Cappuccino mit lactosefreiem Milchschaumberg lieber einen Fencheltee. Wenn ich mich richtig erinnere, hat das dem Wolfi im Säuglingsalter immer sehr gut beim Entblähen geholfen, wenn der kleine Scheißer mal wieder Bauchweh hatte. Der Wolfi war zwar kein hübsches Kind, aber als gute Mutter liebte ich ihn natürlich trotzdem und war stets um sein Wohl besorgt.

»Magst auch was vom Räucherlachs oder von diesem leckeren Curry-Ananas-Linsen-Aufstrich?«, holt der Gerry mich aus meinen Gedanken und hält mir seine deftige Frühstücksplatte unter den Riechkolben. Apropos Riechkolben. Als ich den geprügelten Ehemann an der Ausgabe vom Rührei erblicke, sinke ich beschämt etwas tiefer in meinen Sessel. Auch wenn ihm ein Denkzettel für sein filouartiges Verhalten mit seiner Bürokraft recht geschieht, dass er aber deswegen gleich buchstäblich die Hucke vollbekommen hat, hat er nicht verdient. Ob der Geschundene wohl weiß, dass ich an seinem Schicksal eine tragende Rolle spiele, frage ich mich schuldbewusst und spitzle beschämt zu dem Tisch herüber, an dem er, heute zwar immer noch mit Verband auf der Nase, aber ganz ohne Begleitung, Platz nimmt.

»Ah, Walli, schau. Das wandelnde Ersatzteillager ist auch wieder da«, witzelt der Gerry und reckt den Kopf in die Richtung des Geprügelten.

»Pssst! Also Gerry, ein bisschen mehr Respekt, wenn ich bitten darf«, zische ich empört über den Tisch und nicke dem gebeutelten Ehebrecher für das respektlose Verhalten meines Begleiters entschuldigend zu.

»Sorry, gestern hast du über meine Witze aber noch gelacht«, flüstert er pikiert und blickt gekränkt auf seinen voll gepackten Teller herab. Verdammt, ich kann dem Gerry jetzt doch nicht erklären, dass der Casanova am Nebentisch wegen mir so aussieht, wie er eben aussieht. Am Schluss will er noch mehr über die Geschichte seines Zustandes erfahren, und wir wissen doch alle, dass es bei mir mit dem versehentlichen Verplappern von Dingen oder dem Ausposaunen von zu viel Information so eine Sache ist. Mein Ziel ist es, mit einer blütenreinen Weste hier in spätestens einer Stunde herauszuspazieren, und niemand wird jemals erfahren, dass ich diejenige bin, die für seine verbogene Nase mitverantwortlich ist.

Hätte ich zu diesem Zeitpunkt bereits geahnt, was keine drei Minuten später auf mich zukommt, der Windbeutel am Nebentisch wäre mir wirklich scheißegal gewesen.

»Hast du einen Geist gesehen, oder warum stierst du mich so komisch an?«, frage ich den Gerry stark irritiert, als er ungläubig von der Tageszeitung zu mir, wieder auf das Blatt vor ihm und daraufhin erneut zu mir aufschaut.

»Ich hab dich gesehen«, antwortet er mechanisch, dreht die Zeitung in Zeitlupe zu mir herum und hält mir den regionalen Nachrichtenteil der Zeitung vor den Latz.

23

SCHLIMMER? GEHT BEI MIR (TATSÄCHLICH!) IMMER …

Nun, ich bin ganz offiziell auf der Flucht. Mit zweihundertsechzig rase ich über die A7 von Füssen Richtung Kempten. Glücklicherweise hatte ich bereits vor dem Frühstück mein Gepäck im Wagen verstaut, denn zum Check-out war keine Zeit mehr. Hals über Kopf bin ich aus dem Frühstücksraum getürmt, nachdem mir klar wurde, dass ich aktuell zu den »most wanted«-Personen ganz Deutschlands gehöre, und in dem großen Frühstückssaal umringt von unzähligen Hotelgästen plötzlich nicht mehr sicher war. Wie das passiert ist? Das wüsste ich wirklich auch gerne. Aber der Reihe nach.

Wie in Trance lasse ich die letzte halbe Stunde in meinem Kopf Revue passieren. Nachdem der Gerhard während des Frühstücks nebenbei durch die Tageszeitung blätterte, ist sein Blick wie gebannt an genau zwei Bildern hängen geblieben. Zum einen eine wunderschöne Luftaufnahme vom Schloss Neuschwanstein und zum anderen eine Aufnahme von mir. Mir! Letzteres ist die reinste Katastrophe. Nicht nur, dass ich ohne meine Zustimmung, sondern auch noch aus einer sehr unvorteilhaften Perspektive von einer vermeintlichen Überwachungskamera aufgenommen und dieses zu allem Überfluss auch noch ohne meine Einwilligung veröffentlicht wurde. »Was?«, habe ich förmlich über den Tisch geschrien, als ich mein Konterfei entdeckt hatte. Zwar trage ich auf dem Bild meine überdimensionale Sonnenbrille, und das Bild ist nicht in bester Qualität, da hat die Gemeinde wohl mal wieder eindeutig am falschen Ende gespart, trotzdem, wer mich kennt und nicht gerade ein Blindfisch ist, erkennt mich sofort.

»Äh …«, stotterte der Gerry. »Vereitelter Raubüberfall auf Schloss Neuschwanstein! Räuberin noch auf der Flucht. Wer kennt diese Frau? Die Polizei bittet um Hinweise«, las mein neuer Freund mit stockender Stimme vor, weiter kam er nicht, denn da hatte ich ihm das Schmierenblatt bereits aus der Hand gerissen und war fluchtartig aus dem Restaurant gestürzt. Die schreiben, ich wäre unerlaubt in das ehemalige Schlafgemach vom König Ludwig eingebrochen und hätte mich in dessen Bett gewälzt. So ein Blödsinn. Zum einen war die kleine Türe am Ende des schmalen Ganges ohne Weiteres zu öffnen, zum anderen bin ich gerade einmal fünf Minuten in dem Bett gelegen, weil es mir auf Dauer zu muffig gerochen hatte, und von gewälzt kann schon mal gar keine Rede sein. Aus noch unerklärlichen Gründen, schreibt das Sensationsblatt weiter, wäre glücklicherweise von mir nichts beschädigt oder geklaut worden. Schließlich würden in dem historischen Zimmer immer noch etliche originale Schätze unseres einstigen bayerischen Königs lagern. Natürlich habe ich nichts beschädigt, ich bin doch keine Vandalin, und geklaut habe ich schon dreimal nichts. Das habe ich, als Walli Schimmel von Burglbach, auch gar nicht nötig. Allein der Schmuck in meinem Tresor ist ein Vermögen wert, dass ich mir bis zum Ende meiner Tage keine finanziellen Gedanken machen muss. Da würde der Ludwig in seinem muffigen Turmzimmer aber vor Neid erblassen, würde er noch leben. Der Artikel ist eine Farce. Nach dem Legginsdebakel und dem virtuellen Shitstorm meiner Figur nun auch noch so was. Ab heute werde ich jegliche öffentlichen Informationsquellen boykottieren und nur noch die Bibel lesen, das schwöre ich, so wahr ich Walli Schimmel heiße. Bevor ich den Verstand verliere, muss ich mir überlegen, wie es weitergeht. Nach Hause kann ich nicht, denn falls der Wolfi bereits Wind von der ganzen Sache bekommen hat, bin ich ein für alle Mal erledigt.

24

GESTEHEN IST GUT, FLÜCHTEN ABER BESSER

»Lässt du mich rein?«

»Walli? Mit direr ho i jetzat aber gar it g'rechnet.«

»Ich dachte, es wäre vielleicht besser, das Kriegsbeil direkt von Frau zu Frau zu begraben. Das Hin und Her am Telefon bringt doch nichts. Meinst nicht?«

»Wenn'd moinsch. Dann komm halt rei.«

»Dürfte ich vorher vielleicht noch schnell meinen Wagen bei dir im Stadel unterstellen?«

Die Friedl schaut verdutzt. »In d'Stadl nei. Wieso?«

»Hagel, Friedl. Heute soll's noch richtig schütten. Haben die gerade im Radio gesagt.«

Argwöhnisch lässt die Friedl ihren Blick über die wolkenlose Weite des Allgäus schweifen. Ich rechne schon mit Widerstand, doch dann schnappt sie sich unerwartet den gusseisernen Schlüssel vom Brett neben der Haustüre, wackelt mit mir im Schlepptau zum großen Holztor hinüber und öffnet den ehemaligen Heustadel des Moosbachhofs. Vorsichtig rolle ich meinen Wagen in die bäuerliche Garage und hoffe inständig, dass mich niemand dabei beobachtet und bei den Bullen verpfeift. Friedls Hof liegt zwar etwas außerhalb vom Dorf, und bis zum nächsten Nachbarn sind es gut und gerne einhundert Meter, trotzdem weiß man nie, wer gerade hinter den Gardinen mit gezücktem Fernglas sitzt. Bevor ich im Wohnhaus verschwinde, schaue ich mich vorsichtshalber aber noch einmal gründlich um und lasse meinen Blick über die Wiesen und Felder schweifen, die so saftig grün und harmlos wirkend vor mir liegen. Der Feind kann hinter jeder Hecke lauern, denke ich angespannt, und als die Friedl bereits in der Küche verschwunden ist, schließe ich die Eingangstüre hinter mir und drehe lautlos den Schlüssel im Schloss. Sicher ist eben sicher.

»Hosch an Hunger? I ho scho ganz in d'Früh mit d'Kind g'frühstückt. Aber a Stückle Zopf wär no do, wenn d'magscht«, fragt sie und setzt gleichzeitig heißes Wasser auf. Stumm schüttle ich den Kopf, stelle mich seitlich an der holzvertäfelten Wand neben dem Fenster auf und schiebe vorsichtig die Gardine ein kleines Stück zur Seite. »Stimmt irgat eppes itter?«, raunzt die Friedl mir ins Ohr, als sie plötzlich hinter mir steht. Erschrocken fahre ich herum und lasse den Vorhang zurück an seinen Platz sausen.

»Äh … nein … Was soll sein?«

»Je des frag i ja di!«

»Ich … ich äh … hab nur die Wiesen äh … bestaunt. Krass, wie hoch das Gras schon wieder gewachsen ist«, stammle ich verlegen und nehme auf dem orangenen Plastikstuhl Platz, der unter dem Fenster steht.

»So, also?«, meint die Friedl erwartungsvoll, während sie ein Kandiszuckerstückchen nach dem anderen in ihrem Tee versenkt. »Was wolltsch denn jetzat mit mir bereder? Dass es mirer leid duat, was i g'sagt ho, woisch ja scho.« Mist, jetzt will die Friedl auch noch Konversation betreiben. Wie soll ich nur aufmerksam das ganze Areal um den Hof im Blick behalten, wenn mich meine Freundin jetzt zuschwallt und sich angeregt unterhalten will? Multitasking, Walli, was bleibt mir auch anderes übrig, denke ich angestrengt und fixiere konzentriert einen kleinen sich bewegenden Punkt am Horizont, als ich erneut aus dem Fenster spicke. »Was ist das?«, raune ich hektisch.

»Des braune do moinsch?«, meint die Friedl, beugt sich vor und setzt die Brille auf.

»Ja, das, was sich da bewegt?«

»Des sind doch d'Viecher vom Karle«, sagt sie gelangweilt und lässt sich zurück auf die Eckbank plumpsen.

»Also Rinder!«

»Richtig, Kiah halt«, raunzt sie und betrachtet mich irgendwie argwöhnisch. »Was isch hier los?«, poltert sie plötzlich, und ich zucke zusammen.

»Nix, Friedl, alles paletti«, lüge ich und kann ihr kaum in die Augen blicken. Die Friedl hat nämlich eine gottgegebene Gabe. Den Röntgenblick kann man es auch nennen. Ich muss die Friedl dringend ablenken, ich glaube, sie hat eventuell schon etwas bemerkt. Aber was soll ich ihr verdammt noch mal erzählen? Von meinem Wellness-Urlaub kann ich ihr nix erzählen, sonst rutscht mir wieder irgendetwas heraus. Nicht einmal, dass sie mit ihrer Prophezeiung, ich würde ständig und überall für Chaos sorgen, falschlag, kann ich ihr an den Kopf werfen. Denn das wäre nämlich glatt gelogen. Und wenn ich eines in der letzten Zeit gelernt habe, dann, dass Lügen kurze Beine beziehungsweise Extensions oder gebrochene Nasen, wenn die Wahrheit früher oder später ans Licht kommt, verursachen. Der wollüstige Ehebrecher könnte da wohl ein Liedchen von singen und mir anstandslos recht geben. Meine Erkenntnis, am besten nicht zu lügen, macht die ganze Sache natürlich nicht einfacher, und ehrlich gesagt würde ich mich lieber in Friedls quietschendem Bauernbett anno 1834 verkriechen und erst wieder herauskommen, wenn sich das Missverständnis um den vereitelten Diebstahl in Luft aufgelöst hat, als ihr hier und jetzt zu gestehen, dass ich, Walli Schimmel, so wahr ich hier sitze, derzeit zu den meistgesuchten Verbrecherinnen der gesamten Republik gehöre und sie einer zu Unrecht beschuldigten Banditin unwissentlich Unterschlupf gewehrt. Das Risiko, meine Friedl würde nach diesem Geständnis von einem Herzkasper gepeinigt womöglich tot von der mit Plastik bezogenen Eckbank plumpsen, kann ich nicht eingehen, und deshalb entscheide ich mich dafür, mein Geheimnis lieber für mich zu behalten. Jedenfalls solange das in einem Dorf wie Burglbach überhaupt möglich ist. Ich schaue über den Tisch, als mein Blick plötzlich am anderen Ende der Platte hängen bleibt, auf dem eine akkurat zusammengefaltete Ausgabe einer Zeitung liegt. Schlagartig zucke ich zusammen. Weiß die Friedl bereits von meinem Dilemma, spielt nun hier eine auf ahnungslos und will mich damit unbarmherzig quälen, weil sie ein freiwilliges

Geständnis aus mir herauskitzeln will? Ich fühle mich schrecklich. Nicht nur, weil mein Bauch immer noch kneift und zwickt und ich ständig versuche, eine drohende Gasexplosion zu vermeiden, sondern auch, weil ich es ungemein hasse, anderen Leuten recht geben zu müssen. Und mit einem Geständnis müsste ich eben genau dies tun. Zugeben, dass ich, egal wo ich auftauche, für ein heilloses Durcheinander sorge und für den Wolfi, meinen einzigen Sohn auf dieser Erde, ein mütterlicher und karrieretechnischer Albtraum bin.

»Von heute?«, frage ich nervös und zeige mit meinem Finger auf das Käseblatt.

»Noi, von geschtern!«, antwortet sie. Puhhh … Ein Glück. Auf den Moritz, unseren Zeitungsboten, ist wie immer Verlass. Der faule Hund stopft, wenn überhaupt, die aktuelle Ausgabe oftmals erst am späten Nachmittag und manchmal sogar erst am nächsten Tag in den Briefkasten der treuen Leserschaft. Jetzt weiß ich wenigstens, dass meine Freundin den Artikel noch nicht gelesen hat.

»Walli?«

»Äh … ja? So heiße ich!«, versuche ich meine angespannte Verfassung zu überspielen und stelle das rhythmische Fußwippen unterm Tisch ein, das das Kaffeeservice oben drauf zum Klirren bringt.

»No a Tässle Tee?« Erst jetzt bemerke ich, dass die Friedl ein ganzes Stück näher an mich herangerutscht ist und quasi schon halb auf meinem Schoß sitzt. Mit durchdringender Miene starrt sie mich an, und ich vermute bereits jetzt, dass sie mich längst durchschaut hat.

»Erde an Walli. Was isch denn blos los mit direr?«

»Was soll denn los sein? Alles wie immer«, schwindle ich.

»Seit du do bisch, verhältsch du di irgatwie seltsam. I moin, du bisch oft a weng komisch, ja … Aber so groteschk wie heit hosch du direr no nia b'nommer!«

»Ich habe keinen blassen Schimmer, wovon du redest, Friedl.«

»Isch's was Ernschtes? Bisch du krank, Walli? Mirer kasch es doch sager«, meint sie besorgt und hält ihre Hand an meine Stirn. Es ist sinnlos, der Friedl kann man nichts vormachen. Sie liest aus mir wie aus einem offenen Buch. Es ist quasi gar nicht möglich, ihr etwas zu verheimlichen, wird es mir klar, und es ist auch nur noch eine Frage der Zeit, bis ich ihrem Druck nicht mehr standhalten kann. Eines ist sicher, hätte die Friedl anstatt auf dem bäuerlichen Hof vom Fritz bei der Bullerei oder dem deutschen Secret Service angeheuert, sie hätte eine steile Karriere hingelegt. Agentin beim Bundesnachrichtendienst. Die Friedl, das weibliche Pendant von 007. Jeden noch so harten Hund hätte sie im Kreuzverhör binnen kürzester Zeit weichgekocht und ein umfangreiches Geständnis aus ihm herausgequetscht.

»Raus mit der Sproach. Was isch los?«, reißt sie mich aus meinem Gedankengut, baut somit weiter Druck auf, unter dem ich zu zerbrechen drohe. Sherlock Friedl hat mich da, wo sie mich haben will. Quasi mit dem Rücken an der Wand, denke ich bestürzt und kaue nervös an meinen Fingernägeln. Ich bin bereit zu gestehen, was ich in den letzten achtundvierzig Stunden angerichtet habe. Von A bis Z werde ich singen. Zwitschern wie ein hilfloses Vöglein und kein Detail dabei auslassen. Nicht einmal, dass mir durchaus bewusst war, dass es höchstwahrscheinlich verboten ist, sich unter den sämtlichen Absperrbändern hindurchzumogeln und die vielen Hinweisschilder, die an sämtlichen Abbiegungen im Schloss angebracht waren, einfach zu missachten, nur um ein ruhiges Plätzchen zum Telefonieren zu finden. Auch, dass ich beim Herumgeistern in den Katakomben das marode Eisengitter versehentlich aus der Verankerung gerissen habe, um mich am Ende des kleinen schmalen Ganges durch die enge Türe zu quetschen. Ja, ich gestehe, und ja, ich bereue, Herrgott noch mal.

»Friedl, es ist kompliziert … Aber du hast recht, ich muss …« Bevor ich mich offenbaren kann, schellt es plötzlich an der Tür und versetzt mich in akute Panik. »Nein. Nicht! Friedl, du darfst nicht aufmachen«, schreie ich und versuche meine Freundin am Aufstehen zu hindern. Ich greife nach ihrem Arm, doch sie wehrt mich verstört ab.

»Du bisch doch nimme ganz dicht!«

»Bitte!«, rufe ich verzweifelt, und als ich wiederholt nach ihr greife, erwische ich sie gerade noch am Zipfel ihres Schurzes.

»Ja sag a mal, spinnsch du jetzat komplett. In meim eugener Haus derf i aufmacher, wem i mag!«, schimpft sie, reißt sich abermals los und stampft goschelnd aus der Küche. Ich muss hier raus! Was, wenn der Wolfi oder einer seiner Kollegen vor der Türe steht und gekommen ist, um mich einzubuchten? In meiner Panik verliere ich fast den Verstand. Falcos Hit »Jeanny« dröhnt plötzlich lautstark in meinen Ohren. »Sie kommen dich zu holen …«

Ein eiskalter Schauer jagt über meinen Rücken. Ich brauche … »Hilfe!!!«, schreie ich und werfe mich unter den Tisch. Den Moment, bis die Friedl ihr ausladendes Gesäß zur Tür geschoben hat, nutze ich und rolle quer durch die Wohnküche über den Fußboden. Die windige Türe, die hinter dem Holzofen abgeht, führt, wenn mich nicht alles täuscht, in den ehemaligen Kartoffelkeller, in dem heute noch Konserven und allerhand Selbsteingemachtes der Hausherrin lagert. Wenn ich mich recht entsinne, gibt es auch eine kleine Luke, von der aus die damals eingeholte Ernte ohne Umwege in den Vorratskeller befördert wurde und über die ich nach draußen fliehen könnte, überlege ich und reiße die Türe auf. Auf dem Po rutsche ich die steile Holztreppe herunter. Holla die Waldfee, es ist nicht nur saumäßig düster, sondern auch noch arschkalt hier unten. Von der herrschenden Feuchtigkeit einmal ganz abgesehen. Vorsichtig hangele ich mich an dem Vorratsregal entlang und erlebe ein Déjà-vu. Die Bilder vom Lerpscher Haus ploppen unweigerlich vor meinem geistigen Auge auf, was mich nur noch mehr in Panik versetzt. Am Ende des Kellerraumes fällt durch ein kleines Bodenfenster etwas Licht herein und leuchtet mir den Weg zum Ausstieg. Ich muss mich sputen, es wird nicht lange dauern, bis die Infanterie meinen Fluchtweg ausfindig machen und mich einholen wird. »Igitt«, entfährt es mir hysterisch, als sich ein klebriges Spinnennetz wie ein Schleier über mein Gesicht legt. Unter normalen Umständen würde ich jetzt schreiend die Treppe hinaufjagen und mich zitternd in Friedls Arme schmeißen, aber das ist jetzt keine Option. Ich werde mich nicht einfach ergeben und dem Haftrichter vorführen lassen, für etwas, das ich gar nicht getan habe. Beziehungsweise nicht alles davon, was dieses Käseblatt mir vorwirft. Einbruch! Sorry, aber das Eisengitter hing wirklich nur noch am sprichwörtlichen »seidenen Faden« in seiner rostigen Verankerung, und die kleine Türe am Ende des Ganges, die zum Turmzimmer führte, war lediglich angelehnt. Punkt. Ende. Aus. Und dabei bleibe ich. Das unerlaubte Wälzen im Bett. Okay … das gebe ich zu, aber lang lag ich wirklich nicht darin. Der abgestandene Geruch war einfach nicht mein Ding. Vintage okay, aber das war too much. Im Nachhinein war ich eher noch darüber besorgt, dass mein Outfit etwas von dem Gestank abbekommen hat. Denkt vielleicht auch mal jemand daran? Die absolute Krönung ist aber der Vorwurf des vereitelten Diebstahls! Sind die eigentlich alle Banane? Was hätte ich da drinnen schon klauen sollen. Ein goldbesticktes Kissen, das ich mir unters T-Shirt schiebe und mit Mitte sechzig, nach gerade mal fünfzehn Minuten Abwesenheit, plötzlich hochschwanger zu meiner Gruppe zurückkomme? In fünfzehn Minuten, oder lassen wir es von mir aus auch zwanzig sein, hätte das nicht einmal die Heilige Maria Mutter Gottes geschafft. Da wären die Heiligen Drei Könige mit Sicherheit zu spät zur Babyparty gekommen, denke ich und tipple weiter durch den Raum. Allein die Anschuldigung, ich hätte vorgehabt, etwas mitgehen zu lassen, ist eine echte Unverschämtheit. Eine Walli Schimmel, geborene Brügel, hat es nicht nötig, zu klauen, und schon gar nicht von einem bayerischen toten König. So weit käm's noch!

Als plötzlich lautes Gepolter ein Stockwerk über mir zu hören ist, lege ich noch mal einen Zahn zu. Sie sind da, beeil dich!, hämmert es in meinem Schädel. Es ist nur noch eine Frage der Zeit, bis sie dich hier unten entdecken, höre ich meine eigene Stimme im Kopf warnen. Nach ein paar Schritten habe ich endlich die Luke erreicht. Es hört sich an, als würde mittlerweile eine ganze Armee die kleine Küche meiner Freundin stürmen, und erneut überkommt mich die blanke Panik. Kräftig zerre ich an dem großen Eisenriegel über mir, aber das rostige Metall bewegt sich keinen Millimeter. »Sie kommen dich zu holen«, jodelt der Falco erneut, düster und eindringlich in meinem Hirn. Ich ziehe und stemme mich mit meinem ganzen Gewicht gegen die Verriegelung, aber es scheint, als wäre der Kolben über die letzten Jahre hinweg mit seiner Verankerung verschmolzen. Hilflos schaue ich mich um. Mit einem harten Gegenstand, den ich dagegenschlage, könnte ich den verrosteten Stift vielleicht lösen, überlege ich und greife in das Regal neben mir zum nächstbesten. Ich hole aus und lasse die schwere Konserve mehrmals auf den Riegel herabdonnern. Nach ein paar Schlägen gibt die Dose nach und eine übel riechende und fettige Masse ergießt sich über meinen Händen. »Delikatessleberwurst, grob«, lese ich auf der Banderole, die in einem Fetzen seitlich herunterhängt. Von dem ekelhaft würzigen Geruch wird mir ganz schwindelig, und nur mit größter Mühe lässt sich der Drang nach Erleichterung unterdrücken. Den fettigen und stinkenden Tran an meinen Händen putze ich notdürftig an meiner Hose ab, da fällt mein Blick auf eine schmale Holzlatte, die neben dem

Ausstieg an der Wand lehnt. Ich fädle das Stück Holz durch die Metallöse des Riegels und stemme mich mit meinem ganzen Gewicht dagegen. Schon nach dem dritten Versuch beginnt das Holzstück zu splittern. Als sich das Metall endlich löst und die Luke zur Seite klappt, höre ich, wie sich die Türe oben am Treppenabsatz quietschend aufschiebt und fahles Licht zu mir herunterschwappt. Sie sind da!

25

HÖLLE, HÖLLE, HÖLLE

Dass ich einmal panisch und orientierungslos wie ein gehetztes Tier während der Treibjagd durch die Allgäuer Einöde rennen werde, hätte ich mir in meinen kühnsten Träumen nicht vorstellen können. Seit mehr als einer Stunde bin ich unterwegs und streife fix und fertig durch den Burglwald. Ich brauche eine Pause. Erschöpft und schweißgebadet lasse ich mich hinter einem großen Stein nieder, um nachzudenken. Ich muss eine Lösung finden, wie ich möglichst schnell aus dem ganzen Schlamassel wieder herauskomme, bevor die Polizei mich dingfest macht, überlege ich. Wie sind die Bullen mir nur so schnell auf die Schliche gekommen? Zu dusslig, den wahren Mörder vom Lerpscher zu finden. Nicht mal der Einbruch bei der Inge ist wohl aufgeklärt. Aber mich, als kleinen Fisch, hätten sie beinahe am Haken gehabt, hätte ich nicht im letzten Moment den Riegel aufbekommen und den Abflug gemacht. Vielleicht hat die Friedl mich verraten, überlege ich, doch verwerfe den Gedanken gleich wieder. Zum einen kam ich unangemeldet auf den Moosbachhof, zum anderen wusste sie nichts von meinem Fahndungsaufruf. Hätte sie davon gewusst, sie hätte mir erst die Ohren lang gezogen und mich anschließend höchstpersönlich auf die Wache geschleift, um die Sache zu klären. An einer Klärung wäre ich durchaus interessiert, schließlich habe ich meiner Meinung nach nichts falsch gemacht. Jedenfalls nichts, was eine sofortige Evakuierung des Schlosses und einen Fahndungsaufruf mit so einem scheußlichen Bild von mir in der Tageszeitung rechtfertigen würde. Ich brauche einen Anwalt, und zwar einen guten. Womöglich werde ich sogar schon über Interpol gesucht, überlege ich und krame nach meinem Telefon. Mein Telefon! Daher wusste die Polizei, wo ich mich aufhalte, fällt es mir wie Schuppen von den Augen. Ich wurde gespyt, geortet und ausgespäht! Hektisch klopfe ich auf der Suche nach dem miesen Verräter meine Taschen ab. Sie kommen, um dich zu holen!, dröhnt es schon wieder in meinem Schädel, aber mein Telefon bleibt verschwunden. Da fällt mir ein, dass mein gesamtes Hab und Gut noch immer bei der Friedl über der Stuhllehne hängt. Mist! Schlüssel, Geldbeutel, der neue Lippenstift, den diese eine Influencerin so toll angepriesen hat! Ich könnte ausrasten. Selbst wenn ich wollte, wäre ein heimliches In-die-Wohnung-Schleichen, während der Wolfi tief und fest sägt, schlichtweg unmöglich. Das heißt, ich kann nirgendwohin, nicht mal eine billige Absteige in Kempten könnte ich mir leisten, weil ich blank bin wie eine Kirchenmaus. Ich muss die Nacht im Wald verbringen. Quasi Survivaltraining ohne Training, stattdessen purer Überlebenskampf mitten im Allgäuer Outback. Gottgütiger, wie soll ich das nur überstehen?

Auf der Suche nach einem passenden Unterschlupf für die Nacht komme ich an dem Jägerstand vorbei, an dessen Fuße vor nicht allzu langer Zeit unser toter Jäger hing. Der Lerpscher hat mir das alles eingebrockt, denke ich böse, als ich sehe, wie ein Stück des roten Absperrbandes, das die Spurensicherung kurz nach der Tat hier angebracht hatte, immer noch an einer Sprosse der Holzleiter flattert. Wäre dieser Idiot nämlich nicht tot oder hätte er wenigstens einen Hinweis auf den wahren Mörder hinterlassen, hätte ich keine eigenen Ermittlungen aufnehmen müssen. Ergo hätte ich dem Wolfi nicht ins Handwerk gepfuscht, bei den Lerpschers nicht im Haus nach einem Einbrecher gesucht und hätte demnach auch keine Anzeige von dem Volldeppen hinter der Panzerscheibe kassiert. Folgend wäre mir auch Friedls Einlauf erspart geblieben, und ich hätte mich nicht bockig in den Wellness-Urlaub verzogen. Der wollüstige Ehebrecher hätte heute auch keine gebrochene Nase und würde wahrscheinlich noch immer an seiner heimlichen Geliebten herumfummeln, und ich hätte auch nicht im Schloss wegen meiner verpatzten Massage nach einem ruhigen Plätzchen zum Telefonieren Ausschau halten müssen. Und das ist genau der Punkt. Wäre der Lerpscher Schorsch nicht ermordet worden, müsste ich nicht wie eine heimatlose Vagabundin auf der Flucht vor der Polizei durch die Allgäuer Wildnis streifen. »Ich hoffe, du … beziehungsweise du und dein idiotischer Mörder kommt beide in die Hölle!«, fluche ich lautstark, und mein Echo hallt durch den Burglwald. Der Mörder muss gefasst werden, und dann werde ich ihm höchstpersönlich an die Gurgel gehen, schließlich ist der Täter mindestens genauso schuld an meinem derzeitigen Lebensdebakel wie der Schorsch selbst, der so blöd war, sich hier erschießen zu lassen.

Glücklicherweise ist es Sommer und seit einigen Tagen am Stück trocken und warm. Das bedeutet, sollte ich keinen geschützten Unterschlupf für die Nacht finden, wäre ich wohl nicht gleich dem grausamen Erfrierungstod geweiht. Nehmen wir doch nur mal an, es wäre Winter, da würde die ganze Sache hier nämlich ganz anders aussehen, und ich müsste mir ernsthaft überlegen, den Lerpscher Schorsch post mortem wegen Körperverletzung zu verklagen. Eine schmerzhafte Blasenentzündung wäre mit Sicherheit auch nur das kleinste Übel, würde ich die Nacht hier draußen überhaupt überleben. Mein Blick wandert noch einmal hoch zum Plateau des Jägerstands, wo ich den kleinen versteckten Speicherstick in der Ritze zwischen Sitzbank und Wand gefunden hatte, der mich in dem Fall leider kein Stück weitergebracht hat. Warum versteckt man denn so ein Ding, wenn sich darauf nur morscher Müll befindet? Eine Antwort darauf werden wir wohl nie bekommen, und so verwerfe ich auch den Gedanken, mich dort oben für die Nacht einzuquartieren. Nicht nur, dass es sich bei dem Jagdsitz um einen ehemaligen Tatort handelt, sondern sollte Wolfis Infanterie hier aufschlagen, säße ich buchstäblich in der Falle. So lasse ich den Holzturm Marke Eigenbau links liegen und schleiche weiter auf der Suche nach einem geeignetem Plätzchen für die Nacht durchs Unterholz.

Die Bewaldung wird zunehmend dichter, und die Nadeln der Fichten und Kiefern piksen und kratzen an meinen Armen und Händen. Ich muss bereits seit einer Ewigkeit unterwegs sein, denn nicht nur der Durst macht mir allmählich zu schaffen, sondern auch meine Beine machen langsam schlapp. Gott sei Dank habe ich gestern Abend derartig reingespachtelt, sodass ich noch für die nächsten drei Tage satt sein werde, denke ich erleichtert. Selbst ich halte mich für unausstehlich, wenn ich hungrig bin. Allein die Vorstellung, ich mit mir allein im Wald, und das unter Hunger, das würde über kurz oder lang in einer Katastrophe enden. Es dämmert bereits, und mir wird klar, dass ich heute keinen rechtlichen Beistand mehr auftreiben werde. Mir bleibt also nichts anderes übrig, als morgen ganz in der Früh einen Anwalt aufzusuchen, der mich aus der Geschichte mit dem König Ludwig raushaut. Ein lauter Vogelschrei lässt mich aufschrecken. Das kann ja heiter werden, denke ich niedergeschlagen und trotte weiter feldeinwärts in mein Verderben.

Die letzten Sonnenstrahlen des Tages spiegeln sich in dem kleinen Bächlein, das sich durch das Waldstück schlängelt.

Ich habe Durst. Unbändigen Durst, und da ist es mir auch egal, dass das Wasser nicht maschinell gereinigt, zu einer speziellen Mondphase und in einer kristallklaren und mundgeblasenen Glasflasche daherkommt. Ein bisschen Bachwasser kann doch nicht schaden, überlege ich und beuge mich über den Rand des Bachlaufs. Am liebsten würde ich mich, entgegen der Laufrichtung, in die Fluten stürzen, den Mund weit aufreißen und das Wasser ungehindert meinen Schlund hinablaufen lassen, so einen Brand verspüre ich. Doch ich bewahre Contenance, bücke mich vornüber und schöpfe mit meinen Händen nach dem plätschernden Durstlöscher, als ein lebloser Fisch auf dem Rücken treibend an mir vorbeizieht. Keinen Meter dahinter folgt ein weiteres Stück mausetotes Sushi, und ich kippe das Wasser in meinen Händen schlagartig zurück in den Bach. »Igitt, was ist das denn?« Angeekelt folgt mein Blick dem toten Getier flussabwärts, da bemerke ich, wie sich Dutzende verendete Fischkadaver an einem im Wasser treibenden Baumstamm drängeln. Was ist denn hier passiert? Warum sind die alle tot, frage ich mich verwirrt, als es plötzlich hinter mir knackt und ein riesiger dunkler Schatten die Abendsonne über mir verdeckt. Sie sind tatsächlich gekommen, so wie es der Pop-Poet prophezeit hat!

26

WER ANDEREN EINE GRUBE GRÄBT

Plopp, plopp, plopp … »Was ist hier …? Auahh … Wo bin ich?«, stammle ich benommen vor mich hin, als sich wiederholt ein Tropfen einer eiskalten Flüssigkeit von der Decke über mir löst und auf meinem Hinterkopf landet. Langsam hebe ich meinen Kopf, der erschöpft auf meiner Brust liegt. Vorsichtig schaue ich mich um, aber wirklich erkennen kann ich nicht viel. In meinem Schädel wütet ein Presslufthammer, und meine Augen brennen. Reflexartig versuche ich nach meinem schmerzenden Kopf zu greifen, da realisiere ich, dass meine Hände, die ausgestreckt über mir hängen, angekettet sind. »Warum …?«, seufze ich verwirrt und blicke angestrengt über mich. Im matten Licht, das durch eine kleine Öffnung von der Decke hereinfällt, erkenne ich, dass meine Handgelenke an einen dicken Metallring gefesselt sind, der einbetoniert aus einer Steinwand ragt. Plopp. Da trifft mich erneut ein Tropfen mitten im Gesicht. Schlagartig bin ich hellwach. »Zur Hölle, was ist hier los?«, kreische ich und zerre an der Verankerung um meine blutleeren Hände. Sofort schneiden sich die scharfkantigen Kabelbinder noch tiefer in mein Fleisch, und mir entfährt ein schmerzhaftes Stöhnen. Ist der Wolfi jetzt komplett übergeschnappt? Diese Zelle ist die reinste Folterkammer. Ein beißender chemischer Geruch dringt in meine Nase, und mir wird speiübel von dem giftigen Gestank hier drinnen. Nie und nimmer würde dieses düstere Verlies, das übrigens feucht, saukalt und ohne direktes Tageslicht daherkommt, vom TÜV Süd abgenommen werden, denke ich und wittere einen echten Justizskandal. Wo haben die mich nur hingebracht? In den Gefängniszellen der Polizeiinspektion Kempten, mit einer jener ich erst kürzlich Bekanntschaft machen musste, ihr erinnert euch, sieht es bei Weitem anders aus. Nicht gerade heimelig war's in Wolfis Zelle, mit den weiß gekachelten kahlen Wänden, dem stechenden Neonlicht und der Toilette aus Edelstahl, aber immerhin besser als das hier. Dieser Raum erinnert rein optisch an einen Kerker aus einer vergangenen Zeit, zumindest der Teil, den ich durch das diffuse Licht hier überhaupt erkennen kann. In den Ritzen der Wände wächst Moos, und ein Rinnsal aus Kondenswasser bahnt sich an mehreren Stellen den Weg hinab, wo es sofort im porösen Erdboden versickert. An der gegenüberliegenden Wandseite meine ich, Graffiti-Schmierereien zu erkennen, kann aber nicht entziffern, was das bunte Gekritzel bedeuten soll. Höhlenmalerei aus der Steinzeit wird es wohl kaum sein, schätze ich und lasse resigniert meinen Blick sinken. »Wärter … Halloho? Was soll der Mist? Lasst mich frei, sofort!«, brülle ich in den dunklen Raum und versuche mich von dem eisigen Boden aufzuraffen, dessen durchdringende

Kälte meinen Körper mittlerweile unkontrolliert zittern lässt. Doch außer meinem hallenden Echo, das von dem massiven Mauerwerk zu mir zurückgeworfen wird, vernehme ich nicht das geringste Geräusch.

Bin ich hier etwa allein? Wo ist bitte schön eine Wache, oder verletzt die Kemptener Polizei jetzt auch noch ihre Aufsichtspflicht gegenüber einer Gefangenen? Ich überlege. Vielleicht werde ich im Rahmen eines Experiments einer neuen Verhörstrategie als Versuchskaninchen von Beamten aus einer externen Schaltzentrale videoüberwacht. Um mein Verhalten zu analysieren, haben sie mich als Verdächtige erst einmal in Ketten gelegt und foltern mich nun tropfenweise, wie einst die Waterboarding-Methode in Guantanamo Bay, um mich auf heimtückische Weise weichzukochen und so an ein Geständnis zu kommen. »Euer Spiel ist durchschaut. Ich gestehe! Ja, ich bin verbotenerweise durch die Katakomben des Schlosses Neuschwanstein geschlichen, und ja, ich gebe auch zu, dass ich mich kurz in dem güldenen Federbett unseres einstigen bayerischen Königs gewälzt habe, so what? Ich habe weder etwas beschädigt noch etwas gestohlen, zefix. Seid ihr jetzt endlich zufrieden? Hallohoo …?«, schreie ich wütend, doch erneut rührt sich nichts. Würde der Wolfi es tatsächlich zulassen, dass seine eigene Mutter hier, in diesem versifften Verlies, gefangen gehalten wird? Ich traue meinem Sohn so einiges zu, aber das hier grenzt schlichtweg an pure Folter und ist an Absurdität kaum zu überbieten. Aber wenn es nicht die Polizei ist, die mich hier festhält, wer zum Teufel hat mich dann hierhergebracht und aus welchem Grund? Erst jetzt tauchen einzelne Bilder auf, die meiner Erinnerung auf die Sprünge helfen, und mir wird klar, dass es niemals die Polizei gewesen sein kann, die mich hinterrücks Knockout geschlagen, hierher verschleppt und meine Hände an diesen Eisenring gefesselt hat. Gerade als sich der Knoten in meinem Kopf zu lösen scheint, vernehme ich ein leises klirrendes Geräusch, und mir stockt der Atem. Es klingt, als würde jemand mit einem schweren Schlüsselbund hantieren. Kurz darauf wird einer der Schlüssel energisch in der Türöffnung versenkt und schallend mehrfach hintereinander im Schloss gedreht. Es folgen ein metallisches Klicken und ein dumpfer Stoß gegen Stahl, der in einem langen knarzenden und angsteinflößenden Ton endet und mir das Blut in den Adern gefrieren lässt. Als sich die Tür langsam aufschiebt, stellen sich mir sämtliche Haare auf, die mein Körper aktuell zu bieten hat. Panisch zerre ich an den Plastikfesseln um meine Gelenke, aber anstatt mich freizugeben, bohren sich die schmerzenden Kunststoffschlaufen nur noch tiefer in meine Haut, und die bereits wunden Stellen beginnen ausnahmslos zu bluten. Wie gebannt starre ich auf den riesigen dunklen Schatten der Person, der durch den einfallenden Lichtkegel quer durch den Raum an die gegenüberliegende Wand projiziert wird. Für einen Moment wird auch der Rest des Raumes beleuchtet, der vorher nicht einsehbar war. Dutzende verrostete Ölfässer, aus denen eine glibberige Masse herausquillt, stehen teils übereinander, teils nebeneinander aufgereiht und gestapelt an der hintersten Mauer. Wahrscheinlich ist das der Grund, warum es hier so erbärmlich stinkt und es mir die Tränen in die Augen treibt. Der fensterlose Raum ist um einiges größer, als ich angenommen hatte, und von hier aus gehen noch zwei weitere Räume und der nicht einsehbare Eingangsbereich ab, bemerke ich, als ich mich nervös umschaue. Irgendwas erinnert mich … ich war schon mal … Und plötzlich fällt es mir ein: In diesem alten ausrangierten Militärbunker, tief im Burglbacher Wald versteckt, hatte ich einst als Kind öfters mit meinem Bruder Wigald gespielt. Unzählige Male sind wir durch die halb offene Stahltüre geschlüpft, die in den Erdwall eingelassen war, und haben stundenlang Verstecken gespielt. Wenn der Wigald mit Zählen dran war, bin ich meistens durch den kleinen geheimen Abwassertunnel, an dem von außen die Abdeckung fehlte, gekrochen und so ins Freie gelangt. Mein Bruder hat mich dort nie gefunden und war immer saumäßig wütend, wenn ich freigeschlagen habe und er wieder und wieder mit Zählen dran war. Das muss gut und gerne fünfundfünfzig Jahre zurückliegen, überschlage ich, doch es kommt mir so vor, als wäre die Zeit hier drinnen stehen geblieben und das alles erst gestern gewesen. Die rote Kurbelsirene, die grün gestrichenen Stahlträger, die die schwere Last der Decke stützen, und auch der riesige graue Klotz mit den Monitoren, den unzähligen Knöpfen und Rädchen, wahrscheinlich die ehemalige Schaltzentrale der Militäreinheit, befinden sich noch immer an Ort und Stelle. Dass seit meinem letzten Besuch hier ein halbes Jahrhundert vergangen ist, ist kaum vorstellbar. Mit einem schrillen Quietschen setzt sich das schwere Stahltor im Eingangsbereich erneut in Bewegung und reißt mich aus meinen Gedanken. Der eben noch so riesige menschliche Schatten inmitten des Lichtkegels verzieht sich zu einem bizarren Streifen und verschwindet dann vollends, als das Tor hinter ihm ins Schloss fällt und den Bunker erneut ins Zwielicht taucht. »Wer ist da?«, entfährt es mir ängstlich, und ich presse meinen Körper dicht gegen das feuchte Mauerwerk. Meine Frage bleibt unbeantwortet, stattdessen hallen schwere Schritte vom Eingang herüber, die unaufhaltsam näher und näher zu kommen scheinen und mich panisch aufhorchen lassen. Mit meinen fixierten Armen und Händen hätte ich nicht einmal die geringste Chance, mich bei einem möglichen Angriff zu verteidigen, wird es mir schlagartig bewusst, und ich kämpfe mit den aufsteigenden Tränen, die ungehindert aus mir herauslaufen. Nur ein paar Meter vor mir, im Schutz der Dunkelheit, verstummen die Schritte abrupt, und ich höre ein eigenartiges Schnaufen. Verzweifelt schnappe ich nach Luft, doch der beißende Gestank brennt in meinen Lungen.

»Walli, so schnell sieht man sich wieder«, krächzt plötzlich eine unheimliche Stimme.

»W… w… wer ist da und wa… was wollen Sie vo… von mir?«, stottere ich aufgelöst und überlege krampfhaft, ob ich diese Stimme irgendwo schon einmal gehört habe.

»Wer ich bin?«, zischt der Unbekannte und bricht in schallendes Gelächter aus, das angsteinflößend und schrill durch den Bunker hallt und mir fast den Verstand raubt. Ohne Vorwarnung tritt die Gestalt einen Schritt nach vorn, und der trübe Schein, der durch den Schacht in der Decke herunterfällt, hüllt sie in ein gespenstisches Licht. Der bizarre Anblick des Mannes, der in einem dunklen Tarnanzug und mit einer Gasmaske röchelnd vor mir steht, brennt sich in meine Iris, und ich presse meinen Körper vor Angst noch enger gegen die Wand hinter mir und wünschte, sie würde sich auftun und mich einfach darin verschlucken.

»Na, fällt jetzt der Groschen?«, faucht er sarkastisch. Wer zur Hölle ist dieser Irre, und warum hält er mich hier gefangen? Durch die runden Aussparungen seines Gesichtsschutzes kann ich lediglich die eiskalten Augen erkennen, deren Blicke mich wie Pfeilspitzen durchbohren. Als plötzlich etwas Metallisches an seinem Kragen aufblitzt, fällt es mir wie Schuppen von den Augen.

»Sie sind das miese Schwein, das bei den Lerpschers im Haus war, hab ich recht?«

»Na, na, na. Mieses Schwein. Wer will denn hier gleich so ausfallend werden? Aber Respekt, Walli, das muss ich dir lassen. Als du bei der Inge vor dem Haus aufgekreuzt bist, hättest du mich um ein Haar erwi…«

»Und auf der Burg, als ich mich mit der Betti getroffen hatte, haben Sie mich auch beobachtet!«, unterbreche ich ihn entrüstet, als ich mich erinnere, dass mich auf dem Rückweg zum Auto ebenfalls etwas geblendet hatte. »Sie sind der Mörder vom Lerpscher Schorsch«, stelle ich erschüttert fest, als ich eins und eins zusammenzähle.

»Bravo, Walli. Du bist bei Weitem nicht so hirnamputiert wie dein dämlicher Sohn. Es war einfach ein glücklicher Zufall, würde ich sagen, dass ich euer Gespräch auf der Burg belauschen konnte. Danach war mir klar, dass du mir mit deinem blöden Herumgeschnüffel früher oder später in die

Quere kommen wirst«, spottet er überheblich und klatscht demonstrativ mehrfach schallend in seine Hände, wobei das Echo wie ein Pingpongball dröhnend zwischen den Wänden hin und her geschleudert wird. Ganz unrecht hat er nicht. Hätte der Wolfi seinen Job ordentlich gemacht, würde dieser geisteskranke Typ vor mir längst im Knast schmoren, und ich müsste mich hier nicht gefesselt und geknebelt in einem stinkenden Bunker mit ihm herumschlagen.

»Der Wolfi ist nicht hirnamputiert. Vielleicht manchmal … ein bisschen schwer von Begriff, aber nicht prinzipiell bescheuert«, zische ich und gehe im Kopf gedanklich alle Mannsbilder durch, mit denen ich in den letzten Jahren zu tun hatte. Der Typ spricht zweifelsfrei den heimischen Dialekt, duzt mich in einer Tour und weiß genau, wer ich bin. Mutmaßlich muss ich ihn auch kennen, aber es fällt mir schwer, überhaupt nur einen klaren Gedanken zu fassen. Ob es daran liegt, dass ich hilflos ausgeliefert einem Mörder gegenüberstehe, oder ob die ätzend stinkende Luft hier drinnen meine Gehirnzellen lahmlegt, ich weiß es nicht. Instinktiv weiß ich aber, dass ich den Psychopathen vor mir am Reden halten muss, denn solange er plappert, wird er mir nichts tun. »Warum hast du den Lerpscher erschossen und mich verfolgt, und warum bist du überhaupt bei der Inge ins Haus eingestiegen, da saß der Peter doch schon längst unschuldig in Haft?«, frage ich und duze mein Gegenüber bewusst.

»Warum? Warum? Warum?«, äfft er mich nach. »Dafür gibt's viele Gründe. Der Schorsch war ein elendiges Arschloch, das weiß doch jeder.«

»Du meinst, weil der Schorsch heimlich junge Frauen beobachtet und fotografiert hat?«, werfe ich ihm meinen Köder quasi vor die Füße, als ich mir sicher bin, die dumpfe Stimme endlich erkannt zu haben. Auch die Statur und die kaum erkennbare schiefe Haltung passen.

»Ha, ha… ach, das meinst du! Dafür hätte ich eigentlich einen Orden verdient. Den Ruf vom Schorsch, sagen wir mal, noch ein bisschen mehr zu ruinieren. Ein paar Bemerkungen hier und da, und so schnell konnte ich gar nicht schauen, hat sich das Gerücht schon in ganz Burglbach wie ein Lauffeuer verbreitet. Erst mal natürlich hinter vorgehaltener Hand, aber irgendwann hat der Schorsch es natürlich auch mitbekommen, was im Dorf über ihn geredet wird. Ich hatte ihn gewarnt, er solle sich aus meinen Angelegenheiten heraushalten, was er ganz offensichtlich nicht getan hat, und wer nicht hören will …«

»Muss fühlen«, beende ich flüsternd seinen Satz.

»Du hast es erfasst«, faselt er verächtlich, und ich verstehe nur Bahnhof. Bei einem bin ich mir aber sicher, und ich kann es kaum fassen. Der unheimliche Maskenmann und Mörder vom Lerpscher, der hier leibhaftig vor mir steht, ist, ähm … war, sein bester Freund.

»Bodo!«, hauche ich bestürzt. »Du hast deinen besten Freund umgebracht?«

»Da schau her. Woran hast du mich so schnell erkannt?«, brummt er überrascht und zieht anschließend ein Paar schwarze Lederhandschuhe langsam aus der Seitentasche seiner Hose.

»Warum?«, zische ich. »Warum hast du den Schorsch erschossen?«

»Eigentlich geht es dich ja nichts an, aber gut. Nachdem du hier eh nicht mehr lebend rauskommen wirst, kann ich es dir gerne verraten«, sagt er monoton und stülpt den ersten Handschuh über seine Hand.

»Umbringen! Mich?«, entfährt es mir schrill, und ich stemme mein ganzes Gewicht gegen die Fesseln um meine blutverschmierten Gelenke.

»Walli, jetzt, wo du weißt, wer ich bin, kann ich dich doch unmöglich am Leben lassen«, zwitschert er aufgesetzt fröhlich und greift mit seiner Hand blitzschnell nach meinem Kinn.

»Ich ... ich ... kann schweigen ... wie ein Grab«, nuschle ich verzweifelt und versuche seine Hand unter meinem Kinn abzuschütteln.

»Soll ich dir was verraten? Ich war heute schon fleißig und habe eine Überraschung für dich vorbereitet.«

»Eine Überraschung?«, wiederhole ich mechanisch. »Ich hasse Überraschungen!«

»Papperlapapp, stell dich nicht so an. Als ich dich heute Nachmittag im Wald entdeckt habe, war mir klar, dass ich dem Ganzen hier endlich ein für alle Mal ein Ende setzen muss. Schließlich kann ich es nicht riskieren, dass du mich mit deiner albernen Ermittlerei noch auffliegen lässt«, flüstert er dicht an meinem Ohr, reißt mein Kinn ohne Vorwarnung zur Seite und lässt dann aber glücklicherweise von mir ab. Normalerweise liebe ich Überraschungen, in Form von Blumen, Schmuck oder einem Textil aus Kaschmir, aber auf eine

Überraschung von einem psychisch gestörten Förster kann ich gut und gerne verzichten.

»Mein Plan war gut, und es war ein Leichtes, deinen Sohn davon zu überzeugen, dass der Peter Dreck am Stecken hat. Ganz eifrig hat der Wolfi, dieser Vollidiot, meine Lügen auf seinem Zettel notiert und sich bei mir auch noch herzlich dafür bedankt, dass ich meiner Bürgerpflicht nachgekommen und sofort auf der Wache erschienen bin, um meine Beobachtungen mit ihm zu teilen. Der Wolfi ist wirklich dümmer, als die Polizei erlaubt«, triumphiert der Irre im Natostyle und klatscht sich auf den Oberschenkel. »Es lief auch alles wie am Schnürchen, bis ... na, bis du mir mit deinen dämlichen Ermittlungen in die Quere gekommen bist«, brüllt er nun, dreht mir den Rücken zu und verschwindet in der Dunkelheit. Die Schritte seiner Stiefel hallen durch den Raum, und ich frage mich, was der Wimmerl jetzt nur vorhat.

»Warum der Peter? Was hat der Junge dir getan?«, rufe ich ihm nach.

»Der Peter war nur ein Bauernopfer, ein Mittel zum Zweck, aber irgendwer musste halt auf die Schnelle herhalten«, ruft er von einem der Nebenräume herüber. Wüsste ich nicht, dass ich mich gerade mit einem geisteskranken Mörder unterhalte, ich wäre tatsächlich neugierig auf die Überraschung, die er für mich in petto hat.

»Das war nicht meine Schuld. Also das mit dem Peter ... Hätte der Lerpscher im letzten Moment nicht nach seinem Gewehr gegriffen, es hätte alles wie geplant nach einem unglücklichen Unfall ausgesehen. Ein unglücklicher Fall auf den

Pfahl, du verstehst?«, lamentiert er und wurschtelt irgendwelche Sachen von A nach B.

»Egal, der Lerpscher war tot und das gleich doppelt. Da brauchte ich natürlich zügig einen Sündenbock. Es war eindeutig Schicksal, ja ein Wink des Himmels, würde ich heute sagen, dass ich kurz nach der Tat den Spross vom Schorsch dabei beobachten konnte, wie er heimlich sein Mofa hinterm Schuppen der Bechtelsmeiers hervorgezogen hat. Sofort war mir klar, dass es außer der Betti niemanden geben würde, der ihm für die Tatzeit ein wasserdichtes Alibi geben könnte, weil ich wusste, dass er beim Hans nicht gerne gesehen war. Und wer glaubt schon zwei verknallten Teenagern. Haha, haha!«, grunzt er überheblich, und ich hänge wie gebannt an seinen Lippen. »Eine geniale Idee, den Peter dranzuhängen, findest du nicht, zumal der Junior auch ständig Stress mit seinem Alten hatte, und das nicht zu knapp. Ich sag nur, einen besseren Sündenbock mit einem handfesten Motiv hätte ich nicht finden können«, kräht er zynisch, und mir wird klar, dass mir nach diesem Geständnis nicht mehr viel Zeit bleibt. Warum der Lerpscher überhaupt sterben musste, erwähnt er dabei aber mit keiner Silbe, was mir im Moment aber auch wurscht ist, denn ich muss schauen, dass ich hier rauskomme, und zwar schnell. Mit aller Kraft ziehe und zerre ich erneut an den Kabelbindern, die mich am Abhauen hindern, doch die Kunststoffriemen geben einfach nicht nach. Wo blcibt eigentlich die Polizei, wenn man sie braucht? Ich dachte, die Bullen wären mir längst auf den Fersen, schließlich ist es bereits Stunden her, seit ich aus Friedls Keller geflüchtet bin.

»Ich hab’s gleich«, zwitschert der Irre aus dem Nebenraum, als würde er mich zum Nachmittagstisch bitten. Man muss wirklich kein Genie sein, um zu erraten, dass es heute wahrscheinlich nichts mehr mit Cappuccino und einem leckeren Stück Donauwelle wird. Die dumpfen Schläge seiner Schritte werden von einem lauten schleifenden Geräusch verschluckt. Was zum Teufel ist das? Hört sich an, als würde der Wimmerl einen schweren Gegenstand über den Boden ziehen. Panisch umklammere ich den großen Metallring, an dem ich fixiert bin, und lasse mich mehrmals mit meinem ganzen Gewicht nach unten fallen. Die Schmerzen rauben mir fast den Verstand, und ich muss mich zwingen, nicht hysterisch loszuschreien. Als sich endlich etwas Mörtel um die Verankerung löst und in einem feinen Strahl auf den Boden bröselt, wittere ich den Hauch einer Chance, hier noch lebend herauszukommen. Beharrlich rüttle ich an dem Eisen, während das ohrenbetäubende Scharren auf dem nackten Beton immer näher kommt. Mehr und mehr Gestein platzt von dem porösen Mauerwerk ab und legt den Metallstift Stück für Stück frei, der mich an die Wand fesselt.

»Tadaa! Nur für dich, Walli.« Der Bodo präsentiert deutlich außer Puste, aber offensichtlich stolz das schwere Ölfass, das er bis auf ein paar wenige Meter zu mir herangeschleift hat. Mit einem gezielten Handgriff löst er die silberne Manschette um den oberen Rand und rückt, bevor er den Deckel hebt, seine Maske zurecht.

»Es wird nicht lange dauern«, verspricht er, lehnt den Deckel neben das Fass, und der penetrante Geruch, der aus dem

Inneren des Fasses herausströmt, lässt mich unmittelbar würgen. Der beißende Gestank verätzt meine Schleimhäute, und mir wird von den giftigen Dämpfen sofort schwindelig.

»Los, rein da«, fordert er barsch und tritt auf mich zu, um die Fesseln an meinen Handgelenken zu lösen. In diesem Moment reiße ich mit voller Wucht an dem dicken Metallring über mir, der schlitternd aus der Wand bricht und direkt auf den Bodo zusteuert. Das schwere Eisenteil trifft ihn mitten auf der Stirn, und die Wucht meines Schlages reißt meinen Körper mit sich, und ich pralle gegen den Wimmerl, der wie eine Marionette nach hinten taumelt und schließlich zu Boden geht. Ich stolpere ebenfalls, kann mich aber gerade noch am Rand des Fasses abfangen, steige über den erschlafften Körper meines Peinigers und schwanke benommen davon. Als ich das Stahltor erreiche, durch das der Bodo gekommen war, muss ich feststellen, dass er die Türe von innen mit einem Metallschloss verriegelt hat. »Das darf doch wohl nicht wahr sein«, schreie ich hysterisch und schlage mit dem schweren Ring, der immer noch um meine Gelenke baumelt, verzweifelt gegen die Tür. Der Abwassertunnel! Wo genau war der noch mal, überlege ich panisch und haste ziellos durch den Bunker. Meine Schritte knallen wie Kanonenschüsse auf dem blanken Beton und würden mich im Falle eines Angriffs gnadenlos verraten. Wer weiß, wie lange der Wimmerl noch ohnmächtig am Boden liegt. Hastig streife ich meine Pumps von den Füßen und flitze barfuß den Gang entlang. Immer wieder überkommt mich ein Gefühl des Schwindels, und ich muss mich an den Wänden stützen, um nicht zu stürzen. Als ich endlich den Tunnel entdecke, der mir als Kind bereits als Fluchtweg diente, muss ich feststellen, dass dieser mit einer Holzplatte verbarrikadiert wurde. Es ist aus. Ich sitze in der Falle. Der Bodo wird mich wie einen Hering in dem stinkenden Ölfass versenken, und die ätzende Säure darin wird mich rückstandslos auflösen. Nichts, rein gar nichts wird von mir übrig bleiben und der Wolfi nie erfahren, was mit seiner eigenen Mutter passiert ist. Auch die Friedl wird keinen Ort zum Trauern haben und sich den Rest ihres Lebens Vorwürfe machen, warum sie mich aus ihrem Kartoffelkeller hat flüchten lassen. Es ist doch ein Jammer, dass es in diesem versifften Bunker hier und jetzt mit mir zu Ende gehen wird. Auch der Peter wird jahrelang unschuldig hinter Gittern sitzen, denke ich mitleidig, als plötzlich der Fassdeckel in meinem Augenwinkel aufblitzt und auf mich herunterbrettert.

27

LEBENSRETTENDE VERZIEHUNGSMETHODEN

»Darf's auch a bissle Kaffee zum Marmeladesemmele für Sie sei, Frau Schimmel. Dann flutscht's oifach au besser, wissens!«, zwitschert die junge Krankenschwester freundlich und stopft mir, ohne meine Antwort abzuwarten, das Mundstück der Schnabeltasse bis fast zum Anschlag in den Rachen.

»H… h… heiß«, zische ich und dränge das vergilbte Plastikstück mit der Zungenspitze aus meinem Mund. Wären meine beiden Handgelenke nicht meterdick in Gips verpackt, ich hätte der übermotivierten Pflegekraft, die an meinem Bettrand sitzt und mich füttert, glatt einen Kinnhaken verpasst.

Bevor ich sie mit einem Tritt von der Bettkante komplementiere, klopft es an der Zimmertür, und ein überdimensionaler Blumenstrauß betritt das Zimmer.

»Mama, du bist ja wach. Schön. Wie geht's dir denn?«, flötet der Wolfi und tritt an das Bett meiner Zimmernachbarin heran, die nahezu identisch von Kopf bis Fuß in Mull gewickelt daliegt. Mit einem lauten Räuspern mache ich auf mich aufmerksam und mein Sohn blickt verwirrt zu mir herüber.

»Ich dachte … Oh, entschuldigen Sie bitte«, stottert er, greift nach dem Blumengebinde, das er bereits auf ihrem Nachttisch platziert hatte, und kommt zu mir herüber. »Hirnamputiert, haha«, höhnt der Wimmerl in meinem Kopf, als der Wolfi einen Stuhl ranzieht und neben mir Platz nimmt.

»Gleitschirmunfall!«, lisple ich und nicke bedauernd zu meiner Bettnachbarin herüber.

»Hast du Schmerzen?«

»Natürlich und das nicht zu knapp«, antworte ich freudlos und lasse meinen Blick aus dem Fenster des Kemptener Krankenhauses wandern, von wo aus man bei idealen Wetterbedingungen einen wunderbaren Ausblick auf die Allgäuer Bergkette bestaunen kann.

»Was sagen die Ärzte? Wie lange musst denn noch hier bleiben, Mama?«

»Solange wie eben nötig«, jammere ich, und der Wolfi kratzt sich voller Unbehagen am Nacken.

»Mama, es tut mir leid. Jetzt sei bitte nicht mehr böse mit mir. Wer hätte auch ahnen können, dass der Bodo Wimmerl ein psychisch gestörter Mörder ist?«

»Ach, aber dass der Peter seinen Alten umgebracht hat, erschien dir weitaus plausibler, oder was?«

»Es hat eben alles so gut zusammengepasst. Mein Fehler … Entschuldigung, Mama. Dank dir und deiner penetranten Art …«

»Wolfgang!«

»Nur dir und deinem ermittlungstechnischen Geschick …«, setzt er erneut an, »… ist es zu verdanken, dass der Peter wieder auf freiem Fuß ist und der Bodo für den Rest seines Lebens hinter Gittern sitzen wird.«

»Das klingt doch bereits um einiges besser als dein erster Versuch, dich bei mir zu entschuldigen«, lobe ich meinen Sohn und zwinker unterm Kopfverband hervor. Mittlerweile müsste sogar der Wolfi kapiert haben, wer die ermittlungstechnischen Hosen in unserem Haus anhat.

Es grenzt schier an ein Wunder, dass ich überhaupt noch lebend aus dem versifften Bunker herausgekommen bin. Im letzten Moment konnte ich den Angriff vom Wimmerl, der mit dem Deckel des Ölfasses auf mich gezielt hatte, noch abwehren. Glück im Unglück, könnte man es nennen, dass der schwere Metallring noch immer an meinen Händen hing und ich ihm abermals damit Saures geben konnte. Dem zweiten Schlag, mitten auf die Zwölf, konnte der Bodo einfach nicht mehr standhalten. Als er diesmal zusammengesackt zu Boden ging, hatte ich im Anschluss dafür gesorgt, dass er es ist, der mit den Kabelbindern, die ihm nach unserem Kampf aus der Seitentasche seiner Hose ragten, an einem der Metallrohre an der Wand von mir fixiert wurde. Ich hatte ganz schön was abbekommen, und um ein Haar hätte er mich zum ewigen Schweigen gebracht, dieser Irre. Dass die alte Kurbelsirene nach anfänglichen Ladehemmungen doch noch so einwandfrei funktionierte und das alarmierende Geheul bis nach Kempten zu hören war, hätte ich niemals gedacht. Innerhalb ein paar Minuten stand Hilfe vor der Tür. Die Friedl, der Alok-Henry und sogar die Babuna-Rosa hatten seit Stunden im Wald nach mir gesucht.

Heute weiß ich, dass meine überstürzte Flucht aus dem Kartoffelkeller völlig unnötig war. Nicht die Polizei hatte Friedls Küche gestürmt, sondern die beiden Kids, die vom Spielen im Hof hungrig ein Stück Datschi ihrer Oma abgreifen wollten, hatten an der Tür geklingelt. Hätte ich das nur früher gewusst, mir wäre einiges erspart geblieben.

Wer hätte gedacht, dass der Bodo Wimmerl ein Deckskerl allererster Güte ist. Kurz nach seiner Festnahme hatte er neben dem Mord am Lerpscher auch gestanden, dass er seit einiger Zeit eine illegale Giftmülldeponie in dem alten Militärbunker betreibt. Einen richtigen Batzen Schmiergeld hatte er bis dato von einer ortsansässigen Chemiefirma kassiert, die sich die teuren Kosten für eine aufwendige und legale Entsorgung eines hochgiftigen Abfallstoffs sparen wollte. Sechzehn Fässer, bis an den Rand mit giftiger Kloake gefüllt, konnten die Beamten nach meiner Rettungsaktion sicherstellen. Ein paar der Fässer hatten bereits geleckt, und etwas von dem Inhalt war durch den porösen Boden ins Burglbacher Grundwasser gesickert. Wären noch ein paar Wochen vergangen, es wäre genügend Gift ins Grundwasser gelangt, um ganz Burglbach auszulöschen.

Nachdem der Lerpscher Schorsch in seinem Territorium ungewöhnlich viele verendete Tiere und reihenweise abgestorbene Pflanzen und Bäume gefunden hatte, war der Jäger um seinen Tierbestand stark beunruhigt. Von den illegalen

Machenschaften seines guten Freundes ahnte er dabei nichts. Er hege einen schlimmen Verdacht und habe daraufhin einige Wildtierkameras im Wald installiert, hatte er den Bodo, seinen Freund und Kollegen, wissen lassen. Die Aufnahmen auf dem USB-Stick machen plötzlich doch Sinn. Anfänglich hatte der Bodo noch geglaubt, er könne seinen Freund zu einem Deal überreden.

»Schorsch, wir können beide von meinem kleinen Geheimnis profitieren. Wenn ich bei Chemievac ein bisschen Druck mache, ist sicherlich auch noch mehr drin. Überleg doch mal. Ein neues Auto, ein Wintergarten, wie die Inge ihn sich schon so lange wünscht, und jedes Jahr ein schöner Urlaub. Eine Kreuzfahrt über die Hurtigruten, wäre das denn nichts für euch?«, hatte der Bodo gemeint. Der Schorsch wollte davon aber nichts wissen und war bereit, den Bodo den Umweltbehörden auszuliefern.

»Gib mir vier Wochen, bis dahin habe ich alles geregelt, und die Firma holt die Fässer wieder ab«, hatte der Förster seinen Freund belogen und um Aufschub gebettelt, die Sache in Ordnung zu bringen.

Als die Frist verstrich und nichts passierte – der Wimmerl hatte auch nie vor, das illegale Lager und damit seine Geldquelle versiegen zu lassen –, war das Schicksal unseres Jägers besiegelt.

Wie der Förster mir im Bunker bereits gestanden hatte, sollte die Sache mit dem Lerpscher nach einem tragischen Unfall aussehen. Dafür hatte er extra in der Nacht vor dem Mord den Pfahl am Fuße des Jägerstands in den Boden gerammt und diesen spitz wie einen Zahnstocher zugestutzt. Nachdem der Ruf des Jägers bereits im Vorfeld stark gelitten hatte, war sich der Wimmerl sicher, dass nach seinem toten Kumpel, der so beliebt wie ein Schlagloch mitten auf der Autobahn war, kein Hahn krähen würde. Dass der Schorsch beim Showdown aber plötzlich sein Gewehr ziehen würde, hatte der depperte Wimmerl nicht einkalkuliert, und so kam eben das eine zum andern. Gott sei Dank war es die Friedl, die mit Alok-Henrys Handy gerade noch rechtzeitig die Polizei verständigen konnte. Ein paar Minuten später und es wäre ein für alle Mal aus mit mir gewesen. Die Frage, warum ein Fünfjähriger schon ein Smartphone braucht, ist natürlich legitim. Heute bin ich aber einfach nur heilfroh über Babettes unkonventionelle Verziehungsmethoden. Mir hat es jedenfalls buchstäblich die Haut gerettet, die mit Sicherheit wohl sonst in aufgelöstem Zustand in irgendeinem der Fässer im Bunker schwimmen würde.

»Mama?«

»Herrschaftszeiten, was ist denn?«

»Suchst du dir jetzt endlich ein neues Hobby?«

»Du meinst so was wie … Kreuzworträtsel lösen oder stricken?«

»Ach Mama, das wäre eine ganz wunderbare Idee.«

»Wolfgang, du gehirnamputierte Dumpfbacke, das war ein Scherz.«

Zufrieden lasse ich mich zurück auf mein Kopfkissen sinken. Wäre ich in der Lage, mit meinem eingewickelten Armen mir selbst auf die Schultern zu klopfen, ich würde es tun, schließlich bin ich so was wie eine moderne Märtyrerin.

EPILOG

Nach den Strapazen der letzten Zeit bin ich Gerrys Einladung, ihn in Österreich zu besuchen, nur zu gerne gefolgt. Ein bisschen Entspannung habe ich mir wohl mehr als verdient. Bei einem Stück Sachertorte genieße ich den fantastischen Blick auf die Wiener Staatsoper und beobachte mit Vergnügen das bunte Treiben der geschäftigen Stadt. Der Gerry glotzt nicht schlecht, als ich sehr detailgetreu wiedergebe, was ich in dem alten Bunker in Begleitung meines psychisch kranken Widersachers alles erleben musste. Mit »Ah geh, Walli … im Ernst?« und »Das geht sich doch nicht aus!«, was wohl so viel wie »Das kann doch nicht sein« bedeuten soll, kommentiert er fassungslos wie in Dauerschleife meine Schilderungen. Auch die Geschichte mit dem Fahndungsaufruf in der Zeitung konnte ich ihm plausibel erklären und stolz verkünden, dass im Nachhinein alle Vorwürfe gegen mich fallen gelassen wurden und meine Reputation mit einer Gegendarstellung in besagtem Blatt wieder einwandfrei hergestellt wurde. Gut, dass sich das so regeln ließ. Mein Plan B bezüglich meiner

»Most Wanted Person« war nämlich, Oles Hackerkumpanen dazu zu bringen, mein grausliges Polizeifoto, auf Neudeutsch auch Mugshot genannt, aus der Polizeidatenbank und noch wichtiger, so schnell wie möglich aus dem World Wide Web verschwinden zu lassen. Ohne Beweisfoto keine Gegenüberstellung, so einfach ist das, dachte ich. Bis der Ole mich eines Besseren belehrt hat. »Ne, ne, Frau Schimmel«, meinte er. »Einmal im Web, immer im Web.« Damit muss ich nun also wohl leben. Mein hässliches Konterfei zugänglich für jedermann. Als ein wunderschöner alter Fiaker auf der gegenüberliegenden Straßenseite heranrauscht und mich aus meinem Gedankenkarussell reißt, weiß ich bereits, welches Abenteuer mich als Nächstes erwartet …

ALLGÄUER KRAUTKRAPFEN

Für den Teig:	500 g Mehl
	2 Eier
	125 ml Wasser
	1 TL Salz
Für die Füllung:	1 kg Sauerkraut
	1 große Gemüsezwiebel
	200 g Speck, durchwachsener (Wammerl)
	Schweineschmalz
	Gemüsebrühe zum Schmoren

Zubereitung:

Aus Mehl, Eiern, Wasser und Salz einen Nudelteig herstellen und auf 2 Portionen verteilen. Anschließend zu möglichst dünnen Fladen ausrollen, ca. 2 mm.

Erst das Wammerl in kleine Würfel schneiden und anrösten. Danach die gewürfelte Zwiebel ebenfalls leicht glasig dünsten und dann das Kraut in die Pfanne geben und ebenfalls leicht anrösten. Die Masse abkühlen lassen, gleichmäßig auf den Fladen verteilen und diese zu einer straffen Roulade zusammenrollen. Die Rollen in ca. 5–6 cm breite Stücke schneiden.

Schweineschmalz in einer Pfanne erhitzen und die Rollen stehend bei mittlerer Hitze braten, bis sie eine schöne braune Farbe haben. Einmal wenden, damit sie überall bräunen. Dann Brühe angießen bis zu ca. ⅓ der Höhe der stehenden Krapfen, zudecken und die Brühe verkochen lassen, dann sind die Krautkrapfen fertig.

DANKSAGUNG

Mein Herzblatt und Mäusekind Zoe, es ist nicht immer leicht mit mir, ich weiß. Vor allem dann nicht, wenn ich abermals Stunde um Stunde über meinem Laptop hänge, da Walli in Burglbach mal wieder auf Mörderjagd ist, weil der Wolfi es einfach nicht gebacken bekommt. Ich danke dir für deine Geduld und dass, wenn es hart auf hart kommt, Käsesandwiches in Dauerschleife für dich überhaupt kein Problem sind!

In Liebe, Mama

Ein herzliches Dankeschön für die wunderbare Zusammenarbeit gilt meiner Lektorin Pascalina Murrone und meiner Agentin Saskia von Hoegen.